嫡女策

1

文創風 041

西蘭 著

風文創 041

目錄

風文創 041

目錄

風 文創
041

自序

從某種意義上而言，《嫡女策》是我第一部真正的長篇小說。

或許，在很多人眼裡，網路小說是不能稱其為小說的，不過，我依然很高興有一天自己的小說能夠面世，擁有更廣泛的讀者。

我是從2009年起接觸網路小說的，那時只是當作閒暇時候的消遣而已，只看不寫。

也許，女孩子天生愛作夢，有無數個美好的愛情憧憬，也喜歡看言情類的小說。不過，看別人的小說總覺得那是別人的夢，常常不符合自己的期待、自己的嚮往、自己的愛情觀。那一刻，我萌發了自己寫小說的念頭，把我的夢融為文字，化成字裡行間的纏綿情思。

從此，便一發不可收拾。

喜歡聰慧的女子，相信無論在哪個時代，都有一群慧黠、靈動、可愛、美麗的女子，為生活為尊嚴做出力所能及的抗爭。文君的勇敢和決絕，易安的才情與敏感，河東君的風流和魄力……她們的人早已湮沒於寂寂黃土中，可是那份身為女子卻不弱於任何男子的精神永遠佇立於歷史的回眸中。

當然，我的構思、文筆依然稍顯稚嫩，而且太捨不得筆下的人物，創作過程中不經意地把所有我認為美好的氣質都賦予了主角。其實，這是大錯，人無完人，我又如何能希冀那個叫董風荷的女子十全十美呢？

水面清圓，一一風荷舉。

在那樣一個時代，女子既不能上朝堂為官，又不能去商場征戰，唯一留給她們的，即是四角方方的後宅，與另一群美麗的女子，或友好，或廝殺，一同盛放。那麼多鮮活的生命湮滅在紅牆朱樓裡，忍不住去想像，忍不住去窺探，所以有了《嫡女策》。

一部上百萬字的長篇，能夠堅持下來，是因為有大家的支持與愛護。家人的理解鼓勵，編輯的幫助開導，朋友的打氣加油，無一不是我最珍貴的動力。而你們，我的讀者，是我勞累時、煩躁時、難過時、失落時，注入我心底的一汪清泉，洗去疲乏，重整旗鼓，再接再厲。沒有你們，就沒有這本書。

真的沒有想到，自己的小說可以出版繁體版，與臺灣的讀者見面。得知消息的那一刻，我是那麼激動那麼興奮，卻強撐著表面的平靜，嘻嘻，我的確有點矯情了。那種感覺，真的畢生難忘。

不論以後我還能不能寫出更好的小說，我都會堅持自己的夢想，永不放棄。

由衷的說一聲謝謝，奉上這本小書，不敢指望能獲得所有讀者的喜歡，只希望大家能夠一起追憶曾經的似水年華，一起品味這一刻的溫情脈脈。

一壺香茗，一縷斜陽，一秋澄澈。

第一章　初聞許人

安京城稍靠南的地方主要是二等官員的府邸，西邊有條街，名喚將軍街，只因這條街上座落的多半是將軍府邸。比如二品懷恩將軍董家，三品威烈將軍凌家，三品雲麾將軍吳家，都是比鄰而居的。這些將軍或有實權，或者只是個閒散的封號而已。

董府坐北朝南，是個五進的大院子，與他對門的即是凌家。不過凌家前兩年被派了外調，是以舉家都遷去了山東，聽說只有一個小姐留在了京城外祖家中。

董家第五進有幾個小院，皆是小姐們的住處。最大的一個院子是曲苑，裡邊還有一個小小的荷花池，每到夏日，白色的粉色的荷花，或是含苞欲放、或是盛開搖曳，滿院子都是沁人心脾的清香。

此時，正是六月初的黃昏，天上飄過被夕陽染成濃烈胭脂色的雲霞，晚風輕輕襲來，送來一片涼爽。荷花池東邊有座精巧的假山，假山下靠池邊設著一個石桌幾個石凳，凳上鋪著竹面的椅搭。

一個淡湖藍色的身影坐在其中一個石凳上，似乎在埋頭看書。

院子入口處，一個穿著青色衣裙的人影匆匆闖了進來，細看，梳著雙丫髻，應該是個小丫頭。她邊快步走著，邊大聲叫嚷著：「小姐、小姐。」

坐著的女子身子稍微一挺，彷彿嘆了一口氣，在抱怨小丫鬟莽撞。

屋子裡相跟著出來了兩個穿紫衣的女孩兒，瞧著大概十五、六歲，都有一種青春的朝氣和明快。那個瓜子臉的眉毛微蹙，面上閃過不快，低聲叫道：「淺草，妳作死呢，總這麼毛毛躁躁的，回頭看葉嬤嬤不剝了妳的皮。」

旁邊那個圓圓臉的看著很是沈穩，舉止大方，含笑點了點瓜子臉的女孩兒。「妳呀，就別嚇她了，瞧瞧她說什麼先？」

叫淺草的小丫頭似乎是飛跑來的，好不容易在二人跟前收住腳，粗聲喘著氣，猶自急紅了臉。「小姐呢？出大事了！」

「什麼事？那不是小姐？過來。」瓜子臉的很有幾分爽利勁，拉了淺草向石桌邊過去，圓圓臉的一齊跟上。

湖藍色衣衫的女子把書往桌上一放，竟是本《茶經》。她轉過身來，只是對著池中一枝才打了花骨朵的荷花出神，並不上前。但看她眉彎似柳，雙眸瀅水，唇若紅蓮，芙蓉凝肥，肌膚賽冰雪，玉腕勝藕白。似笑非笑，天然一股嬌態；欲語還休，生成一段清雅。

湖藍色杭綢的曳地長裙，極是淡雅，反襯得她明眸皓齒。一頭烏髮梳成時新的垂雲髻，斜插一支翠玉步搖簪，垂下三綹珠花隨風舞動，煞是好看。腕上籠著層疊的紅珊瑚手串，映得她的纖手白裡透紅，以及耳畔的紅珊瑚耳環給一身清麗平添了一段嫵媚。她是董家這一輩唯一的嫡出，男女總共得了她一個，學名是風荷。

淺草不及請安，劈頭就道：「小姐，老太太要把妳許給杭家，杭家連八字都合了。」

董風荷微微頓了頓，視線收回落到淺草身上，半晌才問道：「哪個杭家？」

「哎喲，我的小姐啊，京城有幾個杭家，自然是莊郡王杭家了。小姐快點想個法子吧。」真是皇帝不急，急死太監，小丫頭淺草急得都快哭了。

瓜子臉丫鬟一愣，喝斥道：「杭家那是一等一的好人家，這是好事，妳急什麼？」

「行了，把事情一五一十說清楚了。」董風荷紋絲不動，似乎有點不關己事的不耐煩。

淺草理了理思緒，從頭說起。「午後杜姨娘身邊的小鵑兒說她主子給她的繡活多得來不及做，拉了我幫她，我強不過她只得跟著去了。後來發現杜姨娘屋裡的人似乎都忙忙碌碌的，常避著我悄聲細語，我起了疑心，方才硬逼小鵑兒給我說實話。

「原來，今兒早飯後，杭家就遣了人來，替他們四少爺給小姐提親。老太太如何會放過這樣巴結王府的好機會，當即就應了，杭家那邊說他們四少爺年紀不小了，趕著要辦，怕是年內就要來娶人呢。小姐，妳可知道那杭家四少爺是誰？」

圓圓臉的丫鬟低頭想了想，看風荷不說話，斟酌著問道：「聽說不是前頭王妃嫡出的嗎？」

「我原只當是好事，誰料小鵑兒面色不對，吞吞吐吐的，我就急了，她跟我說杭家四少爺剋妻剋子，不然怎麼到二十多了還沒有娶親，只因前頭定的幾家小姐都被他剋死了。而且、而且整日在外頭尋歡作樂，屋裡通房小妾一大堆，漸漸的除了太妃娘娘護著他之外，連王爺都不怎麼待見他。

「小姐要是嫁過去，不是得跟著吃苦？況且，他還剋妻啊！」淺草雖知這種話不能與小姐說，但這關係到小姐終身幸福，她也顧不得這麼多了，竹筒倒豆子一股腦兒全說了。

她一邊說著，另兩個紫衣丫鬟的臉色已經越來越難看了，老太太不待見小姐，這是府裡人人都知的，可好歹是她的親孫女，怎麼能這麼作踐自家小姐？

唯有風荷沈靜如故，一聲不吭，不急不慌。

「死丫頭，胡說什麼？還不給我輕著點。」身後傳來一個嚴厲的聲音，唬得三個丫鬟都是一跳，忙轉過身來行禮。「嬤嬤好。」她們都聽得出來，嬤嬤雖是責怪她們，但沒說不准說，而是讓她們輕點說。

風荷緩緩起身，含笑說道：「嬤嬤快坐。」說著，一手拉著來人一齊坐下。

來人是風荷自小的奶嬤嬤，她母親從娘家陪嫁過來的貼身丫鬟，後來嫁了替她母親管理陪嫁的葉管事，所以大家都稱她為葉嬤嬤。

葉嬤嬤眉目慈愛，不過訓起小丫鬟來一點都不手軟，倒是一屋子的丫鬟都怵她，她今年已經四十二了。

「淺草，妳的話可實？」葉嬤嬤問。

瞧葉嬤嬤的神色就知道此事非同小可，淺草連連點頭，就差沒賭咒發誓了。

葉嬤嬤皺眉看著風荷，翕了翕嘴唇，半攬著風荷，低聲嘆道：「妳們年紀小，一向深處閨中，沒聽過外頭的傳聞。這個杭家四少爺那是安京城裡出了名的紈袴子弟，剋死了兩任未婚妻、剋死了一個小妾所出的男孩兒，嚇得京城無人敢把女兒嫁給他。

「若這樣便算了，偏他鬥雞走狗、吃喝嫖賭無所不幹，正事一點兒也不會，誰見了他都得躲得十丈遠。聽說他小時候聰明伶俐，很是好學，頗得先王爺和太妃、王爺的喜愛，後來不知怎麼就成了這副樣子。在莊郡王府，一向不得王爺喜愛，跟了他豈能有好日子過？

「小姐，此事先別急，待我再去打聽打聽。咱們曲家表少爺娶的不正是杭家三房裡的小姐嗎？她定是比外頭的傳聞知道得清楚些，不行的話老奴回去向表夫人打聽打聽。若果然，咱們去信求老爺回來給小姐作主，老奴不信老爺就一點不念骨肉親情。」

「嬤嬤，妳別擔心。主要是先別把這事透露給母親，她身子不好，我怕她受不住，咱們得了確切消息再做打算。」風荷鎮靜得讓人覺得可怕，這個時候，她一點都不擔心自己，只是憂心她母親的病體，卻半句不接請父親回來作主的話。

她隨即又徐徐掃過站著的三個丫鬟，沈聲吩咐。「沈烟，妳與老太太房裡的丫鬟還算不錯，去探探口風；雲碧，妳哥哥在回事處，應該知道這兩日有沒有杭家的人過來。淺草，杜姨娘那裡別去了，別被她抓到什麼把柄。妳們都小心著些。」

三個丫頭齊聲應是。圓圓臉的就是沈烟，是風荷身邊的一等大丫鬟，瓜子臉的叫雲碧，是二等分例，淺草是三等小丫鬟。

打發走了幾人，風荷繼續看書，彷彿剛才的事情根本沒有發生過。

第二章 姨娘挑釁

桌子上整整齊齊擺著早飯，一大碗荷葉碧粳粥，一份奶油松釀卷酥和胡桃松子榛仁棗泥糕，四小碟清淡小菜，還有一盤五彩牛柳。沈烟在一邊給風荷布菜，風荷從來不挑食，她每樣都會嚐點，但吃得並不多。

吃完，雲碧和另一個二等丫鬟雲暮服侍她漱口。

「含秋怕是吃完了，這些妳們三個就在這兒吃了吧，省得一會子又鬧。芰香，去把妳三個姊姊的飯菜都傳到這裡來，回頭妳和青鈿各自去用飯，我這裡不用人伺候了。」風荷徐徐起身走到一邊紗窗下，望著外邊小小的石榴果，再有一個月應該熟了吧。

沈烟三人都知道自家小姐的脾性，也不推辭，洗了手圍著小圓桌，斜簽著身子坐了。門口進來一個豆綠色比甲的丫鬟，不同於沈烟的穩重，也不同於雲碧的明快，自有一股子溫柔敦厚的妥貼，她就是風荷剛提起的含秋。

含秋端了一個海棠花式的紅漆小茶盤，微微福身。「小姐，吃點酸梅湯再去給夫人請安吧，大清早的外頭的太陽就毒得很。」

風荷隨口嗯了一聲，端起白蓮花樣的小碗啜了一口，酸酸的很開胃，心底一陣透亮。不由笑道：「再去取些過來，今兒這個倒是不甜膩，正好帶去給夫人嚐嚐，夫人躺在病床怕是喜歡吃點爽口的東西。我記得昨兒大少爺送了幾個甜瓜過來，還在吧，一併帶上。」

「小姐放心，奴婢早想著小姐一定會把東西孝敬給夫人的，已經命淺草和微雨在那兒收拾呢。」含秋笑起來眼神很溫柔，尤其親切。

正準備要出門，卻在門口撞見一個眉眼清秀、身段婀娜的丫鬟，原來是夫人房裡的飛冉。飛冉是董夫人身邊的一等大丫鬟，性子穩重，絕不會無故這樣莽撞。

飛冉迅速福了福身，不等風荷發問，已經焦急地回道：「小姐，杜姨娘去了夫人房裡，說了些混帳話，夫人正在吃藥，氣得藥都吐了，面色好不怕人，小姐快去看看吧。」

「別說了，快走。」風荷打斷了丫鬟的話，提起裙子快步跑了出去。這一來，沈烟幾個哪裡還有心情吃飯，都急急跟上，杜姨娘莫不是真把自己當主子了，居然敢去夫人房裡撒野。

董夫人自從生了風荷之後，身子骨就一直不爽利，病了許多年。如今沒有住在二進的正院裡，董老太太藉口讓她靜養搬到了三進院子東邊一個僻靜的院落，叫僻月居。風荷跑到僻月居的時候，額上都滲出了密密的薄汗。

湘妃竹簾裡，隱隱傳來杜姨娘囂張嬌媚的聲音——

「夫人，這是好事，妳該高興才是。莊郡王府那是什麼地方，大小姐能夠嫁過去是咱們董家幾輩子修來的福氣，夫人為何不樂？杭家四少爺這樣的好女婿，那是滿安京城打著燈籠也難找的，看老太太多疼大小姐，吃的穿的從來都是趕著給她，現在有好夫婿仍是留給大小姐。

「我說夫人妳啊，放著身子不保養，成日操心這些事有什麼意思？回頭老爺回來，又要怪我不知好好服侍夫人了。我自來是個嘴笨的，不及夫人得老爺心意，把這樣的好地方給夫人住。唉，我這樣子的，也只能多替老爺管著家中的事務，方能讓老爺心裡念著我一點。」

風荷唰地一下掀起竹簾，穩穩的邁著步子進來，清冷的眸子如刀一般射向杜姨娘，看得她沒有遁逃的地方。夫人對老爺的心死了，不願與妳們計較，自己只想與夫人好生過日子，懶得搭理妳們，妳們倒是好，真當自己怕了妳們是吧。看自己今日能不能罰了妳，杜姨娘。

杜姨娘看來年紀似乎還不滿三十，瓜子臉，眉若柳，小巧的鼻子，倒是個美人胚子，只是神色間有一種戾氣。她一身裝扮，早就逾了規矩，衣服的布料款式，滿身的金銀首飾，許多都不是她的身分能用的，她這樣大大方方在外招搖，足以見得她在董府的地位不單純是個姨娘。

「杜姨娘，妳可知道妳錯在哪裡？」冰冷的語調使得人在盛夏裡感到刺骨的冷酷。

「大小姐，我不明白妳的話。我是來給夫人道喜的，有什麼錯？」杜姨娘身子顫抖了一下，淡淡泛青的面色，襯著她那件豔麗的金絲刺繡棗紅撒花薄褙子，顯得很是怪異。她不知為何，一見到這個只有十幾歲的小姑娘就有點發怵，卻仍然強撐著氣勢高聲問道。

風荷不理她，快步走到床邊，握了握董夫人的手，先吩咐一邊嚇得眼淚汪汪的丫鬟。

「哭什麼？夫人身上出了汗，先把夫人擦洗下換身衣服，難道妳想一會兒太醫過來看到這副樣子？」她在路上已經打發人去請太醫院時常給董家診脈的陸太醫了。

小丫鬟名喚錦瑟，是與飛冉一樣的一等大丫鬟，她行事妥貼，服侍起人來兢兢業業，只是膽子較小，被董夫人嚇得有點慌了手腳。現在有大小姐在，她就不怕了，情急之下拿袖子抹了眼淚，拚命點頭，果然和飛冉扶起董夫人到隔壁的淨房。

董夫人憂傷的看著風荷。

董夫人病中，很顯瘦弱，一陣風都能把她吹跑一般。細看她的眉眼，與風荷有五分相似，只她有一股溫柔如水的甜美之感，而風荷大家氣度十足，舉手投足間顧盼生輝。

風荷輕笑，給了錦瑟一個安心的眼神，看著她出去了，才淡淡瞥了杜姨娘一眼，沈聲說道：「夫人內室可不是什麼人都能進去的，請杜姨娘到外邊說話。」說完，自己已然轉身去了隔壁的小廳。

僻月居有三間正房和兩間廂房、兩間小耳房，原先是祖輩的老夫人禮佛的地方，年久失修，甚是簡陋。董夫人搬過來之時，也只是稍微粉刷了一下，但因佈置得好，反而顯得輕巧雅致。

小小一間正廳，正面是一個黑漆三圍的羅漢床，鋪著半舊的秋香色錦墊，兩旁的高几上擺著翡翠為葉、玉石為枝的萬年青石料盆景和汝烟天青釉面的花觚。地下兩溜黑檀木螯福壽紋圈椅，幾個同樣黑漆的小杌子。向東望去，一個四折烏梨木雕花繡緞屏風，隔開了東間吃飯的小花廳。

董夫人不在，風荷高高坐在羅漢床上，不先發落杜姨娘，對著雲碧細細說道：「我記得咱們庫裡還收著一個水墨畫的帳幔，夫人房裡那個有點舊了，也不合現在的時令，回頭找了我們那個給夫人換上。還有，上月皇后娘娘賞下了幾疋冰蠶絲的貢緞，做了裡衣穿最是涼爽舒適，傳我的話，讓林管事送幾疋過來。」

越聽，杜姨娘的臉色越不好看，這些年，雖說是老太太理事，但在老太太的縱容下府裡的事多半是她拿主意，董風荷分明是打她的臉。偏她一句話不敢駁，夫人不受寵，大小姐被冷落，可是府裡的老人私底下對大小姐都是又敬又怕的，大小姐的話保管比自己的話還管用。這些年，她們母女倆凡事不計較，自己竟然忘了這個大小姐的厲害，以後她若想插手府中事務，那自己就麻煩了。

風荷說完，抿了一口茶，將茶盞在桌上重重一頓，淺笑吟吟地說：「姨娘怎麼不坐？」杜姨娘心頭怒氣洶湧，誰見了她不是稱呼一聲「二夫人」，連老爺老太太都不理論，只有她們曲苑的人，一口一個「杜姨娘」，老爺也是的，不然怎麼會委屈自己。這般一想，杜姨娘倒是膽子大了不少，一屁股坐到風荷下首第一個的椅子上。

「沈烟，請杜姨娘坐好了。」珠圓玉潤的聲音，散發出金石般的凜冽之氣，教人更慌。

沈烟會意，含笑扶了杜姨娘的手，把她架了起來，拉著走到了最靠門的一個小杌子上，嘴裡笑嘻嘻地說：「姨娘快坐，這裡靠門，涼快。」

杜姨娘在董府囂張得太久，風荷的話、沈烟的舉動把她完全愣住了，她都沒有一點反抗的被沈烟按在了杌子上。良久，她才反應過來，便是老太太房裡她都能坐個椅子，董風荷太過分了，杜姨娘呼喇一下就站了起來。

不等她質問，風荷已經訝異地問道：「怎麼，姨娘不願坐，既然這樣，那就站著算了。」

一句話氣得杜姨娘上氣不接下氣，雙拳拽得死緊，說不出話來。

「哼，沈烟，告訴姨娘，她到底錯在哪裡？」風荷忽地變臉，剛才的和顏悅色彷彿是夢境，一張俏臉布滿寒霜。

沈烟不疾不徐，正色應道：「奴婢遵命。第一，姨娘不得穿金絲繡線的衣物；第二，姨娘不得戴鳳釵；第三，夫人內室姨娘不得入內；第四，夫人身子不好，姨娘不知服侍湯藥，反而坐在那裡長篇大論；第五，夫人不適，姨娘沒有及時稟告老太太請太醫；第六，小姐過來，姨娘沒有行禮；第七，小姐賜座姨娘不從。姨娘犯了這七個錯。」

「姨娘，妳可服氣？」紅唇輕啟，語音柔和，髮間碩大的珠花閃射出耀眼的光芒，高貴天成。

「我、我沒有。」沈寂多年的人一旦發怒，杜姨娘有點招架不了，可她終究自恃自己背後是老太太，還能怕了一個不得寵的女孩兒不成？

「第八，有錯不改。」沈烟安靜地加了一句。

杜姨娘覺得自己的世界轟然而響，太多人叫她「二夫人」，讓她以為自己真成了董府明堂正道的主子，忘了董風荷才是她的主子。她向一旁的藍衣小鬟拚命使眼色，讓她去請老太太來救她。藍衣小鬟得命，悄悄退了出去，一溜煙飛跑，風荷視而不見。

風荷撥弄著腕上瑩潤碧透的老坑翡翠手串，柳眉微挑，滿不在乎的吩咐。「姨娘既然犯了錯，不得不罰。念在姨娘養育了大少爺和二小姐二少爺的分上，掌嘴二十吧。夫人見不得這樣的情景，沈烟，請姨娘到院子裡受罰，好生伺候了。」

第三章　怒掌親妹

撂下這番話，董風荷起身去了西間的臥房，董夫人已經梳洗整齊仰靠在床上。她臉上瘦得沒有一點肉，面色發青，極不好看，只有一雙看著風荷的眼睛清澈如水。

董夫人見風荷進來，不由拉了她的手急聲問道：「妳這樣，老太太一定會為她出頭的，算了，放了她這遭吧。」

「娘，這些年，我們忍了太久，沒想到她們還不肯放過我們。她們既無恥，就別怪我無情了。老太太連那樣的事情都做得出來，娘還能指望她會待我好嗎？娘只管放心，她，我還是動得了的。」風荷又給董夫人背後加了一個素色的團花大迎枕，讓她靠得舒服些，輕輕拍著她的背。

外邊響起了杜姨娘一串驚慌的叫聲，隨即似乎是扭打的聲響，很快一切歸於平靜，院子裡斷斷續續傳來清脆的「啪啪」之聲，及杜姨娘的怒罵和痛哭聲。

風荷從來是個會用人的人，別看沈烟穩重，雲碧厲害，這種事交給雲碧她不一定治得住杜姨娘。沈烟不同，穩重得有點冷酷，才不管妳是姨娘還是夫人的，她只知道服從主子的話，行事之間更有一股子別人比不了的狠絕。

董夫人紋絲不動，只是嘆了一口氣，才啞著聲訴道：「風荷，都是娘不好，這些年來連累了妳，讓妳沒個安生日子過。若是娘爭氣些，妳也不會，不會……咳、咳……」

「娘，不說這些，您先歇歇。」風荷撫摸著董夫人的前胸給她順氣，錦瑟這會子已經伶俐不少，急急倒了一盅茶過來，董夫人止了咳嗽，吃了一口茶就推開不要。

「風荷，那個杭家，妳不能去，娘以前懦弱，但妳是娘唯一的女兒，娘就是拚了這條命也要護著妳。」董夫人靠在迎枕上喘氣，半日方才說道，清淩淩的眼圈霎時紅了。

風荷忙掏出帕子給她拭淚，低聲勸慰。「娘，您別哭，養身子要緊，女兒沒事。您是知道的，女兒才不信那些鬼神之說，不過是愚弄糊塗人的。何況，女兒不會這樣讓他們得了好去，娘放心，女兒心裡有數呢。」

「妳爹他，他的心好狠……」一語未了，董夫人已是哽咽不已。

風荷抱著她忍不住淚盈於睫。她不是怪老爺對她不好，她只是恨老爺不知娘的滿腔心意，居然相信了那些人的伎倆，撇棄了與娘的山盟海誓，讓娘傷透了心。這樣的爹靠不住，她也不想靠。

風荷勸了半日，董夫人才漸漸定下心來，其實暗中卻打定主意，這次她一定不能由著他們毀了自己唯一的女兒，那個人，求也要求得他轉圜。

恰好，太醫到了，不過是囑咐小心靜養，不能受刺激之語。風荷服侍董夫人吃了藥睡下，方帶了人悄悄離去。

在第四進的甬道上，有一個紫藤長廊，走在下邊擋了好多光線，一下子陰涼不少。風荷不由放慢腳步，想著心事。

「董風荷，妳給我站住。」一道嬌斥遠遠傳來，順眼望去，一個粉紅色紗裙的女孩兒滿臉怒氣，蹬蹬蹬的衝這邊過來，瞧著與風荷一般年紀。容貌姣好，脂凝腮豔，可惜眉宇間戾氣太重，蠻橫無禮，與杜姨娘相似，讓人本能的不喜歡。

風荷止住腳步，轉身笑看她。

粉紅衣裙的女孩兒柳眉倒豎，一手插腰，一手指著風荷罵道：「董風荷，妳吃了熊心豹子膽啊，連我娘都敢打，我今兒不教訓教訓妳，妳就不知道厲害。」

「鳳嬌，說話要小心，娘可不是隨便叫的。一個奴才秧子，我還教訓不成了，妳堂堂董家二小姐給一個奴才出氣，算是什麼樣子，傳出去我們董家的臉面都被妳丟光了。」她先還帶著笑意，說到後來竟是語氣冷酷，面容不虞。

這個粉紅裙的女孩兒原來是杜姨娘生的女兒，比風荷小了近一歲。本來她們是風字輩，可杜姨娘嫌風字不好，鬧著給她改了鳳字，取名鳳嬌。董鳳嬌倒是人如其名，真像個鳳凰一般驕傲，渾然不把風荷放在眼裡。偏偏在董府，她的話不比風荷管用，心下早存了一股氣，時不時就要找風荷的麻煩，卻從得不到好。

董鳳嬌聽到把她娘說成奴才，登時大怒，指著幾個畏畏縮縮的小丫鬟大叫。「給我打她，打！讓她知道誰才是府裡受寵的小姐！」

小丫鬟們嚇得大氣也不敢出，董府自來有個傳聞，大小姐才是董家的當家。即便她如今不受寵，好歹還是個主子呢。她們以前就不敢招惹風荷，何況今兒風荷連杜姨娘都打了，誰嫌命大撞到刀口上去？

「妳們這群沒用的東西，回頭就叫人牙子來把妳們賣了。」董鳳嬌氣得臉色鐵青，她的丫鬟居然怕董風荷，不聽她的話，這是徹底無視她這個二小姐。她越想越氣，胸口被一團火燒，猛地上前幾步，掄起右手就要往董風荷嬌嫩的臉頰上招呼。不就是長得漂亮點嘛，有什麼用，妳那個娘還不是輸得很慘！

半空中，一條有力的胳膊牢牢縛住了董鳳嬌的右手，疼得她齜牙咧嘴，待她看清來人，真如火上澆油一般。「哥哥，你抓我幹什麼？這個女人打了娘，我要為娘出氣。」

董風荷身後不知何時站了一名年輕公子，穿著青色杭綢的夏衣，玉冠束起滿頭烏黑的髮絲，豐神俊朗，氣度雍容。清澈的眸子泛著琥珀的光澤，劍眉斜插入鬢，淡粉紅的唇角緊緊抿著，沈鬱的面容顯示出他此刻相當憤怒。

他的聲音不高不低，有股醇厚綿柔的後勁。「給妳姊姊道歉。姨娘犯了錯，本應受罰，妳憑什麼為她出頭。」

「你，你這個白眼狼，娘辛辛苦苦生了你，你卻只顧巴結著夫人，我是你的親妹妹你不幫，反而幫著個外人來欺負我，我這就告訴娘去。」董鳳嬌氣得不輕，她這個親哥哥眼裡從來都對她這個妹妹看不順眼，反而時時處處照應著仇人的女兒，有好的東西都是讓她挑剩下了才想到自己。

「風荷是我妹妹，不是外人。姨娘尊敬夫人那是應該的，尤其夫人在病中，姨娘更不該前去打攪，妳還是別再鬧了吧。」他一副淡漠而清冷的樣子，卻教人感到了真誠，他不是在演戲而是真的這麼想。

他是董家大少爺董華辰，杜姨娘庶出，前年已經中了安京第一名的解元，等著明年的大比之期。董家雖是武將出身，但也是書香門第，極為重視子孫的教育，董華辰若能博得進士及第，就能徹底脫了董家武人的外衣。

自古大家族裡，為了家族安定，子孫團結，向來是不允許有庶出的長子，除非正室妻子一直無孕。董夫人原姓曲，小名清芷，曲家表少爺就是她娘家侄子。她十六歲嫁到董家，一年後懷孕卻不幸流產，是個男胎，自此傷了身子。又因當時曲家出了大事，董夫人心緒不寧，以至於無心調理身子，後來幾年不孕。

所以，老太太作主把養在自己身邊的杜語眉給兒子收了房，杜氏是老太太庶出妹子的女兒，因父母雙亡自小跟著老太太在董府長大。一年後，她就生下了長子董華辰，隔年董夫人終於生下了嫡女董風荷。可是，董夫人元氣大傷，再不能有孕，後來又發生了一些事，漸漸在董家沒了權力。杜氏倒是接著生下了二小姐鳳嬌、二少爺華皓。

不過，因六歲前董華辰都是養在董夫人膝下的，倒與董風荷甚親，對自己親妹妹都不及。杜姨娘時常埋怨董華辰不孝順，卻也沒有辦法。

董鳳嬌對自己這個親哥哥本來就有不滿，這會子已然是怨恨了，狠狠跺了跺腳，終究不死心，對著風荷罵了一句：「一個哪來都不知道的野種，也敢在我們董家耀武揚威。」

「啪」的一聲，清脆至極，一時間驚呆了所有的人，董華辰沈聲斥道：「把二小姐送回房去。」

「你、你打我？你為了她打我？」董鳳嬌不可置信的盯著董華辰，她活了這麼大，還沒有人敢彈她一指甲，卻為了那個女人被自己親哥哥打，這叫她如何能受得了？她登時捂著臉大哭著向前院跑去，估計是向老太太告狀去了。

風荷不由汗濕，看著董華辰喃喃著。「她性子躁，我都不計較，你何必與她計較呢？」

「妳們都是我妹妹。何況，不給她點教訓，她的性子真就難改，日後去了別人家裡還不得吃虧。」他只要一對著她，滿腔的不悅怒意都立時消散了，儼然當年那個哄著她陪她玩鬧的哥哥。

「姨娘的事，我也不想那樣，只是我不能再由著她欺負我娘了。」無論心裡多麼看不起杜姨娘，面對華辰，風荷始終有些愧意，好歹是他的親生母親，她打姨娘就是打他啊。

董華辰默默的看著她的眼睛，從她身上移到了開得正豔的紫藤花上，長嘆口氣。「我不怪妳。我知道妳和夫人多年來一直忍讓著姨娘，是姨娘太過分了。風荷，我會想辦法阻止妳和杭家的婚事的。」

風荷嫣然一笑，揚了揚眉，一種明暢暈散開來。「你好好讀書就好，我的事我會解決的。好了，我那裡還有些事，先走一步。」

指尖冰涼的觸覺震得她一顫，慢慢往上侵襲，舒適的涼意環繞在她周身，如六月裡的冰雪。

他拉住了她，看著她窈窕的背影，一時間慌亂痛惜害怕攪得他亂了心智，向來能說會道的他沒了言語，只想留住手上的溫軟滑膩。

風荷沒有回頭，輕輕抽出自己的手，頓了須臾，飄然而去。

第四章　針鋒相對

只是今日注定是個多事的日子，董風荷才走了幾步路，後頭就有一個略顯蒼老的聲音揚聲喚道：「大小姐請留步。」

風荷正等著呢，沒想到老太太的速度這麼慢，她悠然轉身，笑吟吟看著面前小跑著過來的一個老嬤嬤。

來人是董家老太太自幼隨身的丫鬟，嫁了人之後夫君早逝，她獨自一人，便重新回了老太太身邊伺候，如今已是六十的人了。她亦是含笑，和氣地說道：「老太太請大小姐過去呢。」

「好，請顧嬤嬤帶路。」風荷想都沒想就應了。

顧嬤嬤不由得一愣，老太太還擔心大小姐不聽話呢，巴巴派了自己過來，自己早猜到大小姐會乖乖去的。論理，老太太這些年也有些過了，都是上輩的恩怨了，何必連累了後世子孫，怎麼說大小姐都是董府的女兒呢。何況，自己也看出來大小姐不是那種懦弱的姑娘家，過去只是她不願計較而已，她若真發火了，老太太也沒有辦法。哎，一會兒又是一場好鬧。

董老太太娘家姓沈，也算得上京城的望族，弟弟現任兵部侍郎，將到致仕的年紀，下一輩中卻沒有出息的子孫。董老太爺十四年前去世之後，董家就尊她為長了，她也是六十二高齡了。

如今的董將軍名喚長松，就是董老太太的親生兒子，長年在外戍邊，家中之事過去是董夫人料理，現今都是董老太太掌管，杜姨娘協助。老太太還有一個親女兒，嫁給了安瀾公主的駙馬一個庶出的兒子，已於前年去世了。

老太爺還有一個庶出兒子，叫長鳴，娶妻之後就出府獨住，與這邊極少往來。三個庶出女兒，各是玉芳、玉婉、玉茜，都遠嫁離京，幾乎斷了來往。是以，董家真正的人口算是比較簡單的。

老太太住在三進院的正房，朝輝堂，她把董夫人安置在她眼皮子底下，就是為了隨時監視。偏她心存歪念，董夫人的院子太僻，不然早上杜姨娘被打的聲音早就傳到了正房。

朝輝堂裡，分外安靜，小丫頭都小心翼翼的看著進來的董風荷、以及身後不遠處跟著的董華辰。董華辰不放心風荷，跟了過來。看來杜姨娘和董鳳嬌一定沒有放過這個機會，熱熱鬧鬧的哭訴了一番，以至於滿院子的人都聽說了。

堂屋正面的羅漢床上，威嚴的坐著一個老太太，滿頭銀絲，皮膚不算白，一雙眼睛銳利而又精明，臉色毫不隱藏她此刻的憤怒。她穿著赭石鑲邊淺金五彩撒花緞面薄褙子，下著棕紅馬面裙，脖子上的珍珠項鍊顆顆碩大，兩手各戴了兩個寶石戒指，雖然富麗堂皇，卻不好看，畢竟是個守寡的老年婦人，太招搖。

「孫女（孫子）給老太太請安了。」董風荷、董華辰異口同聲地說。

風荷笑得很甜，實在是因為椅子上坐著的杜姨娘那副尊容太過精彩了，唇腫得像小孩手臂，還是豬肝色，臉頰兩邊滾圓成團。

「妳給我跪下。」聲音不只嚴厲，而且狠毒了。

風荷假作不解，詫異地問道：「老太太是叫孫女嗎？孫女不知犯了何錯，要老太太罰跪？」

老太太氣得渾身顫抖，都這個時候了還不認帳，自己只當她安分了，沒想到今兒連這種事都做得出來，打杜姨娘是假打自己是真吧。狠命拍著桌子，沈聲斥道：「妳不知，妳毆打長輩妹子，這難道還不是錯？」

「長輩？孫女並不敢，孫女何時毆打過長輩了？」風荷一雙明亮的眼睛靈動慧黠，老太太自己有語病別怪她不認。

「老太太，是孫子打了二妹，不關風荷的事。」董華辰不去看親生母親──都這樣了還不長記性，難道真想風荷對妳開刀不成？

「你？你們一個個都了不起了，翅膀長硬了，連我的話都敢頂撞。華辰，鳳嬌好歹是你妹妹，你怎麼下得去手？」老太太捶胸頓足，做痛心疾首狀。

董華辰望著鳳嬌皺皺眉，終是說道：「二妹的話不但是侮辱風荷，還是侮辱我們整個懷恩將軍府，對父親而言更是男子不能受的恥辱。我只是想給二妹一個教訓，希望她以後能夠慎言。」

鳳嬌的話有不妥，老太太心知肚明，但她不想怪罪，她只是痛恨孫子糊塗，不就是養了你幾年嗎，難道還敵過生育之恩兄妹之情了？與你說了多少遍，遠著點那母女二人，你偏不聽，現在甚至為了那個小賤人打自己的親妹妹，怎麼就這麼糊塗呢？

老太太狠狠平了平心氣，孫子是董家未來的希望，她不想與他鬧破了，半日方才恨鐵不成鋼的說道：「你妹妹若有錯，你好生教訓她就好，豈能當著一眾丫鬟的面給她沒臉，你讓她日後怎麼在府裡立足，他日怎麼出嫁呢？」

「孫子錯了，不過二妹更不該對風荷動手。長幼而言，風荷是姊、二妹是妹，尊卑而言，風荷是嫡、二妹是庶，老太太日後還是管管她的好。」換了旁人，誰願意當著一堆人的面提自己的庶出身分，他卻不，甚至還有些理直氣壯，庶出沒什麼可恥的，你提不提它都擺在那兒。

安靜了一小會兒的杜姨娘再一次嚎啕大哭。「我的命怎麼就這麼苦呢，十月懷胎辛辛苦苦生下的兒子不肯認我，還滿心瞧不起我，我活著還有什麼意思？老爺啊，您可要回來給我作主啊！」

杜姨娘趁著擦眼淚的空隙去瞧兒子的反應，誰知他連眉眼都不抬，越發氣苦，哭得更起勁。

老太太當然知道杜姨娘這是在演戲，可惜這戲碼不管用，只得沈聲喝止。「哭什麼，當著小輩的面不知莊重。」

杜姨娘戛然而止。

老太太不想把時間浪費在華辰身上，轉而怒目看向風荷。「董風荷，妳究竟認不認錯？」

風荷幽幽看了一眼董華辰，似在向他道歉，隨即冷冷的看著老太太。「老太太，我是董家嫡出大小姐，難道還教訓不得一個犯了錯的姨娘下人嗎？老太太這樣，眼裡可有規矩，可有尊卑？若說杜姨娘是長輩，是不是春姨娘、冬姨娘都是長輩了，是不是以後大哥和二妹、二弟見了她們都要行禮，若是，我無話可說。」

「妳，胡鬧！杜姨娘為妳爹生養了二子一女，如何能跟那些無所出的姨娘相提並論。」老太太嘴唇微微顫抖，顯然是氣得不輕，撈了一把桌上，只有一個茶盞，劈手甩到了地上。

眼看茶盞落到風荷腳邊，裡邊若是熱茶非得燙傷了不可，董華辰不及細想，一把拉了風荷到自己身後，他擋在前邊。

風荷安然無恙，董華辰黑色的鞋面上沾了幾點茶水，留下了水印子。

這回，董華辰原本的幾分不快瞬間爆發，一雙清涼如水的眼裡盛滿了怒火，冷冷問道：「老太太，難道您想去祠堂跪祖宗嗎，您忘了當日祖父留下的話了嗎？」

一語未完，董老太太登時變了臉色，驚怒的同時閃過一抹慌張，該死的老爺，臨行前都不忘擺自己一道，要為他那寶貝兒媳婦和孫女撐腰。原來，當日董家老太爺離世之前，曾留下手書於曲家、好友及衙門，老太太若是對董夫人和風荷不善，輕則祠堂罰跪，重則逐出董家。是以，這些年來，無論老太太如何不喜董夫人和風荷，大面上都過得去。

「大哥，想必老太太也是一時失手，不是有心的。老太太，姨娘犯的錯人盡皆知，不需我重複吧，我處置姨娘那也是按著規矩來的，不敢逾越。姨娘還是快請太醫看看吧，別留下什麼病根，老太太，您說呢？」風荷輕輕扯了扯華辰的袖子，她與老太太鬧翻沒關係，終是要離開這個家的，哥哥不同，老太太若是使絆子，對他以後仕途總歸不利。

董老太太連輸兩陣灰頭土臉，哪肯服氣，一時間卻又沒個主意，只得企圖等自己兒子回來之後再說，難道做老子的還不能教訓自己女兒？

杜姨娘和董鳳嬌看老太太有認輸的跡象，頓時大急，她們吃了這麼大的虧就算了不成，不讓那個小賤人知道厲害，日後還把她們放在眼裡嗎？兩人一齊走到老太太身邊，想要再說兩句，門外有小丫頭前來稟報——

「回老太太、大少爺、大小姐、二小姐、二夫人，忠義伯夫人求見。」

第五章　杭芸來探

上回說到董老太太正要命眾人散了，恰好忠義伯夫人來訪。論理，忠義伯夫人的身分比董家之人都高了一級，既然來了不得不迎。

只是老太太、杜姨娘、董鳳嬌都悶悶不樂的，只因這個忠義伯並非別人，而是董夫人娘家，現在的忠義伯正是董夫人的侄子，忠義伯夫人是她的侄媳婦。也就是風荷的表哥和表嫂。

除此之外，忠義伯夫人還有一重身分，她的娘家就是莊郡王府上。其父是莊郡王府嫡出之子，可惜英年早逝，留下忠義伯夫人的母親青春守寡，幸好還有這個小女兒。上次葉嬤嬤提到回曲家向表少爺和表夫人打聽杭家之事，就是因為如此。

杜姨娘和董鳳嬌藉口身子不適都退下了，剩下老太太帶著董華辰和風荷前去迎接。

忠義伯夫人年紀甚輕，娘家單名一個芸字，今年只有十八歲，與風荷來往過幾次，頗為合得來。而且曲家除了上面一個老太太，就只有忠義伯夫妻二人，曲家老太太是董夫人的母親，風荷的外祖母。因著家裡人少，忠義伯夫人很是省心，太婆婆待她又好，夫妻恩愛的，連帶著對董夫人和風荷都很是喜歡。

兩個小丫鬟左右扶著她，她梳著清清爽爽的朝月髻，一支銀鎦金點翠鑲碧璽白玉花卉鈿清雅有趣，髮髻裡不多的點綴著幾支珠花。圓圓的鵝蛋臉看起來親切隨和，笑起來兩個小小的酒窩很招人喜歡，皮膚瑩白如玉，身段苗條優雅，很有大家子出身的氣派。

「怎敢煩勞老太太親自迎接，不拘讓風荷前來就好了。」她雖是笑著，但更多時候是對風荷笑，然後對董華辰輕輕點了點頭。

「夫人大駕光臨，老身就當鍛鍊鍛鍊身子骨。」老太太嘻嘻笑著，不過明眼人都能看得出來她並不歡迎忠義伯夫人，或許懼多於喜。

曲夫人只當不知，含笑問道：「老太太身子骨可還硬朗，祖母日日惦記著呢。」說的是風荷外祖母。

「好，好著。妳家老太太多時不來我家走動了啊。」場面上的話誰不會說。

哼，來妳家，看妳虐待我們姑奶奶還是表小姐，都老成這樣了，還放不下當年之事，看妳到死了都別忘，都快當曾祖母的人了還這麼小肚雞腸。曲夫人心裡惱著董老太太呢，真當他們曲家沒人了不成，過去那是沒法子，好歹如今相公成年了，大小也有封號在身，還能怎麼鬧騰呢。

幾人分賓主落坐，不過寒暄了一刻鐘，曲夫人就提出：「祖母不放心我們姑奶奶，就讓風荷陪著我去看看，老太太只管歇著。」

老太太明知她們私底下有話要說，可是不敢駁斥了曲夫人的要求，滿臉含笑地應了。

「怎麼樣，妳們是不是都聽說了，姑媽知道了嗎？」迴廊轉角處，曲夫人拉著風荷的手低聲耳語。

風荷點點頭，嘆道：「早上被杜姨娘鬧破的，好一場氣。」

「唉，這卻也怪我娘家，我也是方才夫人送信來才知道的。我們二房夫人不正是妳們老太太的娘家侄女嗎？怕是她們暗中拿定了主意，故意去太妃王妃跟前提了提，還說是這邊極樂意的。太妃王妃為這事愁了這些年，一聽有願意的，再加上聽說妳是個賢良淑德的，無有不應，當即就派人來提親，合了八字，手腳快得驚人，便是我們有心阻止也插不下手。

「這麼大的事我不敢瞞著祖母，祖母一聽就要過來，我怕她年紀大了，大暑天的走動不好，就好說歹說勸住了她，姑媽她沒事吧？」

曲夫人三言兩語解釋了一遍，她準備先來董家瞧瞧風荷和董夫人，再回自己娘家去探探情形，怎麼說都是一件大事。

前些年，曲家老太太獨自一人支撐著曲家，又要撫養才落娘胎的孫子長大成人，還要時常操心唯一的女兒在董家受苦，身子骨一直不太好。如今年紀大了，風荷真怕她急出個好歹來，焦慮地說道：「外祖母那裡，還要嫂嫂多多勸著。讓她別擔心母親，也別擔心我，養好了身子要緊。」

「這是自然，我來時已經送了信去妳哥那兒，想來他一得到消息就會回去陪著祖母的。我本來要等到妳哥他回來再走的，奈何祖母心中焦急，一迭聲催著我過來。」曲夫人看著風荷清雅脫俗的美貌，暗自充滿了歉意，讓她這樣一個如花似玉的女孩兒去自己家那個狼窩，真有幾分捨不得，何況四哥他……

「嫂嫂，婚姻大事我本不該問，可是娘臥病在床，為了安她的心一會子妳和緩著說。」風荷輕顰蛾眉，語調蕭條。

曲夫人雙手握住了她的，低低應道：「我知道怎麼說。」心中卻更是感嘆。

兩人並肩進了僻月居，小丫鬟趕忙迎上來。

「夫人歇息著嗎？」風荷壓低了聲音。

「是芸兒來了嗎？」裡邊傳來一陣略帶嘶啞的聲音。

風荷與曲夫人對視一眼，急急進去。

董夫人歪在床上，急切地望著外邊，一見她們二人勉強扯出了一抹笑，招手道：「快過來。」

錦瑟搬了一個黃花梨的小圓凳擺在床頭近處，請了曲夫人坐，風荷則挨著床沿坐了，丫鬟們又是上茶上點心的。

「我病著，只能委屈妳倆了。」董夫人面色蠟黃中有蒼白，只是輪廓依然能看出年輕時的美貌。

「姑媽說的什麼話，我們是晚輩，什麼委屈不委屈的。流蘇——」一直跟在曲夫人身後的一個綠衫小丫鬟聞言，捧著一個金鑲雙扣金星玻璃的一個扁盒上來，曲夫人親自揭去蓋子，笑道：「這是祖母特地叫廚房老師傅做的，祖母說姑媽年輕時在家裡最喜歡吃藕粉桂糖糕和薺菜餡的餃子，姑媽嚐嚐，可是那個味？」

扁盒裡兩個汝窯天青釉面的小碟，乾乾淨淨擺著幾塊糕和十來個餃子，淡淡的香味飄散在空氣中，教人看著食指大動。

風荷接過丫鬟遞來的純銀筷子，用一只白瓷小碟盛了一個餃子，餵到董夫人唇邊。「娘快嚐嚐，這餃子皮真薄，都能看到裡邊綠油油的薺菜末，一看就是下了功夫的。」

董夫人原沒什麼胃口，可不想辜負了母親的一片心意，也不想兩個小輩為自己操心，果真就著風荷的手咬了一小口，清香四溢。這些日子，董夫人病著，天氣又熱，一直沒什麼胃口，吃到這樣熟悉的味道不由鼻子一酸，想起自己在娘家做小姐時的日子，倒是把一個餃子都吃了。隨即，又在風荷的插科打諢下吃了一塊糕。

「姑媽若是愛吃，我回頭就把家裡的廚子送來，讓她專給姑媽做。」曲夫人笑吟吟說著。

「不用，我日常吃不了多少。妳們若是高興，有時間遣個人給我送一點子來就好，何必巴巴送個廚子來。」董夫人嚥了一口茶，擺擺手說道。

風荷把茶盞放到丫鬟托著的紅漆小茶盤裡，眉梢輕揚。「我正要答應呢，那樣我還能日日來娘這裡蹭點好吃的，不想娘一口就拒絕了，顯然是疼著嫂嫂不疼我。」

一時間，把兩人都說笑了。笑過一陣，董夫人方換了顏色，躊躇片刻，終是拉著曲夫人的手低聲問道：「芸兒，妳孝敬我的心我一直清楚。此事關係到妳娘家聲譽，妳定是不好說。可我就這一個女兒，不問問仔細我如何放得下心。妳只管與我說實話，杭家四少爺那些傳聞是不是真的？」

曲夫人眉眼輕抬，偷偷看了風荷一眼，想了想，正色說道：「的確是我娘家辦得急了。姑媽不把我當外人，我更不敢瞞著姑媽。

「姑媽應該記得王爺之前還有一個王妃，就是嘉郡王府的華欣郡主，為王爺生下三個兒子，我二哥早夭，大哥卻是娶了妻之後才沒的，先王妃所出只剩下我四哥。先王妃離世之時，四哥只有三歲。太王爺和太妃憐他年幼喪母，最是寵愛他，加之我四哥聰敏好學，大哥沒了之後他是王府世子的最可能人選。

「後來，太皇太后指婚，把她娘家侄孫女指給了王爺做繼室，一年後就有了五弟。

「其實，這也不是什麼秘密，我實話與姑媽說。大哥是十二年前沒的，我四哥的第一個未婚妻定的是佟太傅嫡女，八年前即將大婚之時一病而亡。第二個未婚妻永昌侯之女六年前沒了，五年前我四哥一個小妾所出的兒子夭亡。從此後，安京城裡就傳出了我四哥剋妻剋子的話。

「而大概也是七、八年前開始，我四哥一反常態，不再喜愛讀書，被人引著漸漸走上了那條路，成了滿安京無人不知的紈袴子弟。王爺對他狠打過幾次，漸漸不再理睬他，只有皇后娘娘和太妃時時肯護著他。

「姑媽，我所說的句句都是實話，想來隨便找個人打聽就能問到的。」

「照妳這麼說，杭家四少爺剋妻剋子、游手好閒的話都是真的了？」一股涼意漫上董夫人心頭，很快傳遍了她的全身上下，她連手腳都冰冷了。

曲夫人怔了怔，隨即明白她和董夫人立場不同，想問題的角度不同，忙道：「姑媽，是不是我四哥剋妻剋子，我不敢定論。

「王爺和我父親都是老太妃嫡出，是以我們兩房比起其他幾房來要親近不少。我父親去得早，太妃憐愛我們母女，日常用度一如王爺這房，而我也打小與大哥四哥最好，先王妃對我也很好。四哥小時候很照顧我，把我當親妹妹般對待，若要我說他如何不好，我委實做不到。雖然，這些年四哥變了個人一般的，但每次見到他，我總覺得他還是當年那個四哥。姑媽？」

「我懂，無論他變成怎樣，妳心裡都是那個疼愛妳的兄長。只是，風荷不是他的妹妹，我不能眼睜睜看著風荷受苦，甚至我每時每刻都要為她的生死而揪心，一個母親豈能受得了這樣的恐懼？」董夫人拍了拍曲夫人的肩膀，她黯淡的眼睛忽地閃過一抹光亮，她終於有了一個可以繼續活下去的理由，為她的女兒。

風荷安靜地聽著，沒有插言，總覺得哪裡不對勁，莊郡王府怎樣她不想管，可若那裡有一日會成為她的另一個家，她不得不多想想。聽到董夫人的話，她心中一顫，脫口而出──

「娘，或許事情根本不是那樣？娘知道，我從不信鬼神那一套，剋妻剋子的話我一個字都不信。我只是奇怪，為何王府嫡系的子嗣這麼艱難。二少爺幼年夭折尚有可能，大少爺都娶了妻的人難道好端端就沒了，除非當初本就是沖喜。」

「不是沖喜。我那時只有六歲，卻記得當時整個王府喜氣洋洋的，我大哥的身子自來不差。何況我大嫂是永安侯劉氏嫡女，即便他們不及王府尊貴，可也斷然不會把自己女兒送來沖喜的。似乎是大哥婚後幾個月，慢慢傳出大哥生病之事，沒幾月就沒了。然後就有人說我大嫂剋夫，我大嫂常常偷偷哭泣。

「姑媽，您要相信我，我人小記得卻清。只因我父親就是我娘嫁過去之後沒多久就去了的，我當時還在我娘肚子裡。是以，我娘很同情大嫂的遭遇，畢竟我大嫂連個傍身的孩子都沒有，我娘常帶我去大嫂那裡走動。」風荷的話讓曲夫人猛然一驚，其實暗地裡，她不是沒想過，為什麼他們和大房的人都多災多難呢？

董夫人當年單純至極，不然也不會輕易就著了人家的道，這幾年心思多了起來，可是即便裡頭有不為人知的秘密，那又怎麼樣？王府根本就是一團深不可測的水，她不能拿她女兒的性命開玩笑。

她眼神一黯，苦澀而笑。「芸兒，不管如何，我都不能讓風荷去杭家，她清靜慣了，受不得那份罪。尤其妳四哥房裡通房丫頭小妾一大堆，風荷的脾氣我最清楚，她不是大度能容人的。」說著，董夫人愛憐的看了女兒一眼，從小的教條又如何，她是那個年紀過來的，再明白不過了。

曲夫人是母親的獨女，自然能夠理解一個做母親的人，她輕輕點頭，嘆道：「那姑媽就快點想個法子吧，我們老太妃最是個辦事利索的人，說辦就辦。」

曲夫人又坐了一會兒，方才告辭，風荷直送到二門口。

第六章　婆媳對峙

這日，曲夫人走後，董夫人居然一反常態的主動要求吃藥吃飯，而且讓丫頭把自己打扮得清清爽爽，瞧著精神好了許多，與那個整日躺在病床上的人判若兩人。不過臉色依然憔悴得緊，久病的人無論如何不會一下子康復，她這也不過是強撐著而已。

風荷雖然為她擔心，但想到母親好歹有個盼頭，能讓她鼓起生存的勇氣，這至少是個好兆頭。怕只怕改日事情一旦沒有轉圜的餘地，還不知要怎生安慰她呢？

第三日早上，飛冉笑嘻嘻地來了曲苑，恰逢風荷正在用早飯，幫著沈烟一邊布菜一邊說道：「夫人今兒起來繞著院子走了大半圈，精神極好，我們都高興得不行。不過夫人不比往常打扮得素淨，讓我們找出了她多年未穿的草綠色淨面四喜如意紋妝花褙子，和一條桃紅刻絲挑線裙子。還簪了一支赤金桃枝攢心翡翠釵，看起來明豔照人。

「尤其是這兩天養得好，氣色頗佳。不過，夫人這樣我們總覺著有點不對勁，小姐說夫人想要做什麼呢？」說到最後，飛冉的語氣很是猶疑，像是拿不定主意。

風荷自然知道飛冉的擔心，她何嘗沒有想到，董夫人這些日子來的反常她已經想得清清楚楚，還不是為了她想要最後一搏嗎？董夫人原就沒什麼大病，這些年來不過是心病而已，要想好起來也不是不可能。

「夫人吩咐什麼妳們就做什麼。含秋，妳一會子跟著飛冉姊姊去夫人房裡，有什麼情況即刻來回與我。」她漱口的空檔已然看到含秋進來了。

「是，小姐，我們知道怎麼做。」幾個丫鬟一同應聲。

「我聽說老爺這幾日就會回京，可有確切的消息？」那個人，母親不願提，她也懶得提，可惜如今不是意氣用事的時候，或許真有需要他的地方。但她打定主意不會去求他，若他還當自己是他女兒，自然會為自己著想。

門簾響處，一個八、九歲大的小丫頭低垂著頭站在軟簾下，福身說道：「小姐，葉嬤嬤來了。」

葉嬤嬤自有家室，平日不住在這裡，都是住在董府後邊巷子裡專供家僕住的一個二進小院裡。每日風荷從董夫人那裡請安歸來，她一般恰好進來。今兒來得這般早，定是有事。

風荷一怔，忙喝道：「還不快請嬤嬤進來。」

小丫頭打起簾子，葉嬤嬤彎腰進來，這是規矩，只有主子才能昂首進門。

風荷緊走幾步，笑道：「嬤嬤倒是來得早，可吃了早飯不曾？」

「吃過了，家裡又沒什麼事，老奴還是來陪著小姐的好。」葉嬤嬤扶著風荷，把她送回座上。

「那也是嬤嬤會調理人，桐哥媳婦能幹，把家裡料理得紋絲不差，不然還不知嬤嬤要怎生忙呢。桐哥他媳婦的身子有五個月了吧，嬤嬤只管安心在家伴著就好，我這裡左右都是一屋子人伺候呢。」風荷把一盞才沏的老君眉遞給葉嬤嬤，話裡很是關切。

原來葉嬤嬤有一女二子，大女兒嫁給了董夫人陪嫁莊子上的管事，等閒不進城；大兒子葉桐管著風荷自己在外開的一家茶鋪，一年半前娶了董府的家生丫頭；二兒子葉梧是和風荷一塊兒生的，在前院當了一個小廝。

葉嬤嬤原先還擔心董府的家生丫頭眼皮子高，不肯跟他們大桐好生過日子，後來還是風荷看著那丫頭知禮本分，定了這婚事。嫁過來後一年多，上對公婆孝順，下與丈夫和睦，又這麼快有了身孕，葉嬤嬤喜歡得跟自家女兒一樣。聽風荷讚她，不由翹了唇角。

只是一想起小兒子與自己說的事，心就定不下來，看了看屋中都是心腹丫鬟，方才壓低了聲音與風荷說道：「梧哥兒昨晚回來與老奴說，老爺怕是這兩天就回來了，昨兒有軍裡的官兵來見了老太太。小姐和夫人要早作打算呢！」

自從出了那事，老爺就不再管她們母女，上了奏摺長年在邊疆戍衛，一年頂多回來一、兩次。而且每次回來她們都收不到信，她感覺好像有些年沒有見過自己的父親了。這次回來，會不會因為她的婚事？應該不會，依老太太的性子怕是會瞞著老爺作下了主呢。

風荷心裡不停計較著，面上不露聲色，很快接口道：「多謝梧哥兒記掛著我們母女，嬤嬤，我知道怎麼做。」

「小姐心裡有打算就好。早些年，老奴也曾跟著夫人四處走動，冷眼看來，沒有幾家小姐能有小姐生得好，何況小姐讀書識字，知琴會畫的，若隨隨便便配了人家，老奴都替小姐不值。」說著，葉嬤嬤擦了擦眼睛，到底是她奶大的孩子，怎麼看都比別家的強，別提風荷本就出色。

風荷低了頭，假意沒有聽見，這話不好接口，好在含秋來替她解了圍。方才風荷與葉嬤嬤說話之時，含秋已經跟著飛冉去僻月居伺候夫人。

董夫人匆匆吃了點兒東西，又對著鏡子端正了自己的衣飾，扶了丫鬟的手吩咐道：「去朝輝堂。」

董老太太看到董夫人的一剎那非常訝異，自己這個過年過節都不太出房門的媳婦居然跨出了門，還來了她這裡，難道是為了婚事而來？不管怎樣，兩家已經合了八字，就等這幾天下小定，就算她不滿也鬧不出什麼么蛾子來了。

不過，杜姨娘沒有董老太太的得意，前幾天還在床上氣息奄奄的賤人，今兒不但站在自己面前，還顯得那麼精神，這不得不教她吃驚。

「媳婦見過老太太，媳婦久病在床，多虧妹妹照料老太太，姊姊這邊謝過了。」那天的爭吵好似沒有發生過一般，董夫人對著老太太的樣子恭敬，對著杜姨娘的面目和善。

董老太太從鼻腔裡發出沈悶的一哼，面無表情地問道：「妳身子好了？都能出來走動？」

「謝老太太關心，媳婦覺得好多了，特意來向老太太請安。」董夫人這些年受老太太的冷眼早習慣了，只當不知道。

「妳好了最好。眉兒要操持整個府中的事忙不過來，大姊兒的嫁妝由妳親自看著準備吧。」董老太太說著這樣僭越無禮的話卻一點都不覺得不該，眉兒是杜姨娘的小名，讓一個姨娘掌家掌得這樣理直氣壯，怕是也只有董府了。

「什麼大姊兒的嫁妝？老爺為大姊兒定下人家了？我身子骨是弱了些，但總歸是大姊兒的娘親，沒有她的婚事我不知情的理。」董夫人那樣單純的人裝起天真來絕對是十成十的像，可語氣裡隱隱有責怪老太太的意思。

妳不承認就行了不成，那人家王府也太好欺負了！杜姨娘撇撇嘴，媚笑幾聲。「夫人，莫非妳忘了那日我去向夫人道喜，大小姐可是天生的富貴命呢！」

董夫人臉色陡變，冷冷的看著杜姨娘喝道：「妹妹好不知禮，我與老太太說話什麼時候輪到妳插嘴了？」她忍杜姨娘多年，只是因為覺得那個男人不值得她為他爭風吃醋，可若為了女兒，她拚著撕破臉皮也不會叫杜姨娘舒服了。

杜姨娘一時間愣住了，張著嘴不可思議的看著董夫人，心想她莫不是中了邪不成。

杜姨娘是老太太的人，私下裡還要叫老太太一聲姨媽呢，喝斥杜姨娘不就是喝斥老太太不懂規矩，董老太太登時發怒。「曲氏，妳別不知好歹，我可憐妳身子不爭氣，才狠心讓眉兒為妳分憂。這些年，除了大姊兒一個，妳說妳有沒有為我們董家做到傳宗接代之事？眉兒為我們董家生下兩兒一女，是大功臣，妳倒是當著我的面訓斥起她來了，妳有沒有一點孝順我的樣子？」

「老太太，妹妹為我們董家立下的汗馬功勞，我和老爺都不敢忘。但是，長幼尊卑，媳婦一刻不敢懈怠。」董夫人眼裡沒有一絲懼色，沒有了情意，她也無須敬著他的母親。

「妳！好、好，松兒回來，我就讓他升眉兒為平妻。」董老太太沒有見過這樣的兒媳婦，只能搬出兒子來壓人。

「只要老爺喜歡，媳婦定為他熱熱鬧鬧的辦了。只是，眼下還有一事，媳婦必須與老太太說個明白，婚姻大事父母之命媒妁之言，媳婦不同意與杭家的婚事，老太太還是推了為妙。」站了半日，董夫人一直沒有就座，本就虛弱的身子就有點搖搖欲墜了，全靠著錦瑟和飛冉兩邊撐持著。

董老太太重重拍著桌子，厲聲罵道：「不可能，退婚這樣的名聲我們董府擔不起，這婚事妳應不應都由不得妳。回頭老爺就回來了，妳還是趁早去準備嫁妝吧，別丟了我們董家的人。」

董夫人還要說話，已經有大門口的小廝喜氣洋洋跑進來報信——

「老太太、二夫人，」小廝明顯愣了愣，才喊道：「夫人，老爺回來了，就在前邊下馬呢！」

論理，小廝是不能進後院的，但是這樣的喜事例外，誰不想乘機多得點賞錢呢，都是搶著跑來。

第七章 「天倫之樂」

含秋一直聽著裡邊的動靜，這會子也是嚇了一跳，急急往曲苑方向趕，老爺回來這麼大的事，得先去稟報了小姐才是。

風荷不想父親回來得這麼快，愣了愣，起身看了看自己的釵環首飾。「我這樣打扮可以出去嗎？」

「小姐，不如換了那只大赤金五彩嵌紫寶蝴蝶簪，再戴上一朵茉莉花吧。老爺回來可是大喜事。」葉嬤嬤瞧著風荷髮髻上只有一支羊脂玉蓮花簪子和一朵小巧的米珠頭花，不由斟酌著說道。

風荷對著鏡子轉了一圈，粉白撒花衫兒，白玉蘭花紋天青色錦裙，只有腰間一個若隱若現的銀紅滾邊月白荷包是唯一的亮色。只她原生得嬌俏甜美，打扮得素淨越發顯出皮膚細膩如玉，白裡透紅，真個清雅動人，楚楚風致。

「就這樣吧。」風荷淡笑若梨。

四、五個丫鬟簇擁著風荷往前院去，葉嬤嬤一旁跟上。

老太太喜歡石榴花，朝輝堂院門入口就種了兩株晚石榴，火紅的石榴花六月裡依然怒放在枝頭，嬌豔富麗，渾然不像一個老太太的居所。遠遠聞得一陣嬉笑聲，風荷不由頓住腳向裡張望，一個身高大概近八尺、背影魁梧的男子挺身而立，左邊偎著一個年輕女孩兒，右邊是個身量更小的小男孩。不正是風荷的父親董長松、董鳳嬌和二弟董華皓嗎？三個人有說有笑的往裡走。

她心中猛地一窒，朦朧記得那時候父親是很喜歡抱她在膝頭教她讀書識字的，只是後來卻日漸冷淡，時到今日都不願多問她幾句。

那又如何，父親沒了，不是還有母親嗎？她的母親正拖著病體為她做最後的掙扎呢！

就在丫鬟嬤嬤都擔憂的看著風荷的時候，她深深吸了一口氣，掛著淺笑，快步走了進去。

迴廊下立著的丫鬟俱是喜氣洋洋的跪下磕頭，高聲喊著迎候之詞。杜姨娘扶著老太太迎到了門口，老太太的老臉笑成了一朵菊花，這個兒子以前是不太聽話，現在算是很不錯了。杜姨娘更是羞澀一笑，眉目傳情，柔情似水。

離了一丈遠的角落裡站著董夫人主僕，與那邊的熱鬧一襯，立時顯得形單影隻起來。董夫人垂著頭，壓根兒不去看外邊，她有幾年沒有見到這個名義上的夫君了呢？

「母親。」董老爺幾步上前，跪倒老太太腳下，哽咽出聲。

「快起來，松兒，怎麼又瘦了這麼多，還黑了？」老太太亦是有些動容了，這些年兒子待在家裡的時間統共加起來也不足半年，每次都來去匆匆。府裡沒個主事的男子，感覺就是不一樣。

董老爺拉著老太太的手起來了，語氣中有喜有愁。「母親，您身子怎麼樣？兒子不孝，母親年紀大了不能頤養天年，反而因著兒子整日操心勞碌。」

「咱們母子倆的，又不是外人。何況我究竟沒有多少事，多虧了眉兒能幹，裡裡外外都是一把好手，你念著她的情就行。」老太太忍不住摸了摸兒子的臉，剛見面就鼓勵兒子做出寵妾滅妻的事情來。

「語眉辛苦了，回頭想要什麼只管說。」董老爺話說得好聽，只是總給人客氣有餘甜蜜不夠的感覺。

杜姨娘抽出帕子拭去眼角的淚滴，低聲哽咽。「老爺別這麼說，能為老爺分憂是妾身的福分。」

這話倒是勾得董老爺幾分動容，對著她點了點頭。他扶著老太太往正座走，眼神一閃，整個人都怔在了當場，眼睛一眨不眨的盯著不遠處那個清冷消瘦的人影，他曾經許諾要照顧她一輩子的愛妻。

董夫人感覺到了他的視線，不由微微抬了頭，半日輕輕蹲著身，勉強行了一個禮。「老爺回來了，妾身有失遠迎。」只是只有一瞥，便再不願意看他。

青梅竹馬，少年夫妻，恩愛無比，甚至在她幾年沒有生下子嗣的情況下，他都沒有冷落她一分一毫。如果不是母親抱孫心切，他也不會納了杜氏及其他幾房妾室。杜姨娘一生下兒子，她就抱到了她房中養育，居然診出她身懷有孕，後來她生下女兒，他比兒子還要疼寵幾分。

而她，為何嫉妒如斯，要做出那些事來，置他們董府何顧，置他尊嚴何顧，還有他們多年恩愛？若不如此，他們又何嘗走到這一步？想起來，她的女兒應該也不小了，比鳳嬌還要大上一歲呢！

「妳在呢？」他失聲呢喃。

不等董夫人說話，鳳嬌已經站到大老爺身邊，挽了他的胳膊搖著。「爹，祖母等著您呢。」

董老爺悵然回神，抱歉的望了母親一眼，重新攙扶著老太太在羅漢床上坐好，老太太不放他手，硬是按著他坐在一邊。

「松兒，怎麼突然回來，可是軍中有什麼事？」老太太怕他勾起舊日心緒，急急扯著話題轉移他的視線。

董老爺當是母親關心自己，笑著回道：「前兒收到皇上的旨意回來的，這次打算都不走了，往後好好孝順母親，想來皇上多半會允。」

「哦？果真？這可真是大好事啊，咱們一家子人多久沒有團聚了，你孤身一人在那裡，我是日夜懸心呢，這樣最好最好。」老太太喜得滿面紅光，不停拍著兒子的手。

「老太太別光顧著高興，好歹容老爺喝盅茶，去去暑氣潤潤嗓子再說。」杜姨娘適時插話，接過丫鬟小茶盤上的豆綠底繪粉彩成窯茶碗遞到董老爺眼前，嬌笑著道：「老爺，這是你愛喝的明前龍井，老太太一直給你留著。」

董老爺笑著接過，吃了兩口放下。「母親，您自己吃就好了，做什麼留給我。上次還往我軍中送了不少呢！」

「呵呵，我平日不多吃龍井，反正你愛吃就最好。上次那個是眉兒命人送去的，才摘下的新鮮，想著你喜歡。」老太太年紀大了，覺著龍井味淡，愛吃鐵觀音等茶。

「哦，語眉費心了。」董老爺看著杜姨娘的目光越發溫柔了些。

董風荷站在門口，心中冷笑，好一幅母慈子孝、夫妾和睦呢，她在門口站了這麼久，小丫鬟都死了不成，分明是不敢打攪老太太的興致。她笑著對董夫人點了點頭，方才放重了腳步往裡走。

「妳怎麼進來了？」旁人未及開口，董鳳嬌記著舊恨，不管父親在眼前就脫口而出。

董老爺始朝門口看去，先是一驚，繼而一黯，即使多年未見，他依然一眼就能認出這是她的女兒，他寵愛了五年的女孩。她的確長得很好看，與她年輕時很像，只是比她更高貴更驚豔。

看著她素淨的衣飾，想起幾年來的冷落，漫上一股淡淡的懊惱和歉意，不管怎麼說，他終究食言了，讓她們母女倆受了很多委屈。轉頭去看風一吹就能倒的董夫人，隱約憐惜，便想讓她們坐。

老太太對自己這個兒子最瞭解不過，他的眉頭一皺，就知他心中想法，大急之下，高聲問著杜姨娘。「妳的傷還沒好全，不必伺候，下去坐著吧。」

「什麼傷？」董老爺一愣，回頭細細打量杜姨娘，他進來之後還沒正眼看過她呢，很快發現她抹了厚厚的粉，卻依然沒有遮住兩頰不正常的紅暈。

「沒什麼。」杜姨娘慌張抬頭看了風荷一眼，忙回著。

「什麼叫沒什麼？掌嘴二十呢，我竟不知道，咱們這個家何時輪到一個閨閣裡的小姐插手了？要不是宮裡特製的舒痕膏子，這回還不知留下多重的疤痕呢。」老太太撇了撇嘴，眼神凌厲的掃過風荷和董夫人的身子。

董老爺又不是傻子，還能聽不出來看不明白，當即寒了臉，沈聲問著董風荷。「妳為何打杜姨娘？」

院子裡伺候的下人都悄聲屏息，知道老太太是要借著老爺的手教訓夫人和大小姐了，誰敢出風頭？只有董夫人和風荷帶來的人滿臉焦急的看著她。

「風荷給老爺請安。姨娘不守規矩，不敬夫人，難道就由著她去嗎？老爺，咱們董家何時有這樣的規矩了？傳出去沒的是我們董家的臉面。」她微微屈膝，目光平淡如常，絲毫沒有一絲害怕或者慌亂，反而有幾分理直氣壯。

這個女孩兒真的很有幾分自己年輕時的風骨，冷靜能幹，可惜……唉！杜姨娘的為人，十幾年相處，董老爺不可能不清楚，若說她得罪董夫人，那是完全有可能的。只是自己即是為了過去，也為了老太太，時時容忍著她，不知她是不是又變本加厲了？是以，董老爺看著杜姨娘的目光便有些猶疑，沒有很快回話。

「老爺，即便妾身有錯，也與風荷無關。她還那麼年輕，怎麼能將一生就此葬送呢，求老爺三思，別把她許給杭家四少爺吧。」眼下不是糾纏前事的時候，最緊要的是風荷的終身，董夫人儘量把那個男人當作尋常人一般對待，只是袖子下緊握的拳頭卻出賣了她的心。

董老爺忽然聽到自己夫人與他說話，霎時懵了，只顧看著董夫人沒有聽清她到底說了什麼。「杭家四少爺？」

老太太死死地瞪著董夫人，風荷嫁到杭家有什麼不好，富貴榮華一輩子都享用不盡，關鍵是能讓杭家對董家存著感激的心，日後松兒、華辰在官場上還能得杭家提攜呢。

「老太太，老爺，聖旨、聖旨來了。」前門的小廝飛一般跑進來，氣喘吁吁，結結巴巴。

第八章　聖旨賜婚

「松兒，是什麼事？」突然來了聖旨，老太太急切地問著兒子。

「大開中門，我馬上來迎接。快擺香案。」董老爺心下也是詫異，但接了旨再說，邊往外走邊與老太太說了一句。「我也不知道呢。」

董老爺出去之後，老太太帶著一干人也往二進院子走，一路上還嘀嘀咕咕。「松兒不是才從宮裡出來嗎？怎麼會不知道旨意，究竟怎麼回事呢？」

風荷挽著董夫人的手走在最後，太陽已經昇得挺高，院子裡的熱氣慢慢匯聚蒸騰，燥熱得教人心中不暢快。正院的甬道上一般不許種花草樹木，連點遮蔭的都沒有。

風荷拿帕子擦了擦董夫人額上細密的汗，悄聲問道：「娘，您身子怎麼樣，要不咱們先回去歇息一會兒？」

「不用，我還行，不把這件事與他說清楚了，我哪裡能定下心來？娘沒有那麼脆弱。」

董夫人虛弱的一笑，她就這麼一個女兒，為了她，自己也得撐著。

「嗯。娘若不舒服了，就快與我說。」風荷知道無論她說什麼都別想勸得董夫人回頭，董夫人固執起來那是很厲害的，不然也不會強著性子不肯解釋，與老爺走到這一步。

正廳裡，董老爺正與一個年歲大概三十，下巴圓滑，皮膚潔白的太監服飾之人說話。

「安公公，怎麼竟是煩勞你前來，大熱天的隨便派個人來走一遭就好了。」

「董大人抬舉奴才了，這可是大喜事，奴才專門向皇上討了這個差事呢。府裡的人都在了嗎？哪位是大小姐呢？」安公公是皇上跟前第一號的，尋常只伺候皇上，宣旨這樣的事都有下邊的人來。他一面掃視了一圈，目光在鳳嬌和風荷身上頓了頓，一面笑著說。

「這是大姑娘，這是我的二姑娘。」董老爺最會察言觀色的，不然也不會一路高升直至正二品，還深受皇上信任，滿腹疑團暫且壓下，笑吟吟地指著兩個女兒介紹。

安公公悄悄打量了風荷一圈，好一個標致的小姐，配給杭四少真是有些可惜了。不過他面上絲毫不露，笑道：「既然人都齊了，就先宣旨吧。」

董老爺攜著董家男女老幼齊齊跪下，三呼萬歲。

「奉天承運，皇帝詔曰：朕聞聽懷恩將軍府大小姐嫻雅端敏，溫柔良善，特賜婚與莊郡王府四公子杭天曜，著日完婚。欽此。董大人，董小姐，恭喜了。」安公公仍然笑咪咪的，不論杭四少在外頭的名聲怎麼樣，他到底是皇后娘娘的親侄兒呢，還是唯一的嫡親侄兒了。即使繼王妃為王府生下兩個兒子，也只有杭四少是如今最正統的嫡系呢！

這一來，老太太杜姨娘的臉上止不住漫上笑來，僻月居和曲苑的人面色都極為難看，尤其是董夫人，臉色蒼白中泛著青色，嘴唇輕輕哆嗦，雙眼瞪得特別大。

風荷卻是暗想杭家竟受皇上這般器重，一個紈袴子弟都能得皇上親自下旨賜婚，或者還有什麼自己不知道的情況呢？難道自己非得嫁給杭家四少爺不可了嗎？

董老爺震驚之後，已經恢復過來，恭恭敬敬地接旨謝恩。

安公公完成任務，拿了不小的荷包，就趕著回宮了。

風荷正要扶董夫人起身，卻見她慘然的神色，整個人有如被抽乾了氣息一般，呆呆地跪坐在地上。「娘，娘您怎麼了？快把夫人攙起來，宣太醫。」

彼時，大廳裡其他人才發現董夫人的不對勁，董老爺直覺得一陣焦急，一迭聲喊著宣太醫，自己幾步上來就要抱起董夫人。

「你別碰我！」出乎眾人意料，董夫人在董老爺的手觸到她的剎那間受了驚般跳起來，猛地推開了董老爺，聲音淒厲。

董老爺滿腔關切頓時被澆了一盆冰水，透心的涼意纏繞住他，他冷冷的退後，一甩袖。「送夫人回房。」

屋子裡伺候的丫鬟猶猶豫豫的上前，不知該不該動手。

孰料董夫人扶著風荷和錦瑟的手，顫顫巍巍站了起來，冷笑一聲。「都給我退下。董大人，你果真是好狠的心呢，為了你的前程、為了你的烏紗帽，不惜要用女兒來攀附杭家。你知不知道，那個四少爺剋妻剋子？你知不知道，那個四少爺除了吃喝嫖賭沒有一分能為？你知不知道，那個四少爺屋子裡通房小妾一大堆？

「憑什麼，要用我女兒的生命來換你們的榮華富貴，換你們董家滿門的烈火烹油。

「這些年，你可有盡到一個做父親的責任，你可有關心過她能不能吃飽穿暖，有沒有被人欺負？你沒有，你心裡眼裡只有她的兒女。既是如此，為什麼不拿她的女兒去討好王府討好宮裡，卻要獻出我的女兒？

「我曲清芷自問，嫁到你們董家之後沒有一點對不起你的地方，我也曾為你們董家勞心勞力，可我沒想到我父親終究是看錯了人，信錯了人。不但賠進了我，還要賠進他唯一的外孫女兒。」

話到最後，董夫人已然是珠淚滾滾，眼裡滿是絕望怨恨。過去那些年，他冷落她都不曾真正恨過他，可是這一刻，她好恨，她保護不了自己的女兒，她的女兒要被她親生父親出賣。

董老爺目瞪口呆，他是聽過杭家四少爺一些不妥之處，只是沒想到竟是那樣一個人。何況，他從不曾想過要把風荷嫁去杭家啊，方才他在宮裡，皇上並沒有提這件事啊，怎麼不到半個時辰就下了旨意過來呢？董夫人定是認為他早知情，甚至是他允的婚，這聖旨來得太巧了。

董夫人的哭訴不由使他想起老丈人親手把女兒交到他手裡，他對天發誓會好好待她那一幕，想到自己父親當日殷殷叮囑日後一定要好生對待董夫人和風荷。是啊，董夫人沒有說錯，他分明是背叛了自己的誓言，違背了父親的遺言，是不是他們在地下都會覺得自己當日看錯了人呢，她又是不是後悔嫁給自己？

「我，我沒有。」他囁嚅了半天，卻只能說出這麼幾個字。

「你沒有？你沒有，那為何你一出宮就下了賜婚聖旨呢？即使你沒有，那也是你的母親，你的好姨娘，她們主動向杭家提的這門婚事，我的女兒就這樣毀在你們的手裡。她還那麼小，卻被我這個沒用的母親連累至斯。風荷，是娘對不起妳啊，若不是娘沒用，怎麼會讓他們這麼作踐妳呢？

「娘好恨，娘如果不是全心全意信任他的話，或許早為妳做了打算，就算嫁個平頭百姓也比現在好啊。風荷……」董夫人完全崩潰了，她愛了幾十年的人終於徹徹底底傷害了她毀了她，難道要怪她太單純，怪她太傻嗎？

風荷再冷靜的人，也被母親的一番話和傷心至極的樣子觸動了，回抱著董夫人無聲啜泣。

葉嬷嬷與她提過往事，她知道當年董家和曲家是通家之好，董老太爺與風荷的外祖母還是表兄妹呢，甚至曾有過婚姻之說。後來婚事不成，老太爺對自己表妹依然極好，與曲家老太爺更是莫逆之交，兩人看著一對小兒女，當即定下了兩家的婚事。

不過如今的董老太太不喜曲家的人，董夫人過門之後，一向不待見她，不過每次反受老太爺斥責，由此心結甚深。

董夫人流產之後一直無孕，偏遇上二十年前的魏王叛亂，魏王是當今太皇太后的幼子，曲家老太爺恰好帶著兒子奉命巡視到魏王領地。老太爺被害，董夫人的親弟弟拚著命逃回來給京城皇上送信，那時皇上剛登基，只是個十五歲的孩子。而董夫人的弟弟送了信之後就力竭而死，他新娶不到一年的妻子恰逢生產，聽到噩耗，孩子生下來了，自己卻血崩而亡。

叛亂平定之後，曲家加封為忠義伯，可惜家裡只剩下曲老太太和出生沒多久的小孫子。權貴人家誰不是心眼明白的，想到曲家即使有希望重新起來，也要等到二十年之後幼子長成了，是以曲家很快淡出了權貴階層，沒人在意他們。

董夫人經此幾事，時常憂心家中老母弱侄，身子越發不好。幸好董老太爺念著舊情，對這個媳婦比兒子還勝幾分，時不時去曲家幫些忙。如此，自然更遭董老太太怨恨。

風荷出生後頗得老太爺喜愛，可惜大概一歲之時老太爺就去世了，臨終前還放不下她們母女二人，囑咐了董老爺許久。是以，董夫人才會說出那些話。

第九章　自行求去

午後悶熱難言，日頭毒辣辣的，一絲風也沒有。整個院子安靜至極，沒有一點人聲，偶爾傳來團扇輕搖帶起的風聲，愈添燥熱。前後的瓷海裡都堆滿了冰塊，化成冰水，卻總覺沒有降下一點溫度。

董老爺坐在羅漢床上，有點坐立不寧，卻勉強自己一動不動，額上沁出了豆大的汗滴，身上的衣衫被汗濡濕，有些狼狽。他都坐了一個時辰，董夫人依然沒有醒。

這是他這些年來第一次來僻月居，等閒是不會經過這樣的角落的，實在簡陋了些，不是一個正室夫人應有的體面，難怪她的身子也一直不好。

他幾次想鼓起勇氣進去看看，腳下卻動不了，只得豎著耳朵細聽裡邊的響動。

風荷歪靠在床沿上，黃花梨的方背椅上是青絲細篾涼墊，身邊的沈烟有一下沒一下的打著扇。之前，董夫人力竭而暈，太醫看了之後搖搖頭，嘆道不該使夫人這麼激動，往後要好起來就難了。

她不由有些薄薄的涼意，若不是她的婚事，母親不會激動，不會勾起素日的仇恨，不會一病如斯。她以前都不願恨別人，此刻心中卻有恨意翻湧，那些人，不把她們母女逼死不罷休嗎？若真那樣，那她絕不會坐以待斃，她定要和母親好好活下去。

臨窗高高的案几上有一口很大的水晶缸，種著稀疏兩支睡蓮，那是她特意種的，想讓母親醒來第一眼就常能看到自己女兒。眼下，潔白的花朵微微綻放，甜甜的香氣浮動在空氣中，很淡，膩得人昏昏欲睡。董夫人朦朦朧朧，看見自己女兒坐在床前，眼角很快濕了，她又夢到女兒沒了。小小的人兒還那麼需要她，她一定要振作起來，她微微動了動手指，睜開眼。

風荷又喜又憂，抓著她的雙手，低聲喚道：「娘，妳醒了。快，去把藥端來。」立在軟簾下等著伺候的小丫鬟微雨急急向外邊跑去。

「娘不會丟下妳不管的。」董夫人的聲音很小，要湊得很近方能聽清楚。風荷鼻子一酸，娘是她這生唯一的依靠，她甚至想過，沒有母親她該如何？

「娘……」彼時，她沒有話說得出口，只是伏在床前。

董老爺已經聽到裡邊的動靜，聽到了極力壓抑的哭聲，風荷在那樣的環境中長大，是不是會常常害怕無措，那樣的時候有沒有想到過他呢？

微雨捧著紅漆茶盤經過小廳，沒有停逕直向裡間走去，飛冉忙打起簾子待她進來，然後接過了小茶盤，穩穩的端著走到床邊。半跪在床沿上，強笑道：「夫人，這是小姐不停命人煎製的藥，就等著夫人醒來喝，夫人可不要辜負了小姐的心意。」

風荷趕忙用帕子拭去眼角的殘淚，錦瑟在床裡，與她一起合力扶起了董夫人，沈烟快速塞了一個石青色的大迎枕到董夫人背後。

「娘，吃點藥吧。」

風荷接過藥碗，在唇角試了試溫度，剛剛好，餵到董夫人嘴邊，董夫人毫不猶豫地喝了，風荷長長吁出一口氣，還有生存的意志就好。

吃完藥，一個高眺身材、容長臉面的丫鬟捧著一個白色小瓷碟近前，裡邊是幾顆糖醃的玫瑰滷子，董夫人自己動手拈了一顆吃了。這丫鬟名喚倚翠，是老太太安在董夫人身邊的人，只是許多年過去董夫人一直沈寂，是以老太太都把她忘得差不多了。

「妳快回去歇歇，累了這半日，我好多了，還有一屋子丫鬟服侍。」董夫人看著風荷微紅的眼圈，心疼不已，自己生病房裡不敢放冰，一定把她熱壞了。

她知道董夫人是真心的，而且老爺還在外邊，兩人怕是有話要說，自己在這裡他們不便，還是先回去換身衣服再說。不由抿嘴笑道：「嗯，我知道了。我讓丫鬟燉了燕窩粥，錦瑟姊姊和飛冉姊姊記得一會子服侍夫人用了，最是滋陰補氣的。娘，您再歇歇，我回去換身衣裳。沈烟妥當，讓她留在這裡代我服侍妳，不然我放不下心。」

她這是怕董夫人一會兒和董老爺又鬧起來，沈烟也能快回去知會她。

董夫人為教她放心，無有不應的，母女倆又說了兩句，風荷才帶了其他丫鬟先回曲苑。

回到曲苑之時，她的內衫都濕透了，幾縷被汗濡濕了的頭髮，黏膩的貼在鬢側，她一陣不適。忙讓丫鬟打了水來，稍微擦洗了一下身子，換了乾淨衣裳，靠在湘妃榻上，涼快了不少。

「小姐，這是早上掰在井水裡的西瓜，甜絲絲的，正好解暑。」雲碧穿著青緞衫兒白綾裙兒，俏麗乾淨，她是風荷的丫鬟裡長得最漂亮的，小丫鬟中還有一個芰香長得也不錯。

風荷用籤子吃了幾塊，果然又甜又冰，消散了一身浮躁之氣。挑眉問道：「嬤嬤去了曲家多久？」董夫人暈倒之後，她趁著空檔讓葉嬤嬤回了一趟曲家給杭芸報信。

「走了有一個時辰。估計再有多半個時辰就該回來了。」雲碧一向說話乾脆，跟著風荷學了一點子帳上的東西，常幫著看帳。那些基本上是董夫人的陪嫁產業，前幾年病中已經交給風荷打理，準備留給她日後當陪嫁的。

門簾掀起，雲暮笑著進來，手裡捧著一個紫色的包袱，請了安之後方道：「小姐，這是妳前兒讓我照著夫人的身量做的兩件裡衣，小姐看看可還行？若合身我就照著再做兩件。」

那次發落杜姨娘之時，風荷派人去找管事要了幾疋冰蠶絲，管事沒一刻鐘就送了來，她慮著董夫人本來丫鬟就少，又病著，就帶了回自己房交給雲暮做。雲暮針線最好，平時專門負責風荷的四季衣裳。

風荷看她打開包袱，展開看了看，觸手涼快柔軟，的確適合夏季穿在裡邊，針腳綿密，大小也正好，不由笑著讚道：「不愧是雲暮，又快又好，妳再做一件裡衣。若有剩下的料子給夫人做兩件家常外衣穿，外邊配上青翠點的料子。回頭妳找沈烟去咱們庫裡看看，選幾塊好的。」

「林管事送了好幾疋來，再做兩件也是僅夠的，小姐只管放心。」雲暮長相敦厚，但笑起來眼睛很靈動。

正說著，沈烟已經焦急的疾走進來，她自來最穩妥，能讓她這樣定是那邊出了大事。

風荷一驚，當即起身問道：「出了什麼事？」

「小姐，夫人要以離開董家換小姐妳的自由，求老爺答應不再讓人干涉小姐的終身。」

沈烟氣喘吁吁地說著，不想夫人看著柔柔弱弱的，還有這樣決絕的時候，為了小姐連自己清譽都不要了。

「什麼？」風荷也沒有想到事情會演變到這個分上，二話不說提起裙子向僻月居跑去。

原來，那邊董風荷離開後，董老爺躊躇了好一會兒才踱進董夫人內室，一時間偏又不知從何說起。

孰料董夫人正著人扶自己起身，給她梳妝打扮。她穿得一件白色粉綠繡竹葉梅花領長褙子，正對鏡梳妝，那種情形彷彿回到了他們二十年前初成親的時候，他總喜歡看她理妝，覺得她美似幽蘭。

「老爺還記得風荷剛出生時嗎？那麼漂亮伶俐，那麼可愛聰明，她小時候都是老爺手把手教著寫字的，我就在一旁做針線。現在想來，真懷疑那是不是一個夢，是我病中胡想出來的。」

她往髮鬢上插著一支年輕時最愛戴的紫玉鑲明珠的流蘇簪子，沒有回頭。

董老爺心中一震，他如何能忘記，他們夫妻幾年好不容易得了這一女，豈能不疼如掌珠，連長子華辰都遠遠不及。他那時還想著日後風荷長大了要給她好好選一個夫婿，不求家中富貴，只願人品佳的對風荷好的。而今天，他卻要把風荷嫁給一個聲名狼藉的人，他禁不住有了淚意，抬頭看著遠處。

董夫人收拾齊整，扶著丫鬟的手起身，走到董老爺對面，居然衝著他跪下，嚇得滿屋子丫頭都跟著跪下，董老爺糊塗不已，只顧要去攔她。

董夫人執意跪下，含笑說道：「我與老爺自小認識，夫妻二十四載，從不曾求過老爺一件事。我知道老爺心中恨我怨我，時到今日我也不想解釋，只是求老爺念在老太爺的情分上，放了我們母女吧。

「我久病床前，不得孝順婆婆，不得打理家事，早犯了七出之條。老爺不必再顧忌當年對我父親的諾言，這是我自己求去的，想來父親是不會怪老爺的。我只有風荷一女，不能眼睜睜看著她入火坑。我把正室之位讓出來，求老爺放過風荷，不要逼她去杭家吧。」

一席話緩緩說來，聲音悅耳溫柔，讓人心氣平息，可是話裡的意思不但嚇得董老爺半日沒有反應過來，更把丫鬟嚇得心膽俱裂。

「妳、妳，妳就那麼想走？」董老爺哆嗦著手指著董夫人，額上青筋都冒了出來，形狀可怖之極。

「不是我想不想走，我知道老太太對我看不順眼多年，我若肯把正室之位讓給妹妹，她大概能放過我女兒吧。求老爺成全。」她面容沈靜，無喜無悲，彷彿說著不關自己的事。

董老爺茫然不知所措，即便發生那樣的事，他也從來不曾想過休了她，而她居然主動求去，難道她對自己真個沒有半分情意了嗎？

風荷疾奔進來的時候，看到的就是董夫人跪在地上，董老爺頹然的站立不穩，她衝到董夫人跟前，抱著她勸道：「娘，您別求老爺，沒用的。聖旨已下，即使老爺答應了那也沒有用，抗旨不尊的罪名誰都承擔不起啊。」

「風荷，娘知道。可是這婚事既然是老太太與杭家提的，只要杭家肯退婚，那皇上看在皇后的面上也不會多追究的。」她也不是凡事不懂的女子。

屋子裡亂成一團，又有丫鬟匆匆進來。「老爺、夫人、小姐，忠義伯大人和大少爺來了。」

第十章 驚天隱秘

風荷趕忙和丫鬟一起將董夫人攙了起來，董老爺疾步出去迎接，不過走到僻月居大門處，就見兒子董華辰陪著一個眉目清亮的年輕男子快步過來。

他穿了一身墨灰色的杭綢夏衫，腰間繫著金色絲絛，用一根玉簪束著頭髮，一副尋常貴介公子的裝扮。英挺的鼻子，粉紅的唇，一對濃眉給溫潤的形象平添了英武之氣，緊皺的眉心看得出來他此刻並不痛快。

他就是董夫人的娘家侄兒，風荷表哥，名喚曲彥。曲彥身負振興家族的重任，在曲老太太的監督下用心學習，苦讀不輟。憑著祖輩性命換來的爵位他不稀罕，也不想教人瞧不起他們曲家，他要憑自己的能力來重振曲家。

十八歲那年，就中了進士，皇上大喜，賞了他一個翰林院編修之職。可不要小看翰林院修撰，那是正經出路，封侯拜相、直入內閣的人，哪個沒有翰林院的資歷。

起初，眾人以為曲家會就此沒落，那些權貴之家都不肯把女兒嫁他，願意結成姻親的都是條件不如曲家想要來攀附的。曲老太太若是個等閒婦人，也沒那本事一人撐持曲家，將孫子教育得那麼出色，她是寧缺毋濫，不肯輕易允婚。她相信，只要孫兒中了進士，不愁沒有良緣相配。

果然，曲彥高中後，不少京城一等的人家都露了口風出來，最後曲老太太選中了杭家三房的獨女杭芸。

杭芸父親早逝，意味著曲彥會缺少來自岳丈的助力，但只要老太妃在一日，就不會虧待了杭芸，因為老太妃就只有這一個嫡親的孫女，自來最是疼愛。二者嘛，杭芸娘家只剩一個寡母了，那她必然全副心思撲在夫家上。最重要的是杭芸大家出身，知書達禮，其母是當年楊閣老的女兒，家教自然不必憂心。

曲老太太的眼光自是了得，杭芸嫁到曲家後，能幹卻不驕矜，溫柔卻不懦弱，為曲彥在內眷中使了不少力。

若不出意外，曲彥明年就有可能升為翰林院從五品的侍講或侍讀。

「侄兒拜見姑父。」

「兒子拜見父親大人。」董老爺看到這一雙青年才俊，心情本然的好起來，快快攙起了二人。

曲彥憂心著自己姑姑，沒心思與董老爺寒暄，開門見山問道：「姑父，姑姑怎麼樣了？」

董老爺很快黯淡下去，輕搖頭拉了他往裡走。「你勸勸你姑姑吧。」

「父親，皇上真的下了聖旨？」董華辰心中涼意一片，這個家，就這麼容不得妹妹嗎？

董老爺沒有回答，而他的沈默自然是最好的回答。

三人沈默著進了僻月居，風荷已經攙扶著董夫人立在小廳裡，向外望著。

「姑姑。」曲彥幾步搶上前，跪在董夫人腳下。祖父和父親的早逝，帶來巨大影響的不只是曲家，還有姑姑和表妹的生活，如果有娘家的扶持，他們也不敢這樣欺凌姑姑表妹。

「快，快起來。」董夫人的聲音裡滿是疲倦，即使她強烈想表示出自己很好都沒用。

待曲彥起身，風荷才與他行禮。「表哥。」

曲彥登時有了淚意，姑姑小時候常帶著表妹回娘家看祖母和他，每次都會給他帶很多好吃的，他與表妹都是獨出，比親兄妹還要好。這些年，表妹受了不少苦，好在都不傷大雅，他們曲家不好干涉董家內務，想著等風荷出嫁後一切都會好起來的，沒想到卻是才出虎穴又進狼窩。

「表妹，表哥去求皇上撤了旨意。」

一句話嚇得眾人都愣了片刻，還是董華辰最先反應過來，急匆匆對曲彥說道：「不行，你是常見皇上的，難道還不明白裡邊的隱秘。皇上與皇后娘娘感情一直很好，對杭家四少爺一向寬容，他下這樣的旨意分明是向杭家眾人和外界表明他的態度。你千萬不能這個時候撞到刀口上去。」

「我明白，可我不能看著表妹，她……」曲彥有些說不下去。

其實，像董老爺、華辰、曲彥等人都是隱約清楚杭家內部紛爭的。先王妃三個兒子只剩四少爺一個，按理他是世子無疑的，偏他自己不出息，事情才沒有定下來。現在續娶的魏王妃有兩個兒子，長子十七，人稱五少爺，據說生得儀表堂堂，才學能力都是受人推崇的，娶的又是輔國公的嫡女。

另外上邊還有一個側妃生的兒子，比四少爺和五少爺都大，排名第三，更是京城小有名氣的瑾公子，娶妻錦安伯女賀氏。

世子人選遲遲未定，老太妃似乎屬意四少爺，王爺看好五少爺，還有些人支持三少爺。皇后一來順從老太妃心意，兼之在家時教導過四少爺，情分不必旁人，皇上看來也是站在皇后一邊的。不過魏王妃身上是太后的支持，三少爺身後是許多世家子弟。以至於至今，莊郡王府都沒個世子。

皇上不顧四少爺剋妻剋子的傳聞，執意指婚，想來心意堅定，又豈是曲彥幾句話能說動的？

董華辰悄悄看了父親一眼，見他不語，徑直說道：「除非杭家主動提出退親，不然……」

要杭家退親，那簡直比登天還難。魏王妃不想讓外人以為自己苛待前王妃之子，自是希望快點給他成家，不過為了不給四少爺太大岳家的助力，風荷是最好的人選，一個二品官員家不受寵的嫡女。而老太妃心疼孫子，當然指望著他能早日娶妻生子。

這個節骨眼上，董家自己樂意把女兒送上門，豈容他們反悔。

「華辰，是不是老太太和你姨娘兩個人做下的事？」董老爺微有顫抖的語氣，他不願信，心裡卻是已然相信了。

「父親，杭家二房夫人是老太太的娘家侄女。兒子查到老太太身邊的顧嬤嬤七日前出府去探望過杭二夫人，兩日後杭家就來提親了。」華辰一如既往的平靜，目光卻不肯稍離風荷的衣角。

董夫人無力的癱坐在圈椅裡，蓄滿淚水的眼睛看著董老爺之時充滿了控訴與怨恨。「你的母親親手葬送了你的女兒，你滿意了？你寧願聽信外人的話也不肯相信我的清白，不肯相信風荷是你的女兒，我真想看看有朝一日你知道真相時的悔恨心虛。

「董長松，從今日起，我們夫妻恩斷義絕。你不再是我的夫君，我亦不是董家婦，風荷也不是你們董家的女兒，輪不到你們作主，我要與你和離。風荷，妳別怕，就算不是董家的女兒，娘也會拚盡全力讓妳過上好日子的，大不了我們母女二人隱姓埋名遠遁他鄉。」她輕柔地撫摸著女兒的髮髻鬢角，這是她八月懷胎生下的女兒，父親不認她，她認。

「妳？」董老爺胸口劇痛，慌亂、緊張、恐懼、茫然，她真的恨他了？到底，風荷是不是他的女兒？當日，可是人證物證俱全的，可為何他看到風荷，就有一股血脈相連的熟悉親切之感，他對她的感覺遠勝於鳳嬌，是不是因為小時候常常抱著她的緣故呢？

她那樣決然的眼神，讓他好怕，無論他多少年沒有見到她，只要想到她仍在家裡，他都是一陣欣慰的，難道他要就此徹底失去她嗎？

幾個晚輩都不知該如何應付這樣的場面，長輩之間的事論理他們是不便插手的，但難道就這樣看著事情鬧到一發而不可收拾的地步嗎？

第十一章　訣別謀劃

烈日炙烤著，反射到地磚上白花花的，晃得人眼暈。斑斑駁駁的樹影紋絲未動，空氣沈悶得沒有一絲風，寂靜的庭院裡彷彿沒有一個人。

風荷凝眸望著外邊湛藍湛藍的天空，想起母親對父親的情意，多年來都不曾變過。即使父親冤枉了她冷落了她，其實她內心深處都沒有忘記過那個人，甚至仍是深愛著他的。

不然她不會身子一好，就喜歡繡荷包，那個大樟木箱子裡收了有上百個荷包吧，只因父親當年說過這輩子都只戴她做的荷包。她不會把那件又醜又爛的烏木桃心簪子層層包裹著，藏在床頭的暗櫃裡，只因那是父親親手為她做的。她不會喜歡教自己唱〈遊園〉那折戲，不會喜歡吃冰糖紅燜袍子肉，不會……

或許母親怨過、怪過，可這都是因為母親愛他，如果不是幻想著有一日他們能和好，或許母親的身體早就熬不住了。

若因為自己，而讓母親做出了訣別這樣的舉動，她好怕，有一日母親會後悔，怕母親沒有指望之後消盡了自己的生命之燈。

何況，即使母親和離，即使自己不是董家的女兒，那道賜婚的聖旨估計都收不回去了。天子一言九鼎，明知錯了也只能錯到底，最後反而是連累母親無辜受苦。形勢早就箭在弦上不得不發了，除非自己死，不然婚事絕不可能退掉。

如果聖旨沒有下，杭家可能看在自己出身有污點的情況下允許退婚，可聖旨已下，就算有污點也要把它掩蓋了，大不了把自己娶過去之後慢慢弄死了。

所以，他們已經沒有選擇的餘地了。

「娘，我願意嫁。妳放心，我的命硬得很，不會輕易就沒了，杭家看到我能安然無恙嫁過去，或許還會把我當成有福之人好好對待呢！」風荷挽著母親的胳膊，淺笑吟吟，想給母親一點信心。

一語既出，震驚滿屋。

「妹妹（表妹）。」

「風荷，妳……」接二連三的打擊使得董夫人的身體異常敏感，她幾乎是跳了起來，不可置信的抓著風荷的雙手，掐得她一陣刺痛。

風荷只得苦笑。「娘，除非我死，不然皇上是一定要讓我上花轎的，那是帝王永不可侵犯的權威。」

董夫人無力的軟下去，在聖旨下達的那一刻，她們已經沒有後路了，或死或嫁，而自己竟然看不清這一點，還在苦苦掙扎。於皇權而言，她們的性命只是螻蟻，隨時準備赴死保衛皇權。

「清芷。」董老爺猛地驚叫，在她軟弱倒下那一刻，他的心狠狠抽痛，痛得他恨不得自己此刻就死了。不是他的女兒又怎樣，只要她願意，他現在開始都會比親生女兒還要疼她，只求她別棄他而去。他的一大半生命裡是她，沒有她，他不知道要如何面對往後的人生？

風荷力量太弱，小小的身子扶不住董夫人，隨著她一同向側摔去，連帶著奔過來想要扶住的飛冉也倒在地。

不過董夫人依然清醒，她厲聲阻止了董老爺的前進。「你別過來。我不想再見到你，你走，你走。」

「清芷？」他的手停頓在半空，不知該向前還是退後。

董華辰和曲彥見這樣不是辦法，對視一眼一同上前，一個攙起了董夫人，一個扶住風荷。而董老爺原本略顯老態的臉像是一下子蒼老了十歲，黯淡灰敗皺摺。

幾個年輕人有意讓董夫人回房歇息，她需要冷靜一下，可是董夫人似乎鐵了心，她掙扎著立在原地，整個身子幾乎都靠在風荷和曲彥身上。

「董老爺，風荷不能沒有親生母親在娘家支持，是以就算妾身有錯，也請你允妾身留下，暫時不要休棄妾身。你放心，妾身不會插手董家的內務，只要你們讓妾身能維護風荷的利益就好，一應用度花費都由妾身自己料理，不會糟蹋了董家的一分一毫。」她臉上沒有一滴淚，甚至都沒有一點淒楚之意，冷得就似那千年的冰雪，只有在提起風荷的時候有溫暖的味道。

一瞬間，風荷淚如雨下，有這樣一個母親，她的人生還有什麼不滿足。娘願意為了自己背上休棄的罵名，又為了自己留在這個厭惡傷心的地方，她要如何才能報答娘呢？

董老爺蒼茫的眼睛裡噙著渾濁的老淚，為什麼他們要走到這個分上，是老天要懲罰他嗎？

董老爺深深看著她，緩緩點頭。「我不會讓杭家隨意欺負了風荷的，即使得罪杭家我也會護著她。」說完，他就徐徐轉身，踏著老邁的步伐向外走，搖搖欲墜的身子似乎隨時都會倒下。

華辰見此不妙，匆匆與董夫人、風荷、曲彥點了點頭，就趕上去扶著董老爺。

當他們的背影消失在僻月居院門那一刻，董夫人唰的放聲痛哭，抱著風荷的身子一抽一抽，淒涼無比。

董夫人哭了許久，方才吃了藥睡著。

風荷送曲彥出去。

這一鬧，竟已經臨近傍晚，西邊的太陽照在漫天的雲上，映出絢麗的緋紅，流動的、靜止的紅雲給這個黃昏平添了一段靜謐。有風輕輕吹拂，持續了一日的燥熱漸漸消散，身上很舒服。

「表哥，外祖母那裡你要婉轉地說，儘量提提杭家老太妃的慈祥、王爺王妃的溫和，讓她別為我擔心。她年紀又大，天氣又熱，我怕她受不住激動。我會照顧好娘的，你們放心。」兩人並肩走在鵝卵石滿布的小路上，這是一條通往前院的小路，平時供小丫鬟們行走。

曲彥皺著濃眉，他是個聰明人，不會因為風荷的幾句安慰而真的放下戒心，他是真的捨不得自己看著長大的表妹入那狼窩。聽夫人偶爾閒聊時提起娘家，他就能想見那裡的水極深，不是個無權無勢的外來人能輕易站住腳的。

「回頭我與芸兒說說，請岳母大人想法子多多關照妳。岳母大人一向得老太妃喜歡，若她肯為妳說話，相信老太妃對妳能看重些。事到如今，我只能為妳做這種小事了。」

「表哥又謙虛了，有三夫人為我說話，我在杭家的日子能好過不少。表哥，你手下有沒有會點功夫的人？」風荷忽然想到一件事，她不打算死得不明不白。

「有幾個，妳要用嗎？」曲彥微微詫異，表妹整日待在內院裡，要會功夫的做什麼？

風荷折了一枝紫藤花在手，細細嗅著，低聲問道：「表哥，你相信四少爺的兩任未婚妻都是被剋死的嗎？世上會有這麼巧的事？」

「難道妳懷疑她們？這，芸兒告訴我四少爺之前定的一個是佟太傅的女兒，一個是永昌侯的女兒，都是名門貴女，家中名望實權都不缺。如果她們嫁去杭家，四少爺世子之位就有了強大的支持。妳的意思是有人不希望這樣，所以才會……」曲彥登時如醍醐灌頂，世家裡長大的孩子，對那種骯髒事誰沒個心眼。的確，四少爺蹉跎到二十多都沒娶妻沒有後嗣，這一點上他就輸了人一招，何況他污名在外。

「我不敢確定，雖然我家世上不及那兩位，但還是小心些，免得成為了有些人的眼中釘都不知道。」她淡淡語調，似乎在說穿衣吃飯這樣的例行小事。

曲彥深深點頭，壓低了聲音說：「我明白了，我會派人過來的。只是這事不好洩漏出去，妳這裡安排起來容易嗎？」

「嗯。你將人送到母親的半夏莊裡，著葉舒姊送些莊子裡盛產的瓜果進來，裡邊我會佈置好的。」風荷亦是悄聲細語，葉舒姊就是葉嬤嬤的女兒，隨著丈夫在半夏莊管事，風荷習慣了喚她葉舒姊，一直沒有改口。

「我明白了。不過妳還是要小心些，佟家、永昌侯府的守衛何其森嚴都被人鑽了空子。」想到這兒，曲彥更是焦慮，不能明著讓董老爺加強守衛，傳到有心人的耳朵裡很有可能被利用。

風荷卻是嫣然而笑，附在曲彥耳邊笑道：「表哥也是急糊塗了。董家雖然有些子權力，可我算什麼，董家最不受寵的小姐，嫁到杭家能帶去多大助力，只怕有人高興還來不及呢。」

曲彥一想，覺得也對，鬆了一口氣。「話雖如此，到底咱們多個心眼的好。」

兩人很快就到了二門處，曲彥也不去向董老爺董老太太告辭，只命人進去傳了話就走了。

第十二章　暗渡陳倉

晚間，曲苑上了門，黑漆漆的，感覺似乎都歇下了。

不過風荷的內室裡點著燈，不亮，反而有些暗，朦朦朧朧的。

風荷穿了一件月白色的中衣，綰著慵妝髻，粉黛不施，雪膚花貌。她坐在湘妃榻上，身邊圍著一溜丫鬟，都半坐在小杌子上面，神色嚴肅的聽她吩咐。

「妳們幾個，都是我親自挑的，跟了我多年，短些的微雨、青鈿都有近三年了，更別提沈烟服侍了我九年。這些年，妳們陪著我吃苦，從無怨言，我心裡都念著妳們的好。只要妳們忠心耿耿服侍我，我保管會讓妳們都像葉舒姊姊那樣風風光光的，妳們有了好的去處我定會成全，還有妳們的家人只要對我忠心，我一定不會忘記。」她語音溫婉，卻有一股子少見的威儀和高貴。

丫鬟們都清楚這幾日的事情，她們是大小姐的丫鬟，大小姐出嫁她們多半會陪嫁過去杭家，若是不走也別想在董家有好日子過。

大小姐對她們，絕對是極為難得的，好吃的好玩的從不吝嗇，連帶著他們家裡都沾了光，一心忠於大小姐，那是她們第一天進來時就牢牢記下的。

大小姐今兒必是有話要說，她們一致點頭保證。「小姐放心，奴婢絕不會對不起大小姐，不然就讓我們不得好死。」

風荷緩和了臉色，輕笑著說：「妳們也別這麼緊張，只是叫妳們小心些罷了。妳們每個人都領著一樣物事，只要比以往更加謹慎在意就好。沈烟，以後但凡我的吃食，妳都用銀針試過，切記不能忘了。雲暮負責我的衣物，咱們的衣物絕不能經了外人的手，外來的東西一概不能亂用，請太醫看過才行。

「雲碧，妳日後別跟我去其他地方，只管留在曲苑，盯緊了不要讓不相干的人進來。含秋，咱們院裡的賴嬤嬤是老太太送來的，幾個灑掃小丫鬟是杜姨娘選的人，妳負責看好她們，一有風吹草動就知會我。還有妳們幾個，多多幫襯著幾個姊姊，多長個心眼，旁的也沒什麼了。」

她雖說得輕鬆，可是幾個丫鬟都被嚇住了，小姐這麼小心絕不會無意為之，難道是有人想害小姐？

終究沈烟年紀大，穩重，帶頭回道：「小姐，我會小心的。」其餘幾個忙跟著應是。

「好了，時候不早了，妳們快去歇息吧，留著沈烟伺候我就行。」風荷莞爾一笑，擺手示意眾人退下。

第二日，風荷命人把飯送去了僻月居，陪著董夫人一起用，她這分明是不放心董夫人。服侍著董夫人用了飯吃了藥，董夫人就把她打發回來了。

才進院門，雲碧已經笑著迎上來。「小姐回來了，嬤嬤和葉舒姊來了呢。」

「哦，快走。」沒想到表哥辦事速度這麼快，看來是昨晚就把人送去了半夏莊，所以葉舒姊天沒亮就往城裡趕了吧。

葉嬤嬤和一個作婦人裝扮的年輕女子快步出來，都是笑吟吟向風荷行禮問安。

「嬤嬤和姊姊還與我這麼客氣不成？葉舒姊，怎麼不把良哥兒帶來我瞧瞧，嬤嬤說都能說許多話了呢。」風荷忙攙住了要下拜的二人，攜了她們的手往裡邊走。

「他太皮，又愛鬧騰，我怕他吵了小姐。」葉舒二十出頭的年紀，穿了一身八成新的象牙色蓮花紋素色杭娟褙子，一條淺綠色的馬面裙，身材修長，容顏俏麗，和厚親熱。

風荷出生後不久，她就跟著學伺候，出嫁前一直是風荷身邊頭一等的大丫鬟，常常像姊一樣照顧風荷。前幾年年歲大了，放了出去，董夫人作主配給了半夏莊林管事的兒子林懷遠，如今都有了一個兩歲大的哥兒，風荷給取名叫做林良。

風荷坐在西稍間的臨窗大炕上，鋪著水藍色的坐墊，炕桌上一個針線簸籮，再無他物。兩邊高几對立，左邊几上一個細長的水晶瓶，裡邊幾枝水竹青翠欲滴；右邊紫砂盆裡是一株名品蘭花——春劍。這一擺設，立時使炎夏有了幾分蔭涼之意。這個房間本來就背陰，一到夏日涼快舒適，風荷每常愛在這裡做針線、讀書寫字。

她硬讓著葉嬤嬤和葉舒坐到了炕桌對面，兩人推卻不過，偏著身子坐了。

「莊子裡出息可好，懷遠一家對妳定是極好吧？」風荷抿嘴而笑。

葉舒有些羞紅了臉，低了頭小聲答話。「小姐又取笑我。不過莊子裡今年出息很好，天氣比往年更為炎熱，咱們莊子裡種了許多瓜果蔬菜，賣得極好，不出意外的話能有一千多兩銀子的進益呢。」

「多虧你們費心照料，不然也不會有這麼好的出息。這麼熱的天，不能苦了那些農人，回去每人賞兩個西瓜、兩斤石榴，外加五錢銀子，年終結帳的時候另外有賞。你們一家子的賞賜，我包管不會少了。」風荷沒想到比她預想的還要好，不由彎了唇，眼角笑意更盛。

半夏莊是董夫人的陪嫁，有整整五千畝的地，坐落在西山腳下，連著一大片山地和平原。以前一年只種兩季小麥，收入平常。風荷五年前接手後，進行了很大一番改動，山丘下的地分別種了一千畝石榴、橘子和桃樹，平原地塊以種西瓜蔬菜為主，等入秋時西瓜蔬菜收下就種冬小麥。

農人都是雇傭的青壯年，管吃住，一年再有三兩銀子，外加小麥五石，算得上不錯的酬勞了。若是全種小麥，不但出息不大，而且人手多；現在種了果樹，倒是省下不少人手。像今年這樣的天氣，誰不愛吃點新鮮瓜果，恰好京城附近種瓜果的委實少，倒讓風荷小賺了一筆。

葉舒自然也是高興，打趣著道：「小姐哪裡在意這點小錢，把曲苑的縫隙掃一掃就夠我們一家過一年了。」

說得風荷和葉嬤嬤都是哈哈大笑。

笑過之後，葉舒放低了聲音。「小姐，那些長勢好的葡萄樹上有不少都熟透了，我今兒帶了兩籮筐過來，回頭小姐或者留著自己吃或者送人都是好的。這會子還存在東邊小耳房裡，小姐要不要過去看看？」

「哦，自然是要看看的，這可是今年頭一茬呢。」風荷會意，笑著起身，在眾人的簇擁下往有個小地窖的耳房走。

除了她們三人，就是沈烟雲碧服侍著進去，地上兩個兩人合抱大的籮筐，用青草蓋得嚴嚴的，沈烟揭開，下邊是一層灰色厚絹，左邊籮筐滿滿的累著紫色晶瑩的葡萄，右邊籮筐赫然是個男人。

他當即跳了出來，一掃之後就對風荷躬身行禮。「小的譚清見過大小姐。」

風荷細細打量他，身子精壯，方臉，高鼻，濃眉大眼，精氣神十足，一看就是個有功夫的人。而且不像一般武人的粗魯樣，見了幾個女眷兩頰有點紅暈爬上來。風荷看著就有幾分滿意，不由笑道：「你跟了表哥幾年，讀過書不曾？」

「小的三年前由大爺提拔到了身邊服侍，之前在外院護衛了兩年，小時候讀過三年書。」風荷的聲音圓潤甜美，使他頓時安定下來，畢恭畢敬回話。

「很好，譚侍衛，要暫時委屈你住在這裡，這屋的鑰匙就我身邊貼身的人才有，她們會借著來拿瓜果的機會給你送吃食，好在還有個小炕，回頭讓人給你送被褥過來。我這邊等閒沒有人來，你只要遠遠的保護我就好，小心些，別教人發現，不到萬不得已不要出手，明白了嗎？」風荷眉梢輕揚，有一股說不出的威嚴和壓力。

譚清本以為是個沒見過世面的小丫頭，還有幾分不樂意呢，這回發現這個大小姐可不是簡單的角色，立馬起了三分敬佩服氣之心，答話的時候越發恭謹。

風荷繼續囑咐了他幾句府中人事，就留他先休息一會兒，帶了人出去。沒一刻鐘，雲碧帶著淺草給他送了一床被褥過來，還有點飯菜。自此後，譚清就承擔起了保護風荷的責任，他一般都隱藏在樹上，風荷去哪裡他一般都會跟著。董府內院都是些丫鬟婆子，誰會發現一個武功高強之人終日躲在樹上呢？

風荷留了葉嬤嬤和葉舒吃午飯，想著問她們：「後門進來時有沒有人為難妳們？」

「沒有，今兒守門的是青鈿她娘，一見是我們立時放了進來，就是那個夏婆子有點不滿，發了幾句牢騷。我是每日都走的，她也沒奈何。」葉嬤嬤笑著回答，她算是明白了當日小姐為何要選不起眼還有些瘦弱的青鈿服侍，有她娘在後門上，她們進出方便不少。

「夏婆子是不是杜姨娘房裡雙桃的姨媽，因著這點關係前年被選進來的？」眉心微蹙的時候她有一種孩子的純真，不像那個事事清明的董家大小姐。

「不是她還有誰，外頭來的居然敢這般囂張。」葉嬤嬤亦是不滿，一個守門的都敢與她們過不去了。

風荷吟吟淺笑，眼睛亮晶晶的，勾唇看著葉嬤嬤。「她既然這般得力，是不是該升升？」

葉嬤嬤雙眼一跳，當即明白，嬉笑著道：「小姐，奴婢回頭送些新鮮葡萄去給王興家的嚐嚐鮮？」

「很是該如此。你與王媽媽交好，記得多帶些啊。」風荷點頭讚道。

沒幾日，據說老太太小廚房裡少了一個打雜的媽媽，那個夏婆子得到了高升。

第十三章　作繭自縛

葡萄顆顆圓滾碩大，裝在白瓷敞口淺底盆子裡煞是好看，襯得粉嫩嬌豔。風荷命人送了幾大盆去曲家，剩下的董夫人房裡送了幾盆，董華辰院裡送了些，董老太太和董老爺那裡也意思了意思。

杜姨娘的小兒子董華皓正是愛玩愛吃的年紀，他去找董華辰玩，恰好看見了他案桌上一大盆葡萄，當即吵著要吃。董華辰不在，伺候他的丫鬟芳綃和浣紗知道自己爺的脾氣，大小姐那裡送來的東西不得隨便動，是以沒個主意，不知該不該給小少爺吃。還是芳綃膽子大些，用剪子剪了十幾顆葡萄給董華皓。

董華皓這是今年頭一回吃，囫圇吞棗全嚥了下去，很快吵著還要。丫鬟們既擔心他吃壞了肚子回頭杜姨娘拿她們煞氣，又怕大少爺回來生氣，一時間就有些不知所措。

跟著董華皓的嬤嬤姓張，是董華皓自小的奶嬤嬤，仗著有杜姨娘撐腰從不把旁人放在眼裡，當即就高聲斥道：「小蹄子們，妳們也敢拿大了不成？二少爺是大少爺的親生弟弟，別說幾顆葡萄，就是金呀玉呀也沒不捨得的，還不快快給了二少爺，仔細回頭夫人打折妳們的腿。」她一向稱杜姨娘為夫人的。

浣紗是個性子躁的，忍了忍，終於嘀咕了一句。「這是大小姐送來的，大少爺知道了又要罵我們。」

「死蹄子，不教訓教訓妳就不知道天高地厚了，大小姐送的又如何，回頭妳們再去要些不就結了？哎喲，二少爺，不哭不哭啊，嬤嬤給你拿。」張嬤嬤還沒罵完，董華皓已經哇的一聲哭了起來，又踢又咬的，就是要葡萄。

浣紗氣得臉都青了，哆嗦著唇將一整盆葡萄都推到了張嬤嬤這邊，甩下一句：「行，都給妳。」然後捂著臉跑了出去，她自到了大少爺屋裡伺候還沒被大少爺這麼厲聲說過一句呢！

董華皓登時止了哭泣，張嬤嬤命小丫鬟抱著白瓷盆子，自己領了董華皓就往回走，路上遇到從杜姨娘房裡回來的董鳳嬌。

董鳳嬌一見，不由好奇地問道：「這個時候，你們哪裡來的葡萄，紅豔豔的，定是很甜吧。」原來董老太太一聽是風荷送去的東西，看都沒看就讓丫鬟們扔了，小丫鬟捨不得，幾個人偷偷吃了。是以鳳嬌不知道。

張嬤嬤立時眉開眼笑迎上去，把方才之事加油添醋地鼓搗了一遍。其實張嬤嬤本意是對大少爺房裡的丫鬟不滿，只因她有個大女兒之前也想去大少爺屋裡伺候，在少爺們屋裡的丫鬟將來極有可能被收為通房姨娘之類的，是以張嬤嬤這個主意打了許久。誰料，杜姨娘應下了，大少爺卻不要，把人退了回去，以致張嬤嬤對大少爺屋裡的人都有幾分看不順眼。平日裡拿不住人家的錯，好不容易有了筏子還能不興興浪？

可惜董華辰終究是鳳嬌的親哥哥，鳳嬌不會怪他，只會把氣轉嫁到董風荷身上去。

「真當自己是王府少奶奶了，居然不把我和娘放在眼裡？有了好東西不知孝敬，哼。」

鳳嬌一直以為自己身分比風荷高貴的。

鳳嬌的嬤嬤是老太太親自挑的，是外頭管採買的沈管事的女人，沈管事是老太太從娘家帶來的陪嫁，一家三代都為老太太心腹得用之人。現任沈管事是老沈管事的兒子，他女人自生了小女兒後就是鳳嬌的奶嬤嬤。這個沈嬤嬤是董家的家生奴才，對董家之事甚是明瞭，平日也是個謹慎小心的，可惜遇上個暴烈的主子，從不肯聽她一句勸。

這不，這小祖宗怕是又要去找大小姐的麻煩，大小姐不受寵可是身分擺在那裡，何況有杭家作靠山，如今與她作對分明沒什麼好，反正幾個月後就要出嫁了不是。她只得拐著彎勸道：「小姐和夫人想要什麼沒有，哪裡稀罕這點子葡萄，還不知是酸是甜呢？」

董華皓今年十歲，言行舉止卻如一個長不大的孩子，一把往口裡塞著葡萄一邊高興地喊道：「二姊，妳嚐嚐，可甜了。」

沈嬤嬤暗暗叫苦，這不是火上澆油嗎？

果然，董鳳嬌的臉色越發不好看。她在董家雖是受寵，卻沒有實權，她娘不放心她，不肯教她管家理事，再比比人家董風荷去，就比自己大了一歲卻管著那賤人的所有嫁妝產業。還有，為什麼她不受寵，可是身邊的丫鬟卻比自己的還能幹俏麗呢？日常吃穿用度哪一點比自己差了。自己不服，就是不服！

越想心火燒得越旺，也不管董華皓了，提起裙子就往曲苑方向跑。沈嬤嬤既不敢攔又攔不住，嚇得跑起來都跌跌撞撞的，小姐這回怕是又要在曲苑大鬧一場了。說實話，大小姐的容貌涵養無一不勝過小姐，偏小姐不服氣，這些年來哪個月不去鬧一場？

董鳳嬌這次的氣估計比往日還要大上幾分，先把院門前要去通報的小丫鬟一把推得滾到了地上，然後一面走，一面高聲喊道：「董風荷，妳給我出來！」

院子裡一片靜謐，風中荷花的香氣清冽而又濃郁，碧綠的葉子層層疊疊，給人一種華貴的優美。一個不知哪來的野種憑什麼住在這麼好的院子裡，即使是老太爺當年的話又如何，這裡就應該騰出來讓給自己。想起自己那個小院，裡邊的擺設再多又如何，就是比不上曲苑的精巧雅致。

風荷懶懶地歪在涼榻上，才沐浴過，一動不想動，就怕再出汗。鳳嬌尖厲的嗓子風荷自然聽見了，只是懶得理她，膩不膩呢？大熱天的，不去涼快還這麼有興致。

淺草身形嬌小，動作伶俐，迅速跑了進來。「小姐，二小姐瘋了，命人要拔了所有荷花呢，小姐快去瞧瞧吧。」

沈烟在一邊做針線，聽到淺草的話幾不可見的皺了皺眉。「妳沒告訴她那是當年老太爺在世時種下的嗎？」

「府裡誰不知道，她身邊的嬤嬤丫鬟都勸著，可她執意那樣。」淺草撇撇嘴，二小姐的脾氣還真是嬌貴得不一般呢。

「我累著不想動，派個人去朝輝堂告訴顧嬤嬤一聲，再使個人去正院。」風荷連眼睛都沒睜開，管她的人多著呢，自己何必吃力不討好，今兒也讓她吃個虧。

淺草猶自不明白風荷的意思，沈烟臉上已經帶了笑意，戳了戳淺草的額角。「看妳明兒還能說嘴。走，跟我去朝輝堂哭去。」說著，沈烟果真拉了淺草往外就走。又在門首撞到含秋，把風荷的意思一提，她當即笑道：「我去正院哭去。」

外邊，她們根本不擔心，有雲碧在，還能鎮不住二小姐那幾個丫鬟了？而且雲碧性子最烈，她在啊，挑起鳳嬌的怒氣簡直是易如反掌的事。

老太太再不喜風荷，曲苑有老太爺的話在前，她也不敢由著鳳嬌胡鬧，傳出去就是不孝的名聲呢，日後想要配個好人家就難了。

董老爺前兒回去就病了，一直躺在床上懨懨的，聽了含秋的哭訴不由肝火旺盛，這個鳳嬌，脾氣不會改改嘛，老太爺的東西自己都不敢動，她倒好說拔就拔。自己平日太慣著她了，今兒不給她點顏色看看，以後還不知做出什麼事來呢。

老太太和董老爺兩隊人馬在曲苑大門口匯合，董老爺趕忙扶著老太太快步向裡走，恰好看見極為驚險的一幕。

「二妹妹，那是老太爺的遺物，妳千萬別糊塗，回頭老爺生氣。」原來鳳嬌不知從哪兒弄來一根長竹竿，對著池裡的荷花亂打一氣，風荷大急，上前抱著她手中的竹竿，苦苦相勸。

鳳嬌如何聽得進，嬌聲斥罵。「老太爺的遺物又如何，我就是拔了，爹爹難道還為這麼點小事處罰我不成？」一面說著，一面用力甩開風荷，風荷猛地往後摔去，竹竿堪堪擦過她的纖腰，而她腳下失力，眼看就要摔個四腳朝天。這一跌下去，不在床上躺幾個月是很難好起來的。

雲碧呀雲碧，妳倒是好本事，把她氣成那樣，這次老爺想不罰她都難。可惜自己跟著受罪，沒想到鳳嬌力氣這麼大。

就在風荷以為自己要摔跌在地的時候，身子觸到一片柔軟，耳中傳來雲暮慘呼的聲音。風荷當即明白，使力向一邊移，恰好雲碧和青鈿跑過來攙起她們兩人。

四個人在地上亂成一團，卻聽到一陣陣尖叫。「二小姐，不好，二小姐落水了！」然後是嘈雜的腳步聲、呼喊聲。四人偷偷相視而笑。

鳳嬌看見風荷向後倒去，很是得意，不及拍手歡呼，只覺腳跟空虛，身子重心不穩有點向後倒的趨勢，等她清醒過來之時已經在水裡撲騰了。

老太太和董老爺又氣又急，只得先叫人把鳳嬌撈上來，好在荷花池很淺，一會子就有幾個身強力壯的婆子或抬或拉或扛的把鳳嬌弄上岸。只是鳳嬌滿身都是水滴污泥，衣裳耷拉著，頭髮濕淋淋的，臉上還有幾塊淤泥。

「送二小姐回房梳洗，一個月之內不准踏出蘭庭一步，抄五百遍《女誡》。」董老爺氣得青筋都要冒出來了，一個千金大小姐的這算什麼樣子，而且鬧的還是長輩特賜的地方，這一次杜姨娘休想求情。

老太太欲要再勸勸，看兒子面色很是不好，不敢多說，只得暫時罷了。

董老爺扶著老太太回去，倒是沒忘記一會兒送了太醫過來給風荷問診。

第十四章 翻手為雲

小花廳裡，雲暮半躺在炕上，衣裙撩起，含秋正在給她背上上藥，好在摔得不重，只是擦破了些皮，並無大礙。風荷倒是沒有一點傷，坐在一旁看著她們，輕聲嗔道：「妳做什麼給我擋著，我都算準了不會有大事的，這下好了，反把妳傷著。」

「小姐又胡說，我這點傷算得了什麼，咱們還有這樣的好藥，不怕。」雲暮一會兒齜牙咧嘴，卻還要安慰風荷。

「好了，小姐先去用飯吧，妳這樣看著雲暮都不能安心了。小姐若心疼她，不如賞她幾卷小蘇閣的繡線吧，保管她比什麼都開心。」沈烟一面扶著風荷起身，一面調皮的與她眨眼。

雲暮不由大急，回頭說道：「小姐休信她，那小蘇閣的繡線是京城最貴的，咱們尋常做針線哪裡用得著，放著也是白糟蹋了。」

「哦，真有那麼好，我倒要見識見識，一卷要多少銀子？」風荷想到自己總算也是出嫁，照規矩自己要親手做些針線送與杭家的長輩們，普通貨色他們怕是看不上眼呢！

「中等的一兩銀子三卷，上等的一兩銀子只得一卷，也就一些小物事上點綴點綴，誰真拿來做大件的針線呢。」雲暮就著含秋的攙扶轉過了身來，拉好身上的衣襟，抿嘴而笑。

風荷暗暗點頭，比自己尋常用的確實好了不少，勉強拿得出手，當即笑著吩咐沈烟。

「回頭取十兩銀子給雲暮，讓她哪天好了跟著葉嬤嬤出去，自己去挑，咱們也跟著開開眼界。」

「小姐，十兩銀子太多了吧，小姐一個月月銀也就五兩。」雲暮登時急了，如何能讓小姐為自己花了這麼多銀子。

董家也是幾代的名門望族了，如今主子又少，發起月例銀子來都不少。老太太四十兩，董夫人二十兩，風荷、鳳嬌、華辰、華皓都是五兩，本來杜姨娘也是五兩才對，老太太作主提到了二十兩。

「妳先別急，等妳買回來並不全給妳，正好我自己試試好不好。妳小姐我不至於窮到這分上，十兩銀子不過小意思而已。」風荷笑著擺了擺手，說完，扶著沈烟的手坐好，準備用飯。

這邊正吃飯著，董夫人那裡得了消息，遣了飛冉過來細問詳情，風荷揀著大致說了一遍。董夫人聽說女兒沒有吃太大虧，始放下心。

這是一間不小的屋子，足有風荷客廳的五倍大小，地上鋪的是光滑如鏡的金磚，纖塵不染，耀得人發暈。當中地上不像尋常人家裝飾著鼎爐類的器具，反而是一個很大的紫砂盆裡種著一株金橘，綠油油的煞是可愛。

堂屋正面是個黑漆萬字不斷頭三圍羅漢床，床上鋪著細篾羊脂白玉的涼蓆，床上小几上擺著釉彩青花綠竹盅子，裡邊還有絲絲熱氣。聞味道，應該是太平猴魁。還有一個蓮花樣子水晶碗，滿滿盛著紅豔可口的西瓜。地上一溜太師椅上，俱是搭著石青底金錢蟒的椅袱。

羅漢床上斜歪著一個老婦人，鬢上銀絲閃耀，但梳理得紋絲不亂，戴著珍珠翡翠珊瑚碧璽鳳凰點翠多寶簪和金墜角，脖子上一串孔雀綠翡翠珠鍊，成色極好。棕綠緞面繡著吉祥紋樣的對襟褙子，低調華貴。臉上已然有不少皺紋，尤其是眼角，好在皮膚白皙，襯得她更為慈眉善目，大概是六十出頭的年紀。

「妳說我這事做得是不是有些不地道呢？」聲音圓潤，不是很顯蒼老。

「娘娘別多心了，這也是為了四少爺。何況咱們四少爺一表人才，嫁過來還能委屈了她不成？娘娘若是心裡愧疚，來日多多疼她，留些體己銀子就好。」地上小杌子上半坐著一個年紀類似的老婦人，穿著打扮應該是個很有些體面的嬤嬤。

老婦人淡淡點頭，不由嘆氣。「我何嘗不是這樣想，如今只能指望人家姑娘順順當當嫁過來，千萬別再出什麼事的好。不然曜兒，唉，我可憐的曜兒啊，小小年紀沒了母親，怎麼還碰到這麼多不順心的事呢。」

「四少爺福大命大，以後還要生一堆重孫子孫女陪著老太太呢。再說，董家的姑娘，老奴向三夫人打聽過了，說咱們四小姐很是愛敬她呢，必是個好姑娘。而且她在家裡不得待見，卻能把日子過得紅紅火火，定是個有大福的，娘娘只管等著四少爺的好日子吧。」老婦人一面給她口中的娘娘捶腿，一面笑吟吟說著。

原來這裡是莊郡王府，羅漢床上坐著的老婦人就是現任莊郡王的母妃，英勇公周家過來的媳婦。嫁到王府四十多年，算得上老祖宗了。生有二子一女，長子襲了王位，三子就是前文杭芸早逝的父親，另有個么女是當今皇后娘娘。

老嬤嬤是自小服侍她的丫鬟，夫家姓周，如今也是家大業大，卻仍然喜歡每日前來服侍老太妃，陪著說話解解悶。

老太妃對董家的家世還算滿意，畢竟眼下是尋不到更好的了，只是不喜董老太太。「董老太太也是個糊塗人，就這麼一條嫡親血脈，就這樣作踐，難道日後想要庶出子孫混淆了家族血脈嗎？」

「娘娘有所不知，董家現在的姨娘中最得寵的是董老太太的甥女，自然是要不同些。何況她給董家生了兩兒一女，還不母憑子貴的，反把個正室夫人打壓排擠。」周嬤嬤眉頭微皺，他們這樣的人家都是最重血脈的，庶出的就是庶出的，那是不容改變的事實。

「沒想到沈家人都是一樣的脾性呢。我那二媳婦也是個厲害的，把個老二治得服服貼貼，全然沒有一點男兒漢的烈性，我看著就不舒服。一個嫡親女兒嫁到老遠的山西，嫡子為了奉承她老爹的上司居然娶了人家的庶女，真是一點不要臉面。我一來是懶得管他們，二來以二媳婦的脾氣休想叫她改主意，罷了，任他們鬧去吧。」老太妃抿了一口茶，一臉憎惡的表情，當初真不該聽信了籤子上的話娶了這個二媳婦，沒個消停。

周嬤嬤不由噗哧笑出了聲，叉了一塊西瓜餵給老太妃，笑道：「這才是呢，兒孫自有兒孫福，娘娘放著身子不保養，理他們作甚？只要四少爺好了，旁的事，娘娘都甭搭理。」

「哎，偏老四不教人省心，這些年鬧得都沒譜了，連我在他父王面前替他說話都開不了口，反叫個老三老五得了便宜。」老太妃提起這就有氣。帶壞了自己的孫子，你們就能得了王府，我還沒死呢！

「等把四少奶奶娶進門，有她管著四少爺，想來四少爺就能慢慢改了。四少爺又有舅舅在呢，又有皇后娘娘護著，定會前程遠大的。」周嬤嬤當然知道事情沒有這麼容易，但總要開解老太妃一下，免得她終日憂心此事。

老太妃拄著枴杖站了起來，周嬤嬤忙上前扶著，她卻道：「咱們去王妃屋裡看看，不是在準備給董家的定禮嗎？董家小姐在娘家沒有好日子過，咱們對她好，她自然清楚該站在咱們這一邊，好生與老四過日子。怕是有人心裡對婚事還不滿得很呢，咱們總得辦得有些誠意，別叫人看咱們王府的笑話。」

「娘娘說得極是。董小姐只要是個明白人，就會一心一意幫著四少爺。只是，董家怕是不會為董小姐出頭，娘娘不擔心日後四少爺少個助力嗎？」這個問題可是在周嬤嬤心裡存了許久呢，不明白太妃怎麼一眼就看中了董小姐。

老太妃嘻嘻而笑，一面慢慢踱著步，一笑看著周嬤嬤低聲道：「我雖為老四的婚事焦急，但也不到慌不擇食的地步，京城沒有外邊還能娶不到一個像樣的媳婦嗎？我是看中了董小姐的手腕，小小年紀就能幫著母親打理陪嫁，便是我們王府的小姐都不定有這個本事呢。

「董家不護著她又怎樣，難道董家還及得上忠義伯府嗎？曲家人丁簡單，就這麼個姑奶奶和表姑娘，妳沒聽芸兒說啊，那是放在心尖子上的，豈會不助著董小姐？曲大人年紀輕輕，就得聖上信任，日後封侯拜相，那才是英雄出少年啊。

「再者，董家的大少爺據說很是個才俊，小小年紀就得了京城的解元，進士及第是跑不掉了。聽說董少爺打小養在董夫人膝下，對董小姐比自己親姊妹還勝上三分，他承繼了董家之後會不顧董小姐嗎？」

周嬷嬷聽得連連點頭，不過一點時間，娘娘就把一切都打聽清楚了，自己居然沒有一絲覺察，薑還是老的辣啊！

第十五章　文定之禮

杜姨娘得知董鳳嬌因著風荷被董老爺處罰之後，就去向董老爺撒嬌賣癡兼求情，孰料這次董老爺完全沒有理她，反把她狠狠訓斥了一頓，叫她管好自己的女兒。她哪裡肯服氣，卻沒有辦法，只得回蘭庭看鳳嬌。鳳嬌還沒有從眼前的形勢中明白過來，以為杜姨娘去說幾句，她就會像平時那樣風光了。

杜姨娘無奈，苦勸道：「妳先忍幾日，誰讓妳把老爺氣狠了。妳要去鬧那個賤丫頭怎麼不行，非要與老太爺過不去。老爺一向孝順，妳這不是自己往刀口上撞嗎？好了，等過幾日老爺氣消了，我再去求他放妳出來。」

董鳳嬌不以為然，不就幾枝破荷花幾根破荷梗嗎，至於這樣鬧著自己嗎？分明是偏心著董風荷。

「娘，妳要替我報仇，我不會就這樣放過那個小賤人的，妳一定要想辦法好好治治她，不然真當她嫁了王府就了不起了。還不爬到我們頭上來，作威作福。」董鳳嬌不停揉搓著杜姨娘的脖子，一番杜姨娘不答應她不罷休的架勢。

「這也是急不來的，娘一定不會叫她好過的。」杜姨娘本就對這次的事情不滿，加上鳳嬌火上澆油更是添了氣，能不能平平安安出嫁還是個問題呢。

杜姨娘從鳳嬌房中回去，想了一晚上，偏沒個主意。第二日起來之時眼圈有些青，服侍董老太太的時候沒情沒緒的。董老太太正要問她，卻有杭家的人來了，今兒是下定的日子。

一時間，先把前事撩開，辦理正事。

董夫人拖著病體，勉強來了正院，她可不想女兒的東西落入別人的手中，要說董老太太不是那種人，她真就不信，當初可是哄著她管家拿出了不少嫁妝來呢，難保這次不會打風荷的主意，何況還有個煽風點火的杜姨娘。

杭家不愧是王府出身，定禮極多，珍稀寶貴之物不少，有些都是董府裡見不到的好東西。雖然董家是二品大員家，但依著規制，很多東西只有皇室王府能用，他們自然是不敢僭越的。

董老太太和杜姨娘原以為杭家有過先頭兩次經歷，這次定會簡慢許多，沒想到人家這麼重視，整整三十六抬定禮。一些中下等人家女孩兒的嫁妝一共不過二、三十抬呢，到底是王府，出手不凡。

其實，莊郡王府魏王妃本來打算了二十四抬定禮，那與她嫡親的兒子五少爺娶妻時一樣。哪想老太妃親自關注這事，又添了不少東西，還說是當年先王妃準備給兒媳婦的，終於派上了用場。有沒有這事的只有老太妃心裡知道，她還能去打聽不成，恭恭敬敬封了三十六抬過來。王爺知道後，不過說了一句太奢侈就算了，反正四兒子的事情這些年他都不太管的。

看著那麼多稀罕物件，董老太太和杜姨娘的眼睛當即就直了，欲要吩咐抬到庫房裡去。卻不知董老爺怎麼想的，搶著說道：「此事就由夫人料理吧。杭家的日子定得緊，只有五個月了，咱們的嫁妝也該準備起來了，別到時候讓人看著不好。」不管風荷是不是他的女兒，都是以董家小姐的身分嫁過去的，弄不好丟的是董家臉面。

唯有董夫人一人暗暗神傷，她真怕哪一天醒來忽然聽說女兒沒了，那樣教她怎麼承受得起呢。

有了董老爺的話，董夫人命人將定禮直接送到了曲苑，藉口那裡地方大，其實是防著老太太，畢竟在曲苑老太太還是有些顧忌的。

屋子裡一時間散得乾乾淨淨，老太太氣得雙拳緊握，低聲罵道：「沒臉的娼婦，眼皮子淺成這樣，幾件東西還要巴巴藏起來，自己還能私吞了不成？」一旁伺候的顧嬤嬤嘴角略撇，沒有說話。

杜姨娘亦是異口同聲。「老爺也是糊塗了，這樣的事不交給老太太，反去交給她。不說老太太有經驗辦事利索，單她那病懨懨的樣子，能籌備得了咱們府裡這麼大件事嗎？旁的不論，單是嫁妝，看她能拿出什麼來，回頭丟了我們董家的臉面，看她還有何話說。」

「哈哈，妳說得對。家中物事都是妳掌著，妳不放，看她拿什麼銀子給她寶貝女兒準備嫁妝？」老太太想起此事，一陣大笑。兒子啊兒子，你到底棋差一著。

錦瑟、飛冉扶著董夫人回房之後，董夫人已經累得氣喘吁吁，靠在羅漢床上說不出話。小丫頭金縷是這幾天董老爺命人送來的，一起來的還有一個采芝。上次董老爺走後，自己也反省過，知道有些地方做得過了，便是為了給曲府臉面也不該那樣對董夫人，吩咐管事送了幾個丫鬟過來伺候董夫人。董夫人只留了金縷和采芝，都是剛留頭的小丫頭，外頭買來的。

金縷捧著一個黑漆小茶盤，上邊一個白瓷粉彩小碗。「夫人，小姐說枇杷膏子化了水喝清肺生涼，昨兒晚間命人送來的，讓奴婢每日給夫人進一盅呢。」

「妳倒是乖覺，小姐的話比夫人的還管用不成？」飛冉看她身材有些瘦弱，一雙眼睛卻極亮，忍不住打趣她。

「奴婢不敢，奴婢覺得小姐都是為了夫人好的，那小姐的話也應該聽才是。幾位姊姊每日服侍夫人都很辛苦了，奴婢也就只能做做這樣的小事。」她說起話來好似有理，又終有些膽小，低了頭不敢去看。

董夫人寬慰於風荷的孝心，連看著她都頗為順眼，不由笑著接過吃了，讚道：「的確清潤。錦瑟，我記得咱們應該還有幾疋青緞料子，妳找找，襯上白綾子給她做幾件褂子穿，若有其他的再做兩條裙子。」

「奴婢記得收在哪個箱子裡，還有一個與她同來的采芝，是不是也做幾身？」錦瑟一面服侍董夫人漱口，一面笑問。

「好在妳提著我，不然我豈非就忘了。」董夫人看起來心情還算不錯。

「哪裡是夫人忘了，夫人分明是想給我們機會做這個好人，可惜奴婢嘴慢，被錦瑟姊姊搶了頭。」飛冉言語爽利，一向得董夫人的心，湊合著逗董夫人開懷。

「夫人難得這麼高興？」竹簾掀起，葉嬤嬤笑咪咪進來，蹲身給董夫人請安。「夫人安好。」

董夫人不由住了笑，問道：「妳怎麼過來了，是不是大小姐那裡有事？」語氣裡隱約焦急。

葉嬤嬤怕她擔心，趕忙笑道：「沒事沒事，大小姐已經命人把夫人送去的東西都收拾妥當了，怕夫人不放心，讓老奴來回一句。大小姐說，等她一會兒看著雲碧再把冊子對一遍，就過來給夫人請安。」

「什麼大不了的事，妳讓她不用日日幾趟過來，這麼熱的天，要是中了暑氣可怎麼是好？」董夫人勸風荷幾次，風荷就是不聽，又想讓葉嬤嬤多看著些。

「夫人就是心疼大小姐。老奴也勸了，大小姐非說這樣能鍛鍊身體，而且大小姐一日不見夫人那就想得慌。」葉嬤嬤瞅著說話的空檔打量了一眼新來的小丫鬟，看著不像個有心眼的。

董夫人想到風荷在自己身邊待不了幾個月了，心裡就一陣難受，又怕她遭遇不測，悶悶地說道：「我只望她一輩子好好的，那我就是去了也安心。風荷是妳奶大的，對妳我是一百個放心，妳年輕時跟著我現在跟著風荷，咱們母女倆都要感激妳。我身子不好，風荷那裡，妳多擔點心。」

葉嬤嬤嚇了一跳，一面保證一面勸慰。「夫人這不是折煞老奴嗎？老奴能有今日，還不都是夫人和大小姐一手提拔的，我這條老命就是小姐和夫人的。才聽說老爺把小姐嫁妝一事都交給了夫人，不知夫人心裡是怎生打算著？」葉嬤嬤為免董夫人繼續傷心，扯開話題。

「我也沒多少東西，盡我能的，把我那點子都給了她。還有老太爺臨去時給她留下的那些，加起來雖然算不上多好，也差不多了。老太太那裡，怕是不作數的。」這話的意思很清楚，就是沒有指望過老太太拿錢，不過倒是沒想到當年老太爺居然已經備了些許。

「話雖如此，老爺是一家之主，單子總要給老爺過了目才好。夫人妳說呢？」葉嬤嬤定定的看著董夫人，話裡明顯含著深意。

董夫人不笨，轉念之間就明白了，不管他拿不拿，自己只管開了單子命人送去給他，他若還有點良心或許陪些，若沒有也罷了。當即笑著應了。

第十六章　祖母奪嫁

七月初的時候，董夫人分別命人謄抄了幾份嫁妝單子，一份送去老太太那裡，一份杜姨娘手上，一份董老爺那兒。

上邊各項標示得很清楚，哪些是老太爺當年留下的，哪些是自己給女兒的添妝，還差著哪些，或者哪項大概需要多少銀子。當然，她不會傻得把自己的添妝都寫上，總得給女兒留些私房錢。

董老爺之前長年在外帶兵，皇上體恤他年紀大了，尤其這次又把他女兒指給了杭家，心裡存了一分歉意，很快准了董老爺留京的摺子。是以，董老爺的故舊至交紛紛前來拜訪，或是請他吃酒，他倒是忙起來，一連幾日都不得空。

而老太太和杜姨娘看到之後的氣憤可想而知了，一個賤丫頭，能不能活著嫁過去都是個問題，竟準備這麼多東西，想把整個董府都陪嫁過去不成。這話實在是有些冤了，董夫人大致報了一萬兩有餘的嫁妝，包括田莊鋪面，算不上很多，尤其董家家業大人丁少，這幾年很是攢了不少銀子。

不過，老太太最恨的是董老太爺。當年就對自己橫看不順眼豎看不順眼的，處處提防自己，自己幾次問他城東他們幾十年前置的那所三進院落的房契在哪裡，他都不語，原來早就留給了他的寶貝孫女。那宅子不算很大，但是地段好，那是有銀子也買不到的地方，他還真是大方，難道不知道女孩兒都是別人家的人嗎？

宅子之外，還不知留了多少私房呢？難道夫妻幾十年，自己為他生兒育女，還抵不上她為別人生的女兒嗎？老太太一口氣上不來，差點暈厥在床上，嚇得杜姨娘慌忙亂叫。

「叫什麼叫，我還沒死呢！」老太太的命哪是那麼小的，當即推開了杜姨娘，把嫁妝單子撕得粉碎，還不夠，要命人拿去燒了。

杜姨娘雖然對老太太的態度不滿，但人在屋簷下不得不低頭，邊給老太太拍背還勸道：「老太太，犯不著為這樣事生氣去。她有錢讓她自己準備，咱們那是一個銀子也沒有的，一概推了就得了。」

「妳知不知道那宅子多值錢，那可是我們董家的發家地，我絕不能白白便宜了外人。走，跟我去僻月居。」老太太的心氣一如年輕時盛，就曲氏那樣懦弱性子不信她敢與自己作對。

「老太太，小心腳下。」杜姨娘笑得那叫一個得意，有老太太出馬，自己只管看戲就好，哎，今兒的太陽不錯呢。

僻月居似乎比往日多了一些人氣，裡邊語笑喧譁的，聽得老太太火氣更大，加快腳步往裡走。

小丫鬟嚇了一跳，忙接進去，董夫人和風荷已經得了信匆匆接出來。

「日頭這麼毒，老太太怎麼來了？」董夫人的氣色似乎不錯，滿臉關切，其實演戲也不是很難啊。

老太太看都不看她們母女一眼，徑直往裡邊走，還不忘重重哼一聲。

董夫人也不氣，扶著風荷跟在她們後邊。

老太太當中坐在羅漢床上，掃視了一圈，用極平常的語調說道：「把城東臨江院的房契地契交出來。」

還真當自己是軟柿子捏了，那是留給自己女兒的，妳休想。董夫人眉眼不抬，仍是笑語吟吟。「老太太想看看嗎？」

「我叫妳給我，那是我們董家的東西，不能給了外人。」老太太強壓著怒氣，聲音卻更凌厲不少。

「什麼叫做外人？老太太這話恕媳婦愚鈍不懂。」彎彎的柳葉眉，溫順膽小。

「妳！那是我們董家的，不能留給妳女兒做嫁妝。」本就黑的臉一生氣看起來更顯得醜，而且凶。

董夫人當即變了臉色，小心翼翼成了寸步不讓。「老太太，恕媳婦不能辦到。那是老太爺臨終時的囑咐，媳婦手中還有老太爺當日的親筆書信，難道老太太想要違背老太爺的遺願嗎？」

話說董老太太有個不良習慣，一生氣就愛砸東西，她順手就抄起案几上的東西往地上扔，一時間屋子裡此起彼伏著哐啷叮噹聲。

董老爺這日與人敘話，想起有個東西忘了拿，半路回家，便想去跟母親說聲要吃了晚飯再回來，誰知進了後院隱隱聽到一陣陣尖厲的聲音。又是疑惑又是焦急，順著聲音來源去尋，似乎從僻月居傳來的，腳下更快。

「妳給不給？給不給？」

這，好像是老太太的聲音呢，老太太在僻月居幹什麼？

董老爺非常不快的看到他的夫人帶著女兒和丫鬟們步步後退，已經退到了門前，而老太太一人坐在上首，地上一片狼藉，不堪入目。

「老太太，是誰惹您生氣了，下人們有不好的該打的打，該罵的罵，讓管事們料理就好，何必鬧得自己不暢快，氣壞了身子可怎麼好？」董老爺越過門前眾人，大步流星往裡邊走，攔著老太太要繼續搜尋東西的手。

「哼，我哪敢，現在都被媳婦欺到了頭上來，松兒你要給娘作主啊！」老太太登時嚎啕起來，可惜眼睛裡怎麼都擠不出眼淚，只是不斷抹著乾乾的眼角。

董老爺對自己母親的脾氣還是有幾分瞭解的，最是要強，不然也不會讓老太爺常常不滿，夫人又怎麼惹了她不成，他看向董夫人讓她自己說話。

董夫人蹙了蹙眉，拿眼去瞧一邊的小丫鬟金縷，金縷會意，當即把事情一五一十說了一遍，不加一個字不減一個字。董夫人正是看中她年幼口齒伶俐，容易招人信任，何況她是董老爺派來的人，難道還偏幫著自己不成？

越聽，董老爺的面色越不好看，母親也真是的，那是父親當年的遺願，這會子還爭什麼，何況誰家嫁女兒不陪嫁些東西，既然已經成了親家，在杭家面前撐著風荷的臉面還不是自己家的臉面。關鍵是，這實在不太光明，傳出去不是變成老太太搶奪孫女的嫁妝嘛。

「老太太，這是老爺的意思，當年兒子也是知道的。」

「那你什麼意思，就這麼給她不成？今兒她女兒出嫁陪嫁一個院子，日後鳳嬌出嫁是不是也要陪個院子，咱們哪來那麼多院子呢？」糊塗兒子，真是不當家不知錢來得不易，辦個幾百兩銀子東西打發就得了，需要興師動眾當件正事辦理嗎？

「嫡庶有別，本就不能同等對待。何況，老爺的決定，做兒子的只有服從，沒有質疑的理。鳳嬌日後出嫁，老太太若是怕她委屈，多給些壓箱錢就好了。」董老爺也不知自己是不是頭腦發熱，居然說出嫡庶這樣的話來。

果然，杜姨娘登時大哭起來，扭著老太太的衣袖。「老太太，您要給我作主呀。我進董家十幾年，沒有功勞也有苦勞，老爺他今日這麼看不起我和我的孩子，那我還活著有什麼意思，讓我死了算了。」

董老爺本就很是不快，杜姨娘越鬧他心裡越煩，也不管當著老太太的面就吼了起來。「哭什麼哭，沒看見這是什麼地方輪得到妳插嘴嗎？妳若覺得孩子委屈，都過到夫人名下不就成了，真是個無知婦人。」

杜姨娘這些年有老太太撐腰，已然把自己當成了董夫人，卻忘了董老爺對她一直算是淡淡的，還以為這齣一哭二鬧三上吊的戲碼能有用。被董老爺的話震得止了哭聲，不可置信地看著董老爺，他的心真夠狠啊，這種話都說得出來，自己爭了半輩子還有什麼意思。

老太太也是憤怒，大喝一聲。「松兒！」

董老爺發覺自己一時口快惹火了老太太，杜姨娘怎麼說都是老太太的甥女，這樣說的確有些過了，只得勉強陪笑看了杜姨娘一眼，對老太太說道：「老太太，咱們再鬧下去怕是滿府的人都知道了，下人們人多嘴雜的，傳了出去丟的還不是咱們家的臉，尤其這裡隔壁就是吳家下人的院子呢。」

老太太一聽，忙往外看了一眼，噤了口，只是心裡的氣難平，難道就這麼便宜了她們嗎？

「老太太，杭家極重視此事，咱們可不能教人看低了。明年開春華辰就要參加大比了，聽說極有可能是嘉郡王主考呢！」董老爺話裡的暗示意味很濃厚，婚事成了，華辰就是杭家四少爺的小舅子，讓他在自己舅舅面前說句話總不能推諉吧。其實，董老爺是相信自己兒子的本事的，沒有那種心思，不過他相信這點老太太一定會動心的。

果然，老太太怔了半日，想了許久，方才氣恨恨地帶著人揚長而去。

第十七章 豐厚陪嫁

董老爺把老太太送出了僻月居，自己沒有跟著一起走，站在院門前拿眼覷著董夫人。

董夫人低了頭，並沒有請他進去再坐坐的意思，母親不說話風荷自然不好搶先，何況她私心裡是希望母親與這個名義上的夫君能遠一點的，免得再受傷。

「風荷的嫁妝備得怎麼樣了？」董老爺頗為尷尬，又心有不甘，好不容易想起這事。

董夫人低眉順眼，屈膝行了一禮。「回老爺的話，妾身已經擬了單子，其中一份送到了老爺書房，老爺可能還沒有看到吧。」

「噢，這樣啊，要什麼缺什麼妳只管說，回頭我叫林順先送一萬兩銀子過來，若是不夠就向林順支著，務必要辦得風風光光的。」董夫人的態度冷淡，董老爺自然是清楚的，可是因著心存愧疚非但沒有計較，反而有些事事依順的感覺。

「是。」董夫人微微有些驚訝，卻沒有多說，匆匆掃了董老爺一眼，只回答了一個字。

董老爺實在留不下去，看看沒什麼說的快步走了，瞧方向應該是去外書房。

沒想到半個時辰之後，林管事求見，送來了一千兩一張的銀票十張。這些銀子置辦嫁妝是盡夠了。

消息傳到老太太房中，把個老太太氣得沒死過去。原以為這些年兒子對那個賤人的心懶了，連女兒都不認了，沒想到這次把董風荷嫁去杭家之事反給了她們重新翻身的機會，真是搬起石頭砸自己的腳啊！

那麼多銀子，能買多少田地，能開幾個鋪子呢？老太太一想到這兒就肉痛不已。董家的財務狀況她是最有數的，幾代積攢下來，雖算不上富甲一方，也是個大富之家了。江南三個莊子，都是最肥沃的地方，北邊幾個田莊雖沒有江南的富庶，可勝在大，算下來一年出息不少。還有四個鋪子，每年都有不少盈利。

這些，董老爺或是知道或是不知道，都是老太太一手把持著，遣了自己心腹之人打理。府裡公中帳上有十多萬兩銀子，老太太的私房反而不只這些。即便如此，老太太一日不肯放鬆，甚至在外邊偷偷放印子錢，真不知道她想帶多少銀子去棺材裡。

一萬兩銀子有如剜了老太太的心頭肉，氣不順飯不思，真是前氣不平後氣又添。

當然，杜姨娘的心裡比老太太還要難受，本來，這些銀子都是她的華辰和華皓的，再分一些給鳳嬌，沒想到董風荷橫插一槓，一下子就去了這麼多，你教她如何不恨呢？

可惜她們順遂了十年，這次老天偏不如她們的意了。董老爺畢竟是為官的人，考慮事情比內宅的婦人縝密得多了，皇上賜婚辦得不好那是藐視皇權，他可不敢為著婦人之間的一點私怨拿整個董家來賭。晚上回府之後，給老太太請安之時重新提起了此事。

「母親，咱們及不上杭家門第顯貴，也不能差太遠了，依我的意思還要撥一、兩個莊子給風荷陪嫁，方是正理。聽說杭家的三媳婦、五媳婦進門時都帶了近萬畝的陪嫁莊子，咱們家不敢跟錦安伯府、輔國公府比，好歹要顧著些臉面，莫讓人以為咱們董家好欺負。母親看哪個莊子好呢？」董老爺坐在下首的紫檀雕花圈椅上，穿著家常的竹青色長衫，臉上微微發紅，顯見是飲了酒的。

老太太正有氣呢，心口疼了半日，就等著兒子回來好好說道說道，去把銀子要回來，沒想到兒子發了酒瘋，一萬兩銀子還不夠，居然還要送莊子，這不是要她的老命嘛。

老太太氣得顫顫巍巍，哆嗦著食指似要戳董老爺的額角，可惜太遠搆不到，半日罵道：

「不過一個丫頭，你就要這般賠錢賠地的，留著兩個孫兒日後喝西北風去。你想過沒有，華辰明年參加科舉，有多少地方是要打點的，哪裡不用銀子？你倒好，都送給了外人。何況，華辰和鳳嬌年紀都不小了，到了說親的時候，你讓他們到時候拿什麼銀子成親？莫非他們就不是你的兒女？」

董老爺雖然不理家事，可不代表他就一塌糊塗，家裡的底子他還是清楚的。聽了老太太的話不由皺了皺眉，帳上還有十幾萬兩銀子呢，怎麼就不夠華辰鳳嬌的婚事了，母親分明是拿這說事。只他究竟是晚輩，不敢明目張膽說出來，婉轉回道——

「母親，華辰和鳳嬌的婚事我心裡都有數呢。我這樣也是為了華辰的前程，咱們與杭家結了姻親就是一條船上的人了，他們能不看顧華辰嗎？再者，風荷出嫁辦得風光了，才好給鳳嬌說人家啊，若是太寒酸了，還有哪個大戶人家願意來給鳳嬌提親。母親以為兒子說得可對？」

老太太滿心不願，可她亦是個心裡有成算的人，董家長女的出嫁是關係到後邊幾個兄弟姊妹的大事，馬虎不得。要是這時候小氣了，往後說人家就難了。想到這兒，她禁不住後悔聽了杜姨娘的話把風荷送去了杭家，引得滿安京城的人都盯著他們，做不得半點假。若是隨隨便便嫁個小門小戶的人家，放出風聲去那是老太爺在世時就定下的，那時還有誰會關注。

「既這樣，咱們家在南邊有塊五百畝的水田，地段好收成好，就給了她吧。」老太太無奈地揮了揮手，臉上皺紋好比秋霜之下的菊花，她怎麼覺得，自從把風荷許給杭家之後就萬事不順了呢？

江南一帶人口稠密，有個幾百畝的水田算是不小了，關鍵是那塊水田絕沒有老太太說的那般好，地勢太過低窪，還臨著大江，一旦發洪水就極易被淹，十年中五年能不虧就已經不錯了。

董老爺腦中過了一遍，笑著說道：「我回來時還託老趙給我留意著，入了秋有好的皮子弄幾張過來，到時候給母親多做幾件皮褂皮襖，再給華辰幾兄妹也做幾件。那次巡視到晉北，記起咱們家在大同不是有個三千畝的莊子嗎？一看都是沙地，收不了什麼東西，不如都給了她吧。」

「她母親不是還陪了個五千畝的大莊子嗎，還是在京郊呢，這些盡夠了，那個莊子雖然是沙地，也不是沒用，我看就算了。」大同的莊子的確出息很不好，還是當年老太爺花了一、二百銀子就拿到的，可老太太依然捨不得。

「那是夫人自己的。大同那邊每年耗費人力物力，幾乎年年都虧，留著也沒什麼大用，不如一次把面子情兒都做足了吧。萬歲爺聖旨賜婚，咱們不盡心丟的是萬歲爺的臉面，難保萬歲爺心裡不膈應咱們呢。」不是董老爺偏心，多半的姑娘家出嫁了之後，忙著孝敬公婆管家理事，自己的陪嫁一般沒時間打理，就混個不虧不賺，給了好的也沒什麼用。

「罷了罷了，都由你吧。不過我話放在前頭，往後可是一分錢都不給了，誰家嫁閨女破費這麼多呢。」老太太原就不是很滿意那兩個莊子，想尋個主顧賣了，眼下就當虧了幾百兩銀子吧。

這般一來，風荷的嫁妝很是好看了，大小三個莊子，京城一所宅子，兩個鋪子——一個是董夫人的，一個是風荷自己經營的，成套的家具，金的、銀的、玉的、寶石的頭面首飾好多套，冬夏的衣料綢緞，屋中的擺設古董，不比公侯府邸嫁小姐差。尤其董夫人的壓箱錢給得多，她自己這些年來餘下的一萬多兩銀子給了八千，董老太爺單留給風荷的三萬兩銀票，這些當然都是暗中的。

第十八章　心生毒計

不知是董老爺為著董鳳嬌的事還存著氣，還是厭煩了杜姨娘一日幾次的嘮叨，這些日子他都沒有歇在杜姨娘房裡，不是去書房獨宿就是在春姨娘和冬姨娘屋裡。

杜姨娘是氣上加氣，一為鳳嬌被關，二為風荷的嫁妝，三為董老爺的冷淡。歸根究柢這所有的氣惱怨恨都加在了董夫人和風荷身上，滿心想著要怎樣出出這口惡氣。

設計把風荷嫁去杭家，剋死了她最好，剋不死就讓她好好跟著那個混帳夫君過日子。可是這麼久了，董風荷依然好端端的，能跑能跳，一點病痛的跡象都沒有，這丫頭一向命硬，不會被她躲過了這遭吧，那自己真是偷雞不成蝕把米，白白浪費了那一大筆嫁妝。之前，她相信以老太太的心氣絕不會把婚事辦得多體面，當個小妾送過去就成了，誰想杭家會請來聖旨，老爺居然會插手此事，結果越弄越糟。

整整兩萬兩銀子的陪嫁啊，這叫杜姨娘怎麼不心疼。唉，要是那丫頭真被剋死就好了，這些東西就留給鳳嬌日後做嫁妝。

杜姨娘心中猛地一跳，剋死？風荷要是這會子死了，所有人都會當她是被杭家四少爺剋死的，沒有人會懷疑，那麼嫁妝就沒用了？

前後計較了一遍，越發覺得此事可行，只要做得悄無聲息，不信有人看得出來。那丫頭一向是個心氣高的，如果去了杭家被她得了好，回來還不耀武揚威，扶持她那不成器的娘，那時候事情更糟。一定要趁現在了結了，絕不能留下這個後患。

心中打定主意之後，杜姨娘開始細細謀劃，暗中準備，勢要神不知鬼不覺地剋死了風荷。

九月初的天氣是安京城最舒適的季節，冷熱適中，一件夾衣或者小襖就能抵擋淡淡的秋涼。天空一洗如碧，藍得澄澈而又透明。滿地菊花搖曳，滿城金桂飄香，夾雜著成熟果物的香味，馥郁芬芳，教人不由心生歡喜。

海棠樹下，貴妃榻上鋪著水紅的氈子，一個小几上是一套紫砂的茶具，另一個小几上兩碟子糕點。

風荷綰著流雲髻，左鬢斜插一支鎏金菊花簪，右邊戴了一朵小孩拳頭大的素白小菊花，翻動書頁的時候腕上的翡翠鐲子叮咚作響。木蘭青的雙繡菊花錦緞外裳，下邊配著杏黃的裙子，清麗卻又不失嫵媚，天然一股風情。

沈烟跪坐在杌子上，手中赫然一支銀針，一個個地試著碟子裡的糕點。當試到最後幾塊糕點時，她不由頓時大驚，面色驟變，壓低了聲音驚呼。「小姐，這個芸豆卷中有毒，這、這都是這個月來第三次查出有毒了。」

哧的一聲輕笑，風荷揀了另一個碟子裡的桂花糕問著沈烟。「這個沒毒吧？」

「沒有。小姐，到底是誰想害我們呢，居然這樣一而再再而三的下手。」沈烟拈著銀針的手有些輕顫，若不是她仔細，每塊糕都試了試，很可能就會害死小姐的。

「傻丫頭，妳說誰會這麼笨，老用這一招呢。換了個聰明的，一計不成早生他計了。」

她一直不動手，只是想看看是不是同一個人的手筆，真懷疑杜姨娘這點子道行當日是怎麼扳倒母親的。難道那次有老太太插手，不然以杜姨娘的腦袋不至於把事情計劃謀算得那般精準，而且手法俐落狠辣，幾乎不留活口。

沈烟又驚又怕，這個人分明是要置小姐於死地，還對小姐的喜好都摸得一清二楚，府中人的嫌疑最大。小姐這麼平靜，莫非她早猜到了？

「小姐知道是誰？那為何咱們不抓住他呢？」

風荷拿帕子擦去手上桂花糕的殘渣，端著小小的紫砂杯啜了一小口，揚眉笑道：「有些人，一擊不中後患無窮，尤其當她有後臺的時候，除非咱們能把她的後臺一起扳倒，不然還是安靜等著看戲最好。」

「可是，這樣太危險了，若是被他們得手了，那、那……」沈烟的定力沒有風荷好，雖然董府裡明爭暗鬥不少，但公然這樣謀人性命的，她還是第一次遇見，教她不得不怕。

「放心，若她只有這點子手腕，我還懶得陪她玩呢。瞧著吧，想來很快就得出新招了。」回頭告訴譚侍衛，這幾日小心些，我總覺得心頭不定。」她放下茶杯，目光飄向樹上，嫣然而笑，她相信他已經聽到了這句話。

沐浴過後，風荷在中衣外邊又披了一件藕荷色的長襖，推開窗戶望著天上的明月。一道黑色的人影迅疾的閃過眼前，颳起一陣勁風，譚清立在窗外，恭聲輕喚。「小姐。」

「很好，這些日子辛苦你了。」月光下，她的臉越顯秀美柔和，潔白如玉的肌膚泛著微光，眉眼含笑。

譚清的頭低了又低，繃緊的聲音似乎有些緊張。「小姐，其實這幾日一直有人暗中在曲苑附近出沒，但好像沒有惡意。我與他會過一面，蒙著臉，看不清容貌，他見到我時也很驚訝。我想小姐是個閨閣女子，聽了害怕，所以……」

「無事，你看緊點就好。自己也小心些，一旦發生意外，若是不敵就快些離開，不要管我。」這樣一個年輕害羞的大男孩，她不想他為自己賣了命。

譚清霎時抬起頭，眼裡閃過不解迷惑，這一次卻是看著風荷的眼睛簡簡單單說道：「我會保護好小姐的。」

風荷覺得自己的話似乎傷害了他，登時有些尷尬，只得笑道：「我相信你。」

他立時笑了，露出潔白的牙齒，眼裡有星光閃耀。

一連三日，風平浪靜。

風荷陪著董夫人一起用的晚飯。最近，董夫人忙著為風荷置辦嫁妝，沒心思去想那些從前的恩怨情仇，人反倒開懷不少，病好了五、六分。尤其這麼久來，風荷一直健健康康，她懸著的心勉強放下些許。

董府後院有一片小小的木樨林，伴著晚風幽香隱隱，幾欲讓人醉去。風荷見時間還早，順著腳步尋了小路穿過去。第五進院子是給少爺們住的，華皓年紀小，杜姨娘不放心而帶在身邊，是以這裡平日只有華辰一人住著。最近，華辰都忙著在國子監攻書，常常住在那裡不回府。

雖如此，風荷依然怕撞見他，揀了小路走。天尚未黑透，跟著的沈烟、芰香也不怕，一路上說說笑笑。

點點的金黃開在枝頭，濃烈的香味竄入鼻尖，厚重的滿足感將人包裹住。十丈開外是一棵一人合抱大的槐樹，投下斑駁的月影，涼意浮上心頭。

風荷折了一枝桂枝，涼風一吹，身子有些輕顫。「芰香，去把我那件玫瑰色的雲錦披風取來。妳自己也加件衣服，給妳沈烟姊姊也尋一件。」看著芰香走遠了，又笑道：「今年咱們都忙著，沒時間來收桂花，再不收就要謝了，趁著今兒興致好，我要親自動手。」說著，她衝沈烟眨了眨眼，調皮地一笑。

沈烟大驚，小姐把她們全支開必是有用意的，難道小姐想以身犯險，這，不行。

「小姐，夜深了，不如咱們明兒趕早來。」

「清晨露重，今晚月色正好，我才想賞月尋桂，妳就要攔著。好姊姊，勞妳走一趟，把我西稍間裡臨窗大炕邊上櫃子裡那個粉色花囊取來，不過就這點子路嘛。」

沈烟明知風荷主意已定，可如何都放不下心，要是小姐有個好歹她也不想活了。偏偏小姐一直給她使眼色，她只得不情不願的去了。

譚清飄然立在風荷一丈後的桂花樹下，暗暗焦急，小姐難道發現了園中有人，故意支開了人，想把那人引出來嗎？

風荷渾然不覺，腳步輕轉，一會兒挨著這棵看看，一會兒湊著那朵聞聞。

第十九章 月夜桂香

雲層卷舒，遮住了月亮的一角，園子裡越發幽暗寧靜，只有風荷偶爾踏著地上殘枝的嗶啵聲。

斜刺裡，一個黑影迅速地衝著風荷身上撲去，尤其是最前邊那柄寒光凜冽的寶劍滿是殺氣。他的聲音很輕，動作很快，風荷恰好背過身去，除非她後邊長了眼睛，不然絕對不會發現。

黑衣人心下歡喜，這個小丫頭可真值錢，三千兩白花花的銀子呢！也不知道礙了誰，下得了這樣的狠手。不過說實話，長得可真漂亮，若不是對方說死要見屍，自己真有些捨不得呢，可惜了這麼個美貌的小姐。

他的劍並沒有朝風荷身上招呼過去，就在離風荷只有三丈距離的時候，他已經迅速收起了劍，左手向風荷的頭撈去。一刀下去多快的，非不讓留下疤痕，要死得無聲無息，要不是為著三千兩銀子，他還真不願意呢。

譚清屏住呼吸，他就在風荷正前方不遠，看到了小姐的手勢，竟是不讓他出手。小姐瘋了不成，對方明顯要置她死地，她不讓自己出手，難道她還會武功不成？不可能啊，以他的經驗，他看得出來小姐身上沒有一絲功夫。

就在他猶豫不決的時候，黑衣人馬上就要觸到風荷了。

「哎呀。」驟然的嬌呼，使得兩個一起屏住呼吸的男子都猛地發慌，定睛去看，風荷踩到了一枝圓溜溜的樹枝，柔軟的身子向前傾，滾到了地上，躲過了黑衣人的左手。

一時驚變，黑衣人沒有及時改變方向，收勢不住，身子堪堪掛著枝頭穩了下來。風荷躺在地上沒有動靜，不會這樣就死了吧，黑衣人心下腹誹，腳步不停，上去想要加最後一擊。

可是有人比他出手更快，半空中截住了他的手，低低喝道：「三弟，主子不是說了不要動手嗎？」不知從哪裡冒出一個與他相似裝扮相似身材的黑衣人。

最先刺殺風荷的人大吃一驚，迅猛退後，搭開了那人的手，喝道：「胡說什麼，誰是你三弟？」

後來的人不由愣住，細看前人形容，確實不像，更是緊張，他尚未說話，又從遠處冒出一個人叫道：「大哥，你認錯人了，我在這兒呢！」

說完，兩個看起來一處的黑衣人都用不可思議的眼光看最先的人，那他是誰？

刺客發覺事情不對，知道今天怕是難以得手，還是快點溜了的好，趁那二人狐疑之際一躍而起，向董府外跑。那兩個人愣了一瞬，很快同時起身，追向了前人。

風荷不住向譚清示意，譚清沒法，咬咬牙丟下風荷追了上去。待只剩下風荷一人，她才悠悠起身，拍了拍身上的塵土，撇了撇嘴，糟蹋了一件好衣服啊，幸好不是無功而返。

話說那二人功夫似乎比刺客強些，幾個起落之後就追上了刺客，刺客一言不發當即與二人打成一團。二人邊招呼邊問：「閣下是哪位兄台，為何要對董小姐動手？」

「拿人錢財替人消災，還望兩位別多問了。」

「是誰讓你動的手？」其中一人很快問道。

「無可奉告，兩位是保護董小姐的？」刺客試探著相問，他可不想栽倒在一個小丫頭手上。

「非也，只是好奇閣下的來路。」

刺客見此，稍微安心，卻不敢大意，他知道自己武功不及兩人，越早脫身越好，扔了一顆煙幕彈，等到二人能看清之時，刺客已經沒了蹤影。

「三弟，主子讓我們這次別動手，你怎麼還來了？」

「大哥，我又不是來殺人的，我是見你來了才跟著來的。」

「哦，我怕你莽撞趕來看看，誤把那人當作了你。」

「不知還有誰要殺董家小姐？」

「別管那麼多了，先回去交差吧。」

待到二人走遠了，譚清才悄然回了董府後園。

後園裡，譚清剛走，就有一個人闖入了木樨林，不是旁人正是董華辰。月白色的長袍，豆青色的絲絛上佩著一塊美玉，明亮而又溫柔的目光執著的盯在風荷身上，熠熠生輝。

「妹妹怎麼一個人在這裡，丫鬟們呢？」

「我讓沈烟回去尋個花囊來裝桂花，趕明兒做了桂花糕送與哥哥吃。」她當即莞爾，撩了撩鬢角被風吹亂的髮絲。

華辰晶亮的目光忽然就冷卻下來，還有明日嗎？這一切，都拜他的母親所賜，讓他恨不得不能恨，在她面前更覺卑微，吶吶而言。「妹妹，我一定會考取功名的，那時候杭家就不敢欺負妳了。」

杭家難道會怕一個小小的進士嗎，便是狀元怕也不放在眼裡，他何嘗不懂，但唯有這樣能安慰自己。

「嗯，我相信哥哥會成功的。」這些年，他對自己照拂有加，自己豈是沒有心的人，可他們之間橫亙著上一輩的恩怨，她無法做到釋懷，更因著他對自己的好而越發難受。

「妹妹，我認識杭家四少爺，有時候行事確有些乖戾，不過不是個全無章法的人。往後，妹妹凡事小心些，若有什麼為難之處儘管告訴哥哥，我定會為妳去做的。」竭力壓抑的語調在寂寥的夜色裡有一種悲愴的味道，勾起多少的少年情腸，青梅竹馬、兩小無猜，這些字眼，似乎於他們並不合適。

「我會的。」風荷強忍住落淚的衝動，輕輕呢喃，然後快步去了。園門口守著等待她的沈烟和芰香，擁著她匆匆而去。

飄飛的衣角，飛揚的青絲，宛妙的背影，纏繞成他記憶中最美的畫面。他這一生，最恨她是他的妹妹，也最恨他連她的哥哥都做不成。

第二十章　恩威並施

接下來，董府一直很平靜，杜姨娘沒有再對風荷下手，想來是有些怕了。

「娘，您嚐嚐這個菊花佛手酥，是我親自看著做的，合不合口味？」正是早飯時分，風荷挾了一塊酥脆的餅放到董夫人的碟子裡，巧笑倩兮。

董夫人感動於女兒的乖巧孝順，每次都吃得很多，這些日子倒是長了不少肉，身上看著豐腴了不少，顯出一種成熟婦人的嫵媚。她笑著吃了，一面連連點頭。「真香，菊花的量恰到好處，炸得也是時候，脆而不老。妳也多吃些。」

風荷果然又挾了一塊吃起來，兩人說笑著用了早飯。

「娘，我想去咱們臨江院那邊看看，許多年未去，管事也不知道有沒有好生看著，若是破敗了就稍加修葺一番。」風荷攀著董夫人的脖子，偎著她的臉，滿是小女兒情態。

董夫人低頭細想了想，有些猶豫。「倒是妳想得周到，老太爺過世之後幾乎就沒去看過，也不知成什麼樣子了。好在看守屋子的一房家人是當年老太爺的心腹管事，叫周齊，是個忠厚的，只他媳婦有些子厲害，倒也不是什麼壞心腸的。有個兒子娶了林順的女兒，如今只一個小子。

「只妳是閨閣小姐，輕易沒有出過門，又是出嫁在即，若被人知道了怕是不好，礙著妳的閨譽就糟了。說不得，不如遣了葉嬤嬤走一遭？」

「娘，自己家裡能有什麼事，何況有嬤嬤丫鬟們一路跟著服侍，來去不過一個時辰路程，這會子去午時也就回來了，很不會有事。」風荷怕董夫人不應，越發纏著董夫人撒嬌，渾不像那個責打杜姨娘的大小姐。

「好，好。妳整日關在家裡，出去走走也好。只快些回來，多帶跟著的人，老太太那裡正忙著，就不用去回了。」董夫人想她年紀還小，正是愛玩的年紀，若不是因著自己身子不好，不會把她每日拘著，既是這般想去也就由著她了。

風荷辭別了董夫人，很快回了曲苑，出門的物事、車馬是昨兒就備好的。她與葉嬤嬤、沈烟坐了一輛八寶華蓋珠纓車，含秋帶著淺草、青鈿坐了一輛青釉車，還有四個跟車的護院。側門出去的時候倒也無人阻攔，董夫人不得寵，話還是有幾分威力的，沒人敢為了這些不傷大雅的事與她作對。

車子出了將軍街，沿著中正街向北行駛了一刻鐘，然後右拐進了書畫胡同，不過一盞茶功夫就到了。正門沒開，車子直接駛到前邊角門處。葉嬤嬤下了馬車，門房是個老蒼頭，一聽大小姐來了，慌得忙迎進去。

風荷慢慢走著，仔細看著院子，還好，不顯得很破敗，稍加修葺一番就能住人了，看來這個周齊還算盡責。含秋領著青鈿已經快步朝裡邊走，前去通知周齊一家。

很快，迎面急匆匆趕過來三個人，一個年約五十許的精瘦老人，一個與他年紀相似、面相凌厲的老婦人，還有一個穿著打扮不錯的少婦。見了風荷，忙都跪下磕頭。「奴才拜見大小姐，未知大小姐前來，有失遠迎。」臨江院給了風荷做陪嫁的消息他們自是得了，分外恭敬。

「周管事、周嬸子、周嫂子，大家都快起來，我也是順腳過來望望你們。」她也不托大，服侍過老太爺的人總有幾分體面。

周齊家的扶著周齊，三人才起來。周齊往裡邊讓。「小姐請。老奴一家在這兒看了十幾年，從不敢動這裡的一草一木，都是老太爺生前的樣子呢。」

「辛苦你們了。老爺長年在外，夫人又忙，顧不上照應這邊，好在有你們守在這裡，不然我與夫人也不能這麼放心。」風荷扶著沈烟的手，一面往裡邊走，一面笑道。

小小三間正廳，擦洗得窗明几淨，不染塵埃。風荷眉彎若柳，在正面坐下，抬手笑道：「都坐吧，今兒這裡可都是自己人。」

周齊一家子推辭著不肯，倒是葉嬤嬤笑著按了周家的在第二把椅子上坐下。「嫂子最是個爽利的，這會子還與小姐客氣不成？」

這一來，周齊只得偏著身子半坐了，他家的也如是，媳婦伺候在周家的身後。

含秋領著丫鬟上了茶。

「怎麼不見周大哥哥？」風荷輕輕撇著茶上的浮沫子，笑容溫婉，語氣隨意。

周齊的面色登時有些尷尬，衝他家的瞪了一眼，撲通一聲跪下。「小姐，老奴知錯了，不該讓勇小子出去。」

他一跪，周家的與他兒媳婦都跟著跪下，不過周家的明顯有些不以為然。

「哦，這是怎麼說的？周嬸子。」她故意不問周齊，反去問他女人。

「小姐，不瞞您說，咱們一家子在這兒看守院子，月銀加起來統共只有五、六兩，又不比在府中伺候的能有些外邊的進益，就這些一家子嚼用著實艱難。別人看著院子，或是偷偷租給外人，或是在園中種些菜蔬去賣，他是個認死理的，都不准。

「我沒法子，想著這裡也使不了太多人，就讓我們勇小子在外頭混口飯吃，並不敢打著府裡的招牌，只是一家小綢緞莊的二掌櫃，只當貼補家用。小姐若是要怪，就怪我吧，我都認了。」周家的雖是認錯，卻沒有一點子悔恨的跡象，還隱隱對現在的安排有些不滿，只差沒有直呼冤枉了。

周齊急得一個勁兒給她使眼色，她全當沒看見，氣得周齊恨不得立時上去給她兩巴掌。

風荷並不是那等刻薄之人，周家的說的那些她也常聽說，誰家閒置了十幾年的院子，不是被下人們租給了外人就是弄得面目全非。周齊這樣已算不錯了，既然他們人手夠使，出去尋幾個錢也算不得什麼大事。

但她不能表現得太無所謂，不然以周家的那個性子，以後只會變本加厲。她正了正身子，並沒看他們，沈吟不語，屋子裡一時間只剩下她腕上的金絲鑲粉紅芙蓉玉鐲子偶爾發出的叮噹聲。周家的額上開始有些冒汗，她是個急性子，有事說事該罰就罰，最受不得人家不發話。

半日，風荷方道：「你們先起來。論理，周大哥哥拿著我們家的月銀出去自己尋事，也是個不小的錯，怎麼罰都不過。我如今也不想理論，只他必須立刻辭了外頭的事。」她雙目清亮，一眨不眨盯著周家的，看她沒有回絕，方才繼續說道：「你們也別急，周大哥哥既能在外頭當個掌櫃，想來也是個有本事的，我手上正好有些事需要人手。」隨即，她就閉口不語了。

周家的此時方有些怕了這個小丫頭，恩威並施，氣氛拿捏得相當準，把她嚇個半死再給點甜頭，還真是個厲害的，難怪林家的會讓自己小心些。

周家的也不扭捏，當即磕頭保證。「奴才知錯了，以後再也不敢。小姐心寬不與我們計較，日後，只要小姐有使得著我們一家子的地方，我們必定本分做事，絕不敢有違了小姐的希望。」

周齊見自己女人說了話，也跟著磕頭謝恩。

「你們再不起來，教人看見還以為我是個厲害的呢。快，我還有正事與你們交代呢。」她頓時笑靨如花，彷彿沒有發生過剛才的不愉快。

這下，周家一家人更是存了畏懼之心，周家的想著風荷有事吩咐，好過現在這樣，倒也高興起來。

風荷抿了一口茶，打量了屋子一圈，笑道：「你們打理得很好，該賞。不過這裡許多年未住人，想來不少東西都得添置，牆上的漆也不亮了，是該粉粉。回頭，我會讓葉嬤嬤與你們細細商議的，哪些要請人的，哪些要添置的，要支多少銀子，你們只管作主。嬤嬤——」

葉嬤嬤會意，從荷包裡掏出一張薄薄的紙，笑著塞到周家的手裡。

「這是四百兩銀子，你們先能著用，不夠的再與我說。周大哥哥是在外頭見過世面的，正好幫著你們料理妥當。我慮著，這怕是要一、兩個月方能完工。等明年開了春，還有大事要請大哥哥去忙呢。」風荷繼續說道，她雖是笑語吟吟，卻總給人一種凜然不可侵犯的高貴優雅，教人無端端的又敬又怕又愛。

周齊一家一聽，當即想到她這意思怕是以後會常來住住，那會更加重用他們，一個個眉開眼笑的。尤其聽到有事使喚周勇，那越發高興，偷著在外頭幹總及不上光明正大給自己主子幹活。

風荷隨即在院子裡轉了一圈，吩咐了幾句這裡添些什麼，那裡怎麼改動，就上車回府了。

馬車不過走了一射之地，就忽地停了下來，其中一個護院在車外高聲回道：「小姐，前邊有些吃醉了的王孫公子擋住了去路，馬車過不去。」

第二十一章　初遇相輕

書畫胡同別看只是條小小的胡同，這附近全是權貴之家的別院，臨江院隔壁是承平公主府的別院，再往前就是永昌侯府的院子。當年董家能在這裡買個小院，那也是機緣巧合。

能在這附近出沒的定不是簡單的公子爺兒們，是以護院不敢大意，先來回與風荷，由她定奪。

風荷已經聽到了外邊的喧譁聲，她自然清楚那些人可能惹不起，可是這條胡同是條死胡同，眼下又快到午時了，再不回去董夫人必然焦急憂心。躊躇之下，她撩起了車簾一角向外觀望，總得看看是些什麼人才好打算。

五、六匹高頭大馬，六、七個錦衣公子，尾隨的幾十個小廝，的確把一條小小的胡同堵得沒有一點餘地。風荷坐在馬車上，視線頗高，能勉強看清前面的形勢。

一個穿著寶藍色華服的男子，抱著另一個月白錦袍的男子，身形有些搖晃，面上薄薄的緋紅，看來是吃醉了酒的，口裡只管嘟囔著。「韓穆溪，我好歹、算是……你的姊夫，讓你陪著吃個酒你有什麼不願意的。你家……老爺子一向把你拘得緊，知道嫵眉閣嗎？他們那裡新來了一個頭牌姑娘，叫、叫嬌鶯，那舞跳得飄若驚鴻，宛若游龍。你跟我去，我今兒把她讓給你，怎麼樣？保你樂不思蜀。」

旁邊一個石青色華服的男子看著不像，中間勸說著。「好了，杭四，穆溪的性子你還不清楚嗎？他家老爺子又是個認死理的，咱們別為難他了，自己去吧。」

先頭說話的男子一把推開了來拉他的男子，不滿的叫道：「你懂什麼，穆溪也不小了，我是他姊夫還能不照應著他。日頭這麼大，回去作甚？」

回話的護院見風荷從縫隙向外看，不由與她解釋起來。「小姐，這就是永昌侯府的院子，那個月白衣服的就是他們小侯爺。石青衣服勸說的是承平公主的次子傅大人，那邊穿著黑衣服不說話的是嘉郡王世子，他身邊站的紅衣少年是鎮國公的小兒子。」他們這些人，時常要與外邊打交道，京城那些出名的人兒豈能不認識。

「哦，那個穿著寶藍色的是哪家的少爺？」風荷聽得仔細，詫異護院怎麼沒有介紹剩下那人，難道他不認識？

護院望了那邊一眼，有些不知所措，小聲說道：「他是杭家四少爺。」

杭家四少爺？自己的未婚夫君？難怪，他自稱是小侯爺的姊夫，確實論得上，永昌侯的嫡長女不是曾許了他，傳說被剋死的嘛。生得倒也一表人才，可惜不成器。風荷一想到自己往後要與這個人過一輩子，就禁不住想笑，還好生得不算醜，別的就不指望了，哪個王孫公子沒點風流事呢，這裡不正是最好的證明嗎？

小侯爺韓穆溪想來有些不耐煩了，退開了一步正色說道：「你喝多了，還是趕緊回去歇歇吧，我也要回府去了。」

「那怎麼行？你今兒作了東道請我們，我們豈能不還席，我已經包下了整個嫵眉閣，就等你賞臉呢。」杭四少搖搖晃晃地挨近他，伸手去摸他的臉，韓穆溪面上一紅，趕緊往後退了好幾步。

原來還有這個嗜好，小侯爺面如秋月，美如新玉，溫潤如風，不怪他這般不肯放手。風荷看得好笑，忍不住噗哧笑出了聲。

頓時，一道凌厲的視線射向這邊，定在了她身上，風荷忙放下了簾子，不好繼續看。外邊一時沒了響動，估計是大家都發現了他們的馬車。

「去，請幾位爺兒們讓個路。」被人發現了自然不好意思再看，早點溜了為妙。

護院領命，很快上去向幾位爺行禮。「小的石磯是董府護院，給各位爺請安。這是我們府上女眷的車馬，還請幾位爺行個方便，容我們過去。」

承平公主家的傅爺笑問：「是哪個董家？」

「回傅大人，是懷恩將軍董家。」

「哦，哈哈哈，杭四，那不是你岳家嗎？說不定裡邊的正是董小姐呢？」傅爺登時大笑，這撞得可真巧啊！

一時間，所有人都盯著馬車看，可惜遮著車簾，什麼都看不到。嘉郡王世子蕭尚目中閃過精光，剛才揭簾觀看的是個年輕女子，作主子裝扮，莫非她真是董家小姐，表哥的未婚妻？她既看到了表哥這副樣子，又為何要笑呢？

杭四少一聽，興致頓起，忘了糾纏韓穆溪，興致勃勃的看著馬車，一手支著下巴笑問：「是不是你們家大小姐？」

石磯無法，點頭應是。

「那不是一家人嗎?遮著車簾作甚，讓爺我瞧瞧。」他的語氣滿是調侃戲謔。

風荷只得暗怨出門沒有看黃曆，會撞到這個滿安京人都躲著的杭四少，偏還是她的未婚夫，她放低了聲音吩咐另一個護院。「咱們有急事趕回府裡，去請幾位大人通融一下。」

除了杭四少之外，其餘幾人也是充滿了好奇，不知是個怎樣的女子，能不能安然嫁去董家呢，不會像前兩位一樣吧，那卻是可惜了。

護院的話，一直冷淡不語的蕭尚反而應道：「行了，咱們就讓讓吧，別為難人家小姑娘。」

幾位公子當然明白自己的要求無禮，見蕭尚這麼說，也就罷了，反是杭四少不同意。「既是我的人，看看有什麼了不起的，總不會是個醜八怪不敢見人吧。那樣我可不要，至少要有清歌的一半美貌才能進我的門。」

蕭尚和韓穆溪都皺了眉，杭四的話實在有些過了，把一個千金小姐去比勾欄院裡的一個妓女，傳出去讓董家小姐怎麼做人。

偏傅爺在一旁叫好。當日清歌的美貌他可是垂涎許久的，無奈被杭四捷足先登弄回了府裡，若他這個正妻長得不怎樣，倒是可以常常拿來取笑他一番，煞煞他的銳氣。

風荷亦是蹙了眉，這人不是一般的胡鬧呢，連她都被激起了三分氣，莊郡王怎麼沒有把他打死算了，還來禍害人。

外邊不斷響起杭四少的叫嚷聲，她尋思半晌，只得命沈烟給她覆了一塊絲巾在面上，葉嬤嬤很是不快的打起了車簾。

眾人沒有想到她會真的相見，都是一陣愕然，而且不但沒有急得哭起來，反而雲淡風輕，只是微鎖的眉尖表示了她此刻的不滿。身段窈窕是不必說了，面容雖然看不清，但一見之下就給人一種高雅貴氣的大家之感。淺玫瑰紅繡嫩黃折枝玉蘭於前襟腰背交領緞襖配月白素緞細褶兒長裙，嬌豔可人，墮馬髻嫵媚慵懶，一色的白玉配飾清麗雅致。

眾人不由在心中叫好，不論容貌如何，這份氣度這份從容，就不是一般小姐有的。而且她的眼睛很清澈，卻又含著薄怒，語音柔雅。「幾位大人看夠了嗎？看夠了是否可以放行呢？」

話中意思蘊涵惱怒，聲音卻依然平淡優雅，的確是大家千金的風範。杭四少眼裡一閃而過一絲探究的神色，轉瞬間換上了慵懶的笑意。「戴著那勞什子作甚，一併揭了吧。」

「不可。」風荷乾脆至極。

「為何不可？我可是妳的夫君，命令妳這麼件小事都不行嗎？」杭四少一面說，一面往馬車走，旁人怕他真做出什麼事來，都緊緊跟上。

「我不願意叫這麼多人看了去，可否？」她輕啟朱唇，每個字都如扣在人的心上，癢癢的。

不意，杭四少猛地大笑。「好，妳說的對。妳是我的人，自然只有我一人能看，不然吃虧的可是我。放行。」

旁人還未反應過來，卻見他同意放人，杭四少何時是這麼好說話的人了？

「多謝。」風荷正襟危坐，點頭示意，葉嬤嬤趕緊放下了車簾。護院們不等她說話，已經催著車伕趕路，乘機離開這個是非之地，免得有了禍事要他們擔。

馬車發出清脆的行駛聲音，餘下一眾還在對它行注目禮的男子。

風荷坐在車裡，聽到後邊傳來的笑聲——

「杭四，你何時也會憐香惜玉了？不過，瞧著似乎不錯呢，你這小子豔福不淺。」

「好了，今日之事大家不要傳出去，免得壞了人家小姐的閨譽，咱們幾個當街攔著人也不是什麼有臉的光彩事。」聽聲音，應該是那個叫蕭尚的。

接下來，似乎是眾人的唯唯應諾。

第二十二章 出閨成禮

那日的事果真一個字都沒有露出去，風荷完全放了心。

時間倏忽而過，再有十日就是大婚之日了，嫁妝全部備齊，餘下就是跟過去陪嫁的家人了。

風荷身邊服侍的大小八個丫鬟都是一定要去的，老太太憐惜孫女，又送了兩個二等丫鬟，一名銀屏，一名錦屏，杜姨娘送了一個叫落霞的丫鬟。

其中銀屏年方十七，荳蔻年華，身子圓潤豐美，容顏俏麗，眉梢眼角常含著一縷媚態，口齒伶俐，是個愛拔尖的；錦屏生得只能算是清秀，是個嘴笨的，反倒敦厚老實些；落霞跟著鳳嬌一起讀書，學過幾句詩詞，時常一副西子捧心之態，偏她生得單弱，好不楚楚可憐。三人都是世代的家生子，老子娘都在董府的。

內院裡，這十一人，加上葉嬤嬤，正好湊成雙數。另外葉嬤嬤全家、林管事一家，還有臨江院看守屋子的一房家人，負責打理江南大同田地的兩個管事都陪嫁給了風荷，總共十六人。再加四名護院四個小廝。

這些人裡頭，當然有老太太的人、杜姨娘的人，那三個丫鬟自不必說，還有兩個管事，護院小廝裡定也有。風荷沒有打算全然不用這些人，畢竟她到了杭家之後，人單力薄，可是怎麼用就是個大問題了。

十一月二十，是杭家四少爺和董家大小姐的大喜之日，滿安京城的權貴十有八九都賀喜去了。

不是說杭家四少爺剋妻剋子嗎，這次新娘怎麼沒事？難道新娘的命硬，剋住了杭四少身上的戾氣？聽說是個娉婷絕世的佳人呢，會不會很凶悍，河東獅吼？無論外人怎麼計較怎麼議論，婚期都如約到了。

杭家老太妃高興自不必說，總算選對了人，日後必是個有福氣的，說不定孫兒就此改了呢。是以，在老太妃的心意之下，杭家把此次婚事辦得隆重異常，風荷打頭的嫁妝就是皇后所賜的玉如意，一時間人人競相爭睹。

大堂上，居中坐著董老爺和董夫人，董老爺瞧不出是悲是喜，董夫人一看就是難過得很。女兒命大，終於撐到了大婚之日，可不知有沒有福氣呢，千萬別落得自己一般啊，不過自己女兒的心性還是有把握的，應該不至於像自己那麼懦弱，只希望新姑爺不要太過分。

相比起董夫人的激動來，董老爺真的算得上很平靜，卻無人知道他心裡的翻江倒海。這個女兒，他疼若掌珠的護了五年，然後發現她不是他親生的，那樣的背叛曾讓他許多年都難以平靜下來。眼下，她終於要嫁人了，他是真的害怕，怕她如果是他親生女兒，他日後要怎生面對她、面對董夫人，他連一個贖罪的機會都沒有。

風荷安靜的拜別了父母，人都說女孩兒出嫁要哭，她卻哭不出來，她有太多事沒有料理好，她放不下董夫人一人在府裡，大婚之日的她還在心中籌劃著許多事情。至於她的夫君，雖已見了一面，但那是個怎麼樣的人，她幾乎沒有精力去想，被迫出嫁，侈談情愛，總之無論是嫁到杭家還是哪裡，她都是董風荷，她只做她自己，絕不會委屈也不會瓦全。

華辰親自背著風荷走向花轎，在鋪天蓋地的喧鬧和豔麗中，他只是希望這段路能夠長一點再長一點，延緩他把她交給另一個男人的時刻。

高頭白馬上，赫然危坐著一個紅衣飄飄的男子。一頭烏黑茂密的頭髮被金冠高高綰起，一雙劍眉下卻是一對細長的桃花眼，眼角輕佻，恍若含春。鼻子堅挺，唇角掛著似有若無的笑意，膚色頗白，襯著大紅喜服俊美絕倫。身姿修長，舉動隨意，絲毫沒有大婚的緊張忐忑，倒有一股漫不經心的不耐煩。威嚴中蘊著風流，多情裡藏著無情。

華辰只能在心裡暗嘆，這個男子，是否配得上妹妹？妹妹這樣的女子，必要世上最好的男兒方能相配，難道她這一生就要與這個風流債無數的男子過下去嗎？以妹妹決然的性情，她能否受得住呢？

風荷微有不適，她感到有許多灼熱的視線盯著她，其中一道最強，彷彿要看穿她頭上的喜帕，她知道那個人是杭四少，她的夫君。很快，明亮霎時間黯淡下來，風荷知道她已經進了花轎。

鞭炮聲、嬉笑聲蓋過了一切，她恍恍惚惚坐在轎子裡，其實嫁人也不難。

出花轎、拜天地、入洞房，一連串的程序緊迫而又繁雜，她心裡漸漸升起了厭煩，尤其是那些嘖嘖議論她的聲音時不時送到她的耳裡。

那個一直安靜走在她身邊的男子，一入洞房就變了臉色，當嬤嬤要求他坐床揭喜帕之時，風荷感到了身邊的涼意。男子嗤笑一聲，隨手撩開了蒙著她的喜帕扔到一邊，目光炯炯的望著她的側臉，眼裡有貪婪有慾望。

女子沒有一般姑娘出嫁時的嬌羞，相反有些漠然。大紅嫁服穿在她身上沒有一點彆扭，極為妥貼，襯得她皮膚瑩白如玉，雙腮帶赤，一雙含露目裡閃過一絲詫異，彷彿蘊著無限深情。微微張開的櫻桃小嘴粉嫩潤澤，直覺地勾引人想去一親芳澤，偏她看人的眼神太單純，使得人滿腔邪意都化為了一段柔腸。

那顆堅硬的有如千年寒鐵的心，似乎哪裡出現了一個裂縫，發出輕微的破碎聲，小得只有他自己能聽見。

風荷沒有慮到會發生這樣的意外，一時間有點怔愣，驚訝地抬起頭，回望那個站在她前邊，高大到無限壓迫她的男子。那日相見，她居高臨下，沒有發現他的英武，這一刻，她真切感受到了男女的差距。同時響起的還有喜房裡此起彼伏的驚呼聲，不知是驚呼杭天曜的不拘小節，還是驚呼風荷的美貌。

杭天曜再一次的笑出了聲，高聲說道：「原來真是個大美人啊。放心，爺會好好疼妳的，只要妳聽話。」一面說著，他修長的大掌已經撫上了風荷如玉的嬌顏。

這個男人，果然不按常理出牌，大婚之日就給自己這麼個下馬威，叫自己日後怎麼在府裡抬起頭來做人。心中計較著，風荷已經偏頭避開了男人的手，穩穩站了起來，蹲身行禮。

「爺。」

她的聲音自有一種冷淡的嬌柔，讓杭天曜的心無端溫軟，便沒有再為難她，反而問著全福夫人。「是不是還要喝合卺酒？快些，大家還等著我去敬酒呢。」

屋裡的人從最初的震驚中反應過來，哪裡來得及計較他的失禮，趕緊端了大紅雕漆托盤上前，兩只金杯裡溢出濃烈的酒香。

他也不等人讓，主動端了兩杯酒，笑吟吟看著風荷，把一個杯子餵到她唇邊。

風荷羞窘不已，粉頰爬上兩朵紅雲，瞪著男子的眼睛裡明顯是不滿。

全福夫人看著不像，欲要阻止，可是四少爺的脾氣那是出了名的，誰敢老虎頭上拔毛，俱是低了頭只當沒看見，來當這個全福夫人那還是看著老太妃的面上呢，不然誰樂意來。

杭天曜一把攬了風荷的纖腰，湊到她耳邊輕問：「娘子怎麼不喝？」

風荷又氣又急，胸口堵了一口氣上來，不由恨恨瞪了他一眼，劈手奪過他手裡的杯子，一仰脖一飲而盡。

沒想到他竟是大聲叫好。「娘子不但模樣嬌媚，而且性情爽利，夫君我煞是喜歡，哈哈。」說完，他也是一氣飲盡。

門口立刻有小廝請他前去敬酒，他當即撩了杯子，大笑著往外走，一腳跨出門口，卻不忘回頭與風荷拋了一個媚眼，半點不避忌的笑道：「娘子好生等著，夫君我去去就來，放心，我不會多喝的。」

風荷望著他遠去的高大背影，恍如作了一個夢，還真是個風流紈袴，第一日就把她的臉丟盡了，來日有得饑荒打了。

杭天曜一走，就有伺候的人請了她的丫鬟進來，沈烟又是緊張又是不安。「小姐，妳還好吧？」

「很好，多謝兩位夫人。妳們辛苦了。」風荷輕輕握了握沈烟的手，給了她們一個鎮定的眼神，很快應付起了屋子裡剩下的人。

兩位全福夫人那也是有頭有臉的人，方才一應行事已經把她們嚇得不行，好在新娘子是個聰慧的，不由對她抱了真誠的笑意。風荷親自遞了兩個紅包過去。

接下來，便是賞賜小丫鬟們、嬤嬤們、媳婦們。董夫人準備了許多不同分量的金銀錁子，就是為了今日撐足風荷的臉面，屋裡伺候的人頓時喜氣洋洋起來，哄笑著上來領賞。

沈烟應付著眾人，雲碧扶著風荷去了淨房，更衣梳洗，一會子應該還有許多杭家的親眷來看她呢，她要打點起精神，不能第一日就叫人瞧低了。

第二十三章　閨房戲嬌

風荷梳洗停當，換上了另一件簡便些的喜服，葉嬤嬤領了微雨、芰香進來，手裡端著兩個托盤。

「少夫人，快吃些吧，怕是還要鬧幾個時辰呢。」葉嬤嬤心疼不已，端起一盅燕窩粥餵給風荷。

到底是幾十年的老人了，這麼快就改了口，唉。風荷笑著接過，小口小口吃著，又用了幾塊糕點，便沒有食慾了。

才把東西撤下去，外頭就響起了一片喧譁嬉鬧聲，風荷忙站起身往外迎，這個時候應該是杭家的女眷們來看新娘了。

新房凝霜院，坐北朝南，是個二進的小院子，大門進去就是筆直的甬道，第一進正面五間正房各帶一個耳房，充作待客宴飲的地方，第二進亦是五間正房帶耳房，才是風荷起居住臥之地。第一進與第二進之間有個小小庭院，倒有幾株很有些年份的大樹，餘者稀疏幾枝花草。東西對面兩溜低矮的房子，該是下人們住宿之地。

新房後邊不遠還有兩個小院子，比鄰而居，那是老太妃留給他們將來的孩子住的，現在空著。

隔壁還有一個不大的院子，人都喚作茜紗閣，有迴廊相通，那是杭四少的姨娘們住處。

風荷在臥房門口遇上了杭家一行人，好幾十人，也鬧不清誰是誰。總之最前邊是個滿頭銀髮的老婦人，一身金色吉祥如意紋樣的長褙子，滿頭珠翠，笑得和藹可掬，看得出來是真心高興。

風荷心中有數，急走幾步雙膝跪下。「孫媳給太妃娘娘請安。」

老太妃左邊一個二十出頭的敦厚婦人，右邊一個年貌嬌小作婦人裝扮的美貌女子，風荷估摸著都是老太妃的孫媳婦。老太妃趕忙笑著攙起她。「什麼太妃娘娘，沒的生分了，老四一向喚我祖母，妳隨著他就好。」

「孫媳拜見祖母。」風荷再度屈膝。

老太妃端詳她容貌氣度都是一等一的，怕是眼下府中所有小姐夫人都不及她，越發歡喜，摟著她笑道：「好孩子，一家人客氣什麼。來，咱們坐著，這裡都是妳的嬸子嫂子們，我指給妳認識。」

風荷順勢扶了老太妃在床沿上坐下，含羞低頭。

「王妃在前邊待客，妳二嬸子四嬸子都去幫忙了。這是妳五嬸子。這是妳三嫂與五弟妹。這是妳六弟妹。」太妃每指一個，風荷就上去與人招呼一句，始終言笑晏晏。

之前那個年貌小的就是五爺的新媳，年初完的婚，是輔國公蔣家嫡女，容貌美豔，身子嬌小，一身打扮俱是大家子氣派。她口齒伶俐，很會討老太妃喜歡，當即搖著老太妃的胳膊笑道：「祖母有了這樣漂亮的孫媳婦，咱們這樣的越發不招待見了。」說得眾人齊聲大笑。

「妳呀就是猴，一會兒沒人招妳就不舒服了，何時能像妳三嫂那般穩重。」老太妃是笑著說的，顯然並不討厭她這樣。

「三嫂一向得祖母的心，如今又來了一個四嫂，進門第一日祖母就要編派我了。我向母妃訴苦去。」蔣氏假意跺著腳，眼裡卻全是笑意。

老太妃拉著風荷的手反覆摩挲，笑道：「妳別見怪，她呀就是這樣，一刻不得消停。妳三嬸和大嫂不好過來，明兒一併再見，還有妳那些弟弟妹妹們，我怕他們來了吵著妳，都一併趕回去了。」真是個有福的，破了老四剋妻的流言，看以後誰還敢亂說。人家姑娘冒著生命危險嫁過來，自己往後也不能虧待了她。

「孫媳多謝祖母疼愛。」看起來老太妃是愛屋及烏，為著杭天曜也會對她好些，日後的日子好過不少，王妃那裡就等明日見了再說吧。

說笑了一會兒，下人們請老太妃及各位夫人少夫人前去坐席，很快一屋子人就走得空蕩蕩的，只剩下風荷及身邊跟來的人，還有一個周嬤嬤。是老太妃特意留下的，怕她初來不適，有個知根底的人總是好的。

周嬤嬤得老太妃的意思，對風荷很是親熱，沒有倨傲，風荷便與她閒話府中之事。一直到了二更天，外邊重新響起嘈雜的腳步聲，周嬤嬤忙道：「是四少爺回來了。」

風荷趕緊起身，就見一個鵝蛋臉面、修長身材，穿著打扮既像丫鬟又像姨娘的女孩兒領著幾個梳著雙鬟髻的小丫頭，簇擁著杭四少進來了。他面頰緋紅，眼神迷糊，顯然喝了不少酒，已有幾分醉意，卻不忘拿眼覷著風荷。

「取醒酒湯來。」雲暮很快下去了。

風荷強忍著對濃重酒味的不喜，近前說道：「先把爺安置在床上，換身乾淨衣裳吧。」之前那個女孩兒點點頭，伸手去除杭天曜的衣物。不料杭天曜一把推開了她們，歪在床上高聲說道：「都出去，不知道春宵一刻值千金嗎？」

霎時氣得風荷滿臉通紅，站也不是坐也不是，心裡把他問候了幾百遍。

杭府的丫鬟應該是見慣了他這副樣子，安安靜靜行了禮悄悄退下，走得一個也不留。周嬤嬤笑看了風荷一眼也出去了，誰家姑娘大婚不是這麼回事，只望四少爺念著少夫人嬌弱，不比外頭的女子，能憐惜一些，不然明兒太妃還不得嘮叨。這般，屋裡只剩下董家帶來的丫鬟們面面相覷，沈烟等人自是不放心的，卻只能等風荷的命令。

風荷咬咬牙，揮手命她們都退下，一個醉漢而已，她還怕了他不成。

「過來，還不把爺的衣服脫了，妳想熱死爺啊。」他說話的時候眼裡的笑意滿滿溢了出來，似乎很享受這樣的感覺。

風荷抱著成仁就義的精神，放重了腳步走到床邊，去摸他衣服上的腰帶。有什麼大不了的，丫鬟不都這樣伺候人，大不了自己從小姐淪為丫鬟唄，女人嫁人不都是這樣嘛。她一直低著頭，不肯去看他的眼睛，很快她的手有點哆嗦了，只因她怎麼使力都解不開他的腰帶。越急越難，風荷漸漸脹紅了臉，腰帶被她扭得麻花一般，似乎只能用剪子了。

杭天曜斜睨著眼，笑看她先是一副英勇就義的表情，然後是氣鼓鼓的噘著嘴，最後是慘兮兮的哭喪著臉，眼裡就差沒有淚珠閃動了，不由大是開懷。這個丫頭也不錯啊，挺好玩的，比起那些有經驗的更多了一股子清純楚楚的嬌態。

他心下動容，雙手環住了她的腰，一個翻身把風荷壓到了他的身下，腰帶已經大開。一陣頭暈目眩，當反應過來的時候風荷才發現自己好像是躺在了床上，上邊還壓著一個人，用一種吃人的目光看她。風荷始知害怕兩個字怎麼寫，小手拚命去推他，語無倫次。

「你，放開，我要起來。」

「我若不放呢？」他的聲音低沈而且臨近，有點沙啞，響在她的耳畔，吹得她氣息紊亂，心亂如麻。

風荷閉上眼睛，她不能第一陣就輸了氣勢，強迫自己冷靜下來，她深深吸氣，然後睜開眼，含笑看著他。「爺不去梳洗一下嗎？」

他頓了半晌，就在風荷以為他要拒絕的時候，他居然朗聲應道：「好，不過妳要伺候我。」後半句話聽著全是曖昧的調調。

風荷只求他快些放開自己，滿口答應，不停點頭，等她起來之後那還由得了他嘛。

誰料他非但沒有放開她，反而一把撈著她的纖腰，跳下床來，抱起她大步流星朝淨房方向走。

「你，你放我下來，我自己會走。」風荷一想到兩個人裸身相對的一幕，就頭昏腦脹，急得拚命拍打他的肩膀背部。色狼，分明就是一隻色狼。

「妳這麼小，我捨不得讓妳走路。娘子。」他一面說著，語氣溫柔至極，一面將唇覆在了她的粉頰上，輕輕吮吸。好香啊，皮膚水嫩透亮，果真是個難得一見的美人。比起來，清歌不及她清麗，雅韻不及她溫婉，吟蓉不及她有一股天生的嬌媚，雨晴和朱顏更是不及，她有一種難以形容的美，大器的美。

風荷平生經歷各種場面，就是沒人教她遇到色狼怎麼辦，那個人還是她的夫君，臉上麻癢的觸感嚇得她瞪大了眼睛，眼裡迅速蓄了兩汪眼淚。就在她不知是該叫救命還是哭喊的時候，有人救了她。

「少爺、少夫人，柔姨娘的丫鬟在外邊等著，說是柔姨娘懷孕了。」急促的聲音打斷了屋裡的動作，一下子一片寂靜。

第二十四章 獨去敬茶

柔姨娘就是杭四少的妾室之一，小名吟蓉，曾經是王妃身邊的丫鬟，前幾年給了四少。柔姨娘長相甜美，眉彎新月，臉似櫻桃，唇若含苞，笑起來常有兩個酒窩，尤其脾氣溫婉，柔美可愛，伺候杭四少很盡心力，杭四少賜她「柔」一字。

柔姨娘懷孕的消息來得很突然，不早不晚，恰好在四少和風荷大婚之夜診了出來，這不得不說是個巧合，不可思議的巧合。要知道，新婚之日忌諱，府裡是不許請太醫或大夫的，卻不知她是怎麼診斷出來的。

杭天曜眉頭忽地一皺，手上的力量緊了緊，抱得風荷隱隱作痛，風荷不由嬌呼出聲。「哎喲。」

「怎麼？」他面容端正，哪裡還有方才那個調戲的紈袴樣。

「沒事。柔姨娘有孕，爺要不要去看看？」照規矩，這種事有她這個主母料理，該賞得賞，該備得備，絕沒有新郎官新婚之夜去看一個妾室的道理。不過與其留他在這兒，搞得她擔驚受怕的，還不如先將他打發了，等她能想明白之後再作道理。

杭天曜沒有馬上答話，只是盯著她的眼睛細究，他什麼都看不出來，但他知道他此刻要做的事情是什麼。他很快放下了風荷，揚高了聲音笑道：「娘子，為夫去看看吟蓉，她膽子小，妳先歇著吧。」

「嗯，爺去吧，替我問候柔妹妹。」她亦是笑得開懷，回頭就得把門關了，他睡哪裡就不是她管的事了。

杭天曜神色中閃過惱怒，卻沒有說話，興沖沖往外跑去，還一路高聲問道：「可是確定了，幾個月了？」

風荷看著門上的氈簾飄動，一下子如釋重負，懶懶地走到床邊靜靜坐下。這個男人不好應付啊，以後要怎麼辦呢？相比較而言，一個妾室的懷孕還不在她的眼皮子底下，他的夫君可是剋子呢，誰知道這個能不能平平安安生下來？

葉嬤嬤、沈烟、雲碧等等九個人一齊湧了進來，眼含焦急。「小姐。」

雲碧嘴快，心裡藏不住事，面色忿然。「小姐，姑爺大婚之日就去了姨娘房裡，把小姐一個人丟在這裡，這也太過分了。」

「雲碧。」葉嬤嬤趕緊喝止了她，依她的想法，小姐此刻應該很不開心才是，雲碧這話不是火上澆油嗎？她慈愛地笑著說：「這裡不是董家，以後記得都改了口。少夫人，姑爺年紀不小，這是他頭一個孩子，緊張些也是正常的。時辰不早，少夫人歇了吧。」

「嬤嬤，妳們的住處可都安排好了？」風荷只是輕笑，她總不能說自己對於杭四這回的離去很滿意吧。

「少夫人快別為我們操心了，都好著呢。今晚留誰值夜？」葉嬤嬤見風荷沒什麼不快，方安下心來，小姐可不能第一天就給人留下善妒的話柄啊。

風荷看了看，只沒有老太太給的銀屏錦屏和杜姨娘給的落霞，不由笑道：「就讓含秋帶著青鈿在隔壁小耳房裡歇了吧。銀屏錦屏和落霞呢？」

葉嬤嬤一怔，神色中閃過凌厲，倒是沈烟笑著回道：「落霞身子有些不適，奴婢讓她先去歇了，銀屏錦屏正與屋裡其他幾個小丫頭說話呢。」

風荷帶來的人都在這裡，說話的小丫頭自然是杭家的人了，這兩人手腳不慢嘛，第一天來就開始呼朋喚友了。杭四少平日從不曾一個人歇在正屋，都是去各個妾室屋裡，是以他身邊不留伺候的人，去了哪裡就由姨娘伺候，正屋的幾個小丫頭還是大婚之前撥過來的，也就管管外頭的灑掃等事。

「罷了，大家都累了，快去歇了吧，明兒還要早起呢。」風荷撫額，說實話，喧鬧了一天，她的頭真有幾分痛了。

幾個人一聽，打水的打水，鋪床的鋪床，都忙開了。

風荷梳洗過後，一沾著枕頭就睡了。她向來注重養生，極少這麼晚了還沒休息。

第二日，一覺醒來，外邊還是漆黑一片。風荷摸索著坐起身來，含秋聽到動靜，掌著燈燭快步進來，問道：「少夫人需要什麼？」

「妳給我倒一盅水來，我有些渴了。」風荷揉了揉惺忪的睡眼，懶懶地說道。

含秋先倒了一盅溫水，風荷漱了口，第二盅才是喝的。

「什麼時辰了？」

「才寅正，少夫人要不要再睡會兒？」

「還是起來吧。還要收拾出回頭敬茶時送給各位小姑小叔侄女侄子的禮物呢，馬虎不得。」風荷擺擺手，自己披了衣服就要下床。

含秋忙揀起早就放好的衣物服侍她穿上，一面笑道：「哪裡還等少夫人吩咐，嬤嬤昨晚就帶著沈烟姊姊翻咱們帶來的箱子，已經依著少夫人的意思一份份規整好了。一會子出門只要記得帶上。」

「還是嬤嬤有心。妳和青鈿晚上有沒有睡好？我雖是在杭家，但一切和在董家時一樣，晚上等閒不要人伺候，妳們只管睡著，若有事也會叫妳們，別整晚守著。」風荷任由含秋擺弄著身上繁雜的喜服，心下暗暗嘀咕，好在是冬日裡，不然穿上這一身不把她給悶死。

青鈿端著銅盆，盆裡大半盆溫水，微雨也跟著進來了，三人一起給風荷梳洗。

「少夫人就是體諒奴婢們，值夜一向是幾位姊姊帶著奴婢幾個輪換著來，總共好幾天才一次，能累到哪裡去。」說話的是微雨，原也是寒薄人家的小姐，幼年時家裡遭了難，她被叔叔嬸嬸賣了，恰好風荷挑中了她。自來了府裡，也沒吃過什麼苦，其餘都好，只是偶爾有些要強。

含秋給風荷梳了一個牡丹髻，頭上插了一支金累絲鳳釵，每個鳳鬚微微顫動，一時間金光閃耀。

「哎喲，這怕有七、八兩重吧，含秋，妳想壓彎我的脖子啊。」風荷小聲驚呼，她自來喜歡輕便雅致些的首飾，鳳釵這種頭飾幾乎從來不戴。

「好小姐，妳就忍忍。嬤嬤吩咐過了，今兒是新婚第二天，要向長輩敬茶，都要戴這玩意兒。咱們也不能太小氣了，回頭還不被杭家的人看不起，奴婢都沒敢拿那個十兩重的呢。」含秋早猜到了風荷會不願意，忙告饒著，連稱呼都忘了。

「唉，希望一會子能順利一些。」風荷也知這些禮節，無奈應了。眼見含秋繼續往她頭上插東西，又把一對極品老坑翡翠往她手上套，還有脖子裡的珍珠項鍊，只能閉上了眼，眼不見為淨。

按照慣例，新媳婦要與新郎一起去長輩院裡，可是杭天曜遲遲不回，連個信都沒有，風荷只得遣了淺草去姨娘住的茜紗閣問問。

不一時，淺草就氣憤憤的回來了，嘛著嘴說：「少夫人，柔姨娘的丫鬟寶簾說四少爺還在歇息，沒人敢去打攪。」

「她難道不知道少夫人敬茶是多重要的事嗎？我去請姑爺。」雲碧正把一樣樣禮物分派給小丫鬟們隨身攜帶，聽了當即大怒，這也太欺負人了，分明是沒把少夫人放在眼裡。

「雲碧，淺草只是個三等丫鬟，在那裡根本說不上話，我為何偏偏讓她去，而沒叫沈烟叫妳們呢？」風荷把燕窩盞頓在桌上，眉目清冷，高聲問道。

雲碧立時啞口無言，是呀，小姐明知淺草身分不夠，依然讓她去，這顯然是無心去請姑爺，不過做做樣子而已。她俏麗的臉蛋很快紅了，可憐巴巴的望著風荷，囁嚅著說不出話。

沈烟笑拍著她，打趣道：「剛才還那麼橫呢，怎麼這會子就蔫了。妳呀做事多想想，別只是意氣用事。」說得滿屋子人都笑了。

「我、我這不是替小姐抱不平嗎？」雲碧跺跺腳，越發不好意思起來。

「好了好了，咱們還是快去正院吧，去晚了真讓人看笑話。」風荷抿嘴而笑，柳眉微揚。

一行十多人浩浩蕩蕩前去正院，路上也有人行禮，也有人只當沒看見，還有人竊竊私語，風荷俱是含笑不語。

正院裡，卻有兩人先自等著。一個四十上下的婦人，打扮富態，瓜子臉，吊梢眉，看著風荷一行人的目光似笑非笑，左右打量，像個高傲的女王。她身邊依著一個年貌與風荷相似的女孩兒，白似梨花帶雨，嬌如桃瓣隨風，最勾人心魂的卻是她一雙秋水，似含著說不清道不盡的纏綿情意，教人無端想去憐惜保護她。

風荷不認識她們，看起來兩人應該是對母女，照女孩兒的年紀推測似乎不是府裡的小姐，那這二人就是親戚家的了。她一面心中計較著，一面已是對二人溫婉相笑。

第二十五章　杭氏一脈

兩個女子中年紀較大的看著風荷，眼神有些不善，嘴裡笑道：「喲，這不是老四的新媳婦嗎？怎麼一個人過來，老四呢？」她說著，還故意誇張地朝後面不停張望。

既是府裡人或者親戚，沒有不進去反在外頭等的道理，這分明是等著看自己的笑話。風荷一邊親熱的笑著，一邊矮了矮身子，卻沒有行禮。「不知這位夫人怎麼稱呼？」

門口，疾步走來一個老嬤嬤，滿面笑容。「四少夫人過來了。您不認識，這是我們大姑奶奶，這是表小姐。」不是太妃身邊的周嬤嬤還是誰，她定是聽到了聲音，匆忙趕來與風荷解圍的。若是新媳婦第一天就在太妃院子裡教人為難了，傳出去也是他們杭家沒面子。

「侄媳婦見過大姑奶奶，見過表小姐。」風荷向周嬤嬤報以感激的笑容，重新與那二人見禮。

話說杭家的大姑奶奶閨名喚作明倩，是姨娘所出，姨娘早逝，一直養在太妃跟前，就把自己當了正經的嫡出小姐般看待，比太妃親生的三姑奶奶當今皇后都要會來勢。她的夫家正是董家對門的三品威烈將軍凌家，前幾年調了外任，一家子老小都跟著去了，卻藉口女兒凌秀身子嬌弱不耐長途跋涉，竟將她留在了外祖杭家。

這次忽然聽說杭四少要娶妻了，很是驚詫，凌將軍有皇命在身不得離開，這大姑奶奶倒是緊趕著回來了，是特來參加侄兒婚禮的。她女兒凌秀比風荷還大上一歲，卻至今沒有許人，只管在杭家住著。

大姑奶奶不過輕輕一哼，並沒阻止風荷，倒是凌秀還了一禮，口呼「四表嫂」。

「侄媳婦真是好福氣，順順當當嫁進了咱們莊郡王府，侄兒又是個會疼人的，好日子好在後頭呢。」大姑奶奶話裡滿是諷刺，笑得無比舒心。

這無非是諷刺風荷進門第一日就被夫君冷落，早上還是獨自過來。周嬤嬤早注意到了四少爺不在場，心中暗暗焦急，不防大姑奶奶說出這樣帶刺的話來，面上就有些不好看了。她不等風荷回話，搶著笑道：「大姑奶奶、表小姐和四少夫人先去裡邊坐吧，天陰陰的，怕是一會子就要下雪了。」

大姑奶奶又是輕哼一聲，就攜了女兒的手當先往裡走，周嬤嬤扶著風荷的胳膊笑說：「娘娘馬上就好了，四少夫人先等等。估計再有一盞茶工夫，王爺王妃他們和各房的老爺夫人都要過來了。」

「多謝嬤嬤了。風荷初來乍到，許多事望著嬤嬤提點呢。」風荷邊走邊道，語音輕柔，笑得很真誠。四少靠不住，那她只有儘量靠上太妃了，不然這府裡的日子就沒法過下去了。

「四少夫人抬舉老奴了。」周嬤嬤領著幾人到了廂房坐下，丫鬟端上茶來。

「大姑奶奶、表小姐、四少夫人先坐坐，老奴還要去服侍娘娘。」她一走，屋子裡氣氛就有些不好。

大姑奶奶時不時瞥一眼風荷，嘴角泛起嘲諷的笑。

凌秀悄悄打量風荷，單論容貌，即便稱不上傾國傾城，至少也是國色天香的；尤其是她的氣度，雍容典雅高貴，比王府的小姐還要體面。凌秀不由自問，她雖生得好，可惜氣度上遠遠不及，總學不來大家千金頤指氣使的氣派，唉。

很快，外邊傳來腳步聲、說話聲，越來越嘈雜，想來是各房的老少爺們女眷們都陸續到了。

然後，就有人來請大姑奶奶和凌秀先出去坐，屋子裡只剩下風荷幾人。

赭石色的厚氈簾被人倏地掀起，捲進來一股冷氣，風荷抬頭去看，竟是她的夫君杭天曜，倜儻俊逸，面色微怒。

怎麼，難道是怪自己沒有等他？這人也太不講理了，不過鑑於他昨晚總算放了自己一回，風荷不介意對他伏低。她很快笑著起身，欲要迎上來幾步腳下卻是沒有動，蹲身，柔聲喚道：「爺來了。」

「哼。妳倒是賢慧，第一個來了，只是卻忘了要伺候妳夫君起身嗎？」杭四少繞過她，不自覺坐在她上首的圈椅上，語氣很有些不善。

風荷仍是輕笑，從丫鬟手中接過青花茶盞托到他跟前，睨了他一眼。「柔妹妹有孕在身，需要多歇息。妾身怕驚了柔妹妹，才吩咐小丫鬟輕聲前去請爺的。」

杭天曜接過她手中的茶盞，飲了一口，淡笑道：「娘子這麼賢慧，竟是爺我錯怪娘子了？」

「妾身不敢。」風荷低眉，語笑嫣然。

杭天曜目光一凝，不由自主拉了她的手細細撫摸，白嫩滑膩，手感很好。

風荷猛地一驚，欲要抽回自己的手，卻紋絲未動，面上紅暈宛然，又當著一屋子丫鬟的面，就有些怒氣。

「今晚我留在妳房裡？」杭天曜低低一笑，曖昧的語氣傻子都能聽出來。

風荷不知該氣還是該羞，伸出左手在他手背上狠狠掐了一下，疼得杭天曜齜牙咧嘴，立時鬆開了她，她迅速退到了一丈開外。

兩人正對峙著呢，周嬤嬤這時笑著進來。「娘娘請四少爺帶著四少夫人去敬茶呢。」

杭天曜只得把方才之事丟開手，與她一前一後出了廂房，向正廳走去。

正廳非常大，當中一張紫檀木的雕花太師椅，下首兩溜十六張紫檀圈椅，每兩個中間置著高几。老太妃精神矍鑠，笑呵呵坐在太師椅上，下邊依次坐著各房爺們夫人。

風荷度其位次，向左邊上首望去，果然一個王袍在身的中年男子，方正的臉形，粗黑的眉毛，不苟言笑的表情，淡淡的掃了風荷一眼，眼裡閃過微笑，顯然對這個兒媳婦還算滿意，卻一眼都沒看杭天曜。他下首是個三十出頭的美婦，正紅色的朝服，深緋色霞帔，鳳冠端正，保養極好，到現在都看不出一絲皺紋，身材苗條不見臃腫，含著溫厚的笑容，必是王妃無疑了。

不及細細打量，杭天曜已經向太妃跪下行禮，風荷忙低了頭跟著他下跪。

「快起來，你要磕頭待會兒敬茶時好好磕，這回偏孝順得緊，還帶累了你媳婦。」老太妃見孫子穿得意氣洋洋，又想見日後他子孫滿堂的興旺景象，心裡好不高興，眼裡有了淚意。這個孫子可是教她操碎了心，總算看到他成家，日後有個人管束著，她能卸下好多包袱，真是又歡喜又心酸。

「看來祖母是心疼孫媳婦而不是心疼孫兒了。」杭天曜調皮地笑著，果真站了起來。

敬茶開始，杭天曜領著風荷在太妃腳下跪下。風荷接過大紅茶盤，高舉著托過頭頂，口稱：「孫媳拜見祖母，請祖母用茶。」

老太妃眼裡淚光閃動，笑著接過茶盞一飲而盡，取過周嬤嬤手裡的托盤交到風荷手裡，裡邊赫然是一整套紅寶石的頭面首飾，底下還壓著一個大紅龍鳳呈祥的紅包。

「這是我年輕時的陪嫁，現在老了也用不到，就給妳吧。」

太妃說得輕巧，可是風荷一眼就看出來這套紅寶石非凡品，成色十足，定是價值連城的，尤其她都能感到背後射來一道道銳利的寒意。不過她沒有推辭，笑著受了。「孫媳謝祖母賞賜。」

「好，好，快起來。我就喜歡妳的性子，與我年輕時一樣爽利，不扭捏，咱們家的孩子就要這樣。」老太妃越發高興，對風荷很滿意的樣子。

接下來就是給王爺王妃敬茶了，這一次杭天曜就沒了那副嬉笑的樣子，神情有些嚴肅冷淡，風荷緊了緊心神，恭恭敬敬行禮。

王爺沒說什麼，只是道：「既進了我們杭家就是杭家的人了，要好生相夫教子，別由著老四胡鬧。」

風荷凜然，王爺對自己這個兒子的不滿已經這麼公開化了，真不知杭天曜都鬧出了些什麼事，使得親生父親都這麼不待見他。

王妃魏氏眉目姣好，年輕時定是個美人，又是太皇太后的侄孫女，魏平侯的嫡女，不知當年怎麼到了十六都未許人，最後給了莊郡王做繼室。她微微一笑，取出一支羊脂白玉石榴花的簪子和一對手鐲遞給風荷，聲音圓潤。「妳是個有福的孩子，孝順長輩、悌愛小叔小姑，這些我都不多說了，記得多為我們杭家開枝散葉。」

往下，是二房老爺和二夫人。二老爺汪姨娘所出，懦弱膽小，沒有一點擔當。當年有算命的說要找個年紀長於他的女子作媳婦，才能興家立業，太妃娘娘才為他定了兵部侍郎沈大人的女兒。

這個沈大人不是旁人，就是董家老太太的娘家哥哥，董老太太托了杭家二夫人在太妃、王妃面前露了話，因為她們二人是姑侄關係。

三房老爺早逝，只有杭芸的母親一人撐著。三夫人面目清秀，氣態嫻雅，不愧是書香世家出身的女兒，一舉一動都是端莊高雅。

四房老爺生母也是大家千金，頗有才華，曾是側妃。四老爺幼年時也曾定過親事，可惜對方小姐夭亡，後來一直沒有合適的小姐相配。誰料四老爺出息，當年竟是欽點的探花郎，現在刑部，萬歲爺一高興，就作主將恭親王的庶女許給了他為妻。四夫人出身王府，難免有些驕氣，據說與四老爺很恩愛。

五房老爺生母是江南豪富張家的小姐，是以五老爺年紀輕輕就愛經商，喜歡斂財，如今掌管著王府不小的產業。五夫人是永昌侯的侄女，其父是永昌侯之父的庶出兄長，蔭封了一個中散大夫。

杭天曜領著風荷給眾人見了禮，一切倒是很順利，風荷收了許多貴重禮物。

見完了長輩，接下來又是平輩叔伯嫂子弟妹小姑侄子侄女等等，不一而足。

第二十六章　唇槍舌劍

老太妃原就疼愛祖護四少爺，這是眾所周知的，如今愛屋及烏，對四少夫人也是喜歡得很，自然免不了有人嫉恨在心。不過大家都是聰明人，不會敬茶第一日就當著老太妃的面給人沒臉，看著倒是和睦融洽。

新婦不用立規矩，老太妃索性免了所有兒媳婦孫媳婦的規矩，一家人分了男女兩邊各自用飯。下午還要去祠堂祭拜祖先，午飯用得匆忙。

等到祭拜結束，已是申時正時分。離晚飯還有一個時辰，老太妃自己累得不行，就命眾人都散了。

風荷一路跟著杭天曜還沒走幾步路，就有外院的小廝送了請帖過來，有那群杭天曜素日交好的王孫公子在酒樓置了席恭賀他新婚，他忙忙去了。

風荷累得腰痠背疼，懶懶地歪在炕上不願起來，芰香伏在腳下給她捶著腿。

「少夫人，不如換了這身衣裳吧，重新梳個髮髻。」沈烟一旁恭聲問著。

「好吧，戴著這些礙事得很。」風荷想了想，終是起身，與其躺得不舒服，不如弄舒服了再躺。

換了一件玫瑰紫壓正紅邊幅錦緞長袍冬衣，下著撒花洋縐裙，綰了新月髻，只用一根金簪別住。風荷抱著琺瑯掐進小手爐窩進炕裡，還不到半刻鐘，雲碧就笑著跑進來報信。「少夫人，曲家表夫人來看您了。」

「哦，快請。」風荷愣了一瞬，忙笑著起身迎出去。這府裡，除了身邊這些丫鬟下人，她沒有一個熟悉的人，杭芸來了正好，打探些消息。

不等她走到門口，丫鬟已經打起水紅色的氈簾，搖搖步進來一個美貌婦人，戴著雪帽，披著大紅猩猩氈的斗篷，斗篷上零落幾片雪花。

「表嫂，外邊下雪了不成？」風荷把自己的小手爐一把塞到她懷裡，看著丫鬟給她解下斗篷雪帽。

「可不是，我先去了祖母房裡，祖母歇著，再去王妃院裡，王妃正忙著，我便與娘說了一聲來看妳，半路上就飄起了雪珠子，好在不甚大。」杭芸從冷氣中一下子進了暖爐一般的內室，臉上紅撲撲的。

風荷攜了她的手到吃飯用的小花廳正面的炕上坐下，莞爾一笑。「難得大冷天的，妳費心來看我，用了晚飯再回去吧。外祖母好嗎？」

「都好，只是不放心妳，我也替妳懸著心，估摸著你們這邊忙完了，瞅著趕過來的，自然要吃了飯再走，我四哥呢？」杭芸細細看了風荷的氣色，好在沒什麼大不同，想著以她的聰慧應該還能適應，就笑了。

「就記得妳四哥不成？據說有朋友請他赴宴，他才出去。」風荷揚了揚眉，打趣道。

「好妳個沒良心的，我記掛著四哥還不是為了妳，妳倒反編派我。」杭芸大笑，撲過去要擰風荷的臉頰。

「好嫂子，快饒了妹妹吧。妹妹人生地不熟的，就指望著妳疼我，難道妳也與我計較不成？」風荷笑著往後躲去，卻仍被杭芸抓住了衣袖。

兩人正在炕上笑鬧著，就見含秋快步進來，眉眼中透著焦急。「少夫人、表夫人，五小姐和表小姐來了。」

五小姐？魏王妃的女兒，小名杭瑩的，府裡排名第五，今年十三，今兒上午見過，是個漂亮單純的女孩兒，愛玩笑，不愛針線，極得王爺喜歡。她怎麼與凌秀一同過來了，是找杭芸的還是來看她的？

不及細想，風荷已經和杭芸坐直身子，理了理衣服髮飾，未及出迎，門口就進來兩個小姑娘。

「四姊，妳們說什麼呢這麼高興，我在外頭就聽見了。」杭瑩也不脫斗篷，小跑著就過來了，眉眼彎彎。

凌秀卻站在門口，慢條斯理的解著斗篷，臉上掛著盈盈淺笑。

杭芸忙催著杭瑩脫了外衣，嗔道：「做什麼這麼急，我們又不會跑了。」

風荷笑著把她們往炕上讓，一面吩咐丫鬟。「沏了好茶來，裝幾碟子咱們從家裡帶來的點心果子來，大家嚐嚐鮮。」

「瞧瞧，妳們就是貴客，一來妳們嫂子就忙裡忙外的，我坐了這麼久還沒見撈著什麼好東西吃呢。」杭芸拍手笑著，再次推著凌秀在炕上坐了。

「妳問問，哪回我有吃的玩的沒讓人往妳那裡送，這回反來說嘴。究竟不是什麼好東西，妳都吃過，兩位妹妹沒嚐過，就是圖個新鮮而已。」風荷看著丫鬟一邊忙碌，扶了扶鬢角。

凌秀聽著，不由抬眉望著杭芸。「四表姊與四表嫂很熟悉啊，沒去看我們就先來了這裡。」她說話時輕聲細氣，教人禁不住降低音量。

杭芸看了眼風荷，衝凌秀笑道：「她在娘家時常去我們家走動，倒是時常見面的。我們老太太想著她，我自然先來望過了她再好去看妳們。」

「哇，這個糕好好吃啊，我竟沒有吃過這個味的。」杭瑩不等人讓，自己抓起一塊糕就嚐了起來，登即驚呼。

「算妳嘴刁。妳四嫂成日沒事就愛琢磨吃的玩的，這就是她自創的，叫什麼芙蓉香蕉卷，據說是把荷葉搗碎了沁出汁來，用這個汁和的麵，裡邊嵌了香蕉剁成的泥，清香軟和，甜而不膩。」杭芸把帕子遞給杭瑩，抿嘴而笑。

風荷會意，衝杭瑩眨了眨眼，笑道：「我原是要送些給祖母、母妃和幾位妹妹嚐的，又怕不知道她們的口味，既然妹妹喜歡，回頭就帶上一些，也省得我的丫鬟跑一趟了。」

杭瑩滿口答應。

凌秀卻是只喝茶，輕笑道：「表嫂真有閒情逸致，有工夫擺弄這些。不比我，身子不好，每日枯坐著，也就偶爾與表兄弟表姊妹們閒耍一番。四哥小時候最饞這些，表嫂倒是投其所好了。」

她的話聽似不經意，可細想似乎又有深意，一是挑明了她與杭四關係熟稔，二又有些諷刺風荷的感覺。

風荷心弦一動，留神打量凌秀，這個少女別看長得嬌嬌弱弱的，卻不是個簡單的人，嘴裡說道：「我聽表嫂說表妹素日愛彈琴，府裡人人都是讚的。那才是高雅之事，比我這些上不得檯面的強多了。」

凌秀抿了一口茶，嘴角翹了起來，謙虛著說：「哪裡，不過是兄妹們抬舉，其實也不甚大好，四表哥就不喜歡這些。」

她字字不離杭四，再聯繫她母親對風荷無端的敵意，風荷漸漸了然。看來，姑娘的芳心怕是都在杭四身上了，就連她的母親未嘗沒有結親的意思，只是擔心傳聞成真，姻親不成反白白賠了個女兒，是以拖著沒有動作。如今見自己安安穩穩嫁到了杭家，怕是又恨又悔吧。只自己名分已定，難道她們還願意與人做小嗎？看著凌秀可是個好強的姑娘。

「哦，相公不喜歡這些嗎？我倒是不知道，今兒還要多謝表妹的提醒了，免得日後在相公跟前鬧了笑話。」風荷故作驚訝，隨即面露感激，連連點頭。

凌秀的唇角越發翹了起來，與大家說笑之間更見親熱了。

直到晚飯時分，四人才結伴同行，一起去了前頭。老太妃看風荷與眾人相處得融洽，很是滿意，吃飯時對她極為照應。

雖有人想藉杭四昨晚及今兒出去之事刺她幾句，卻礙著老太妃都不敢開口。

用了飯，送走杭芸，在垂花門內的抄手遊廊上遇到一個五官尋常，長相略微普通的年輕婦人，風荷記得她是二房裡嫡子的夫人，六少夫人，娘家兵部尚書袁家，二夫人的兒媳。比起王府裡的夫人小姐們，六少夫人袁氏實在太不出挑，身材微胖，小眼、圓臉，厚厚的脂粉下隱約可見幾點雀斑。

老太妃一向不喜她，只因二夫人為了巴結自己父親的上司，讓兒子娶了袁家的庶女，以杭家的門第，怎麼會是個兵部尚書的庶女配得上的呢。

就因老太妃不喜袁氏，偏寵風荷，是以六少夫人今日心中一直壓著一腔怒火呢，沒處發洩。莊郡王府雖沒有分家，但二房、四房、五房都不住在王府，而是住在隔壁王府的老宅裡，只大房和三房住在王府。她回去完全可以不走這條路，而是從太妃後院出去向西拐彎，有個小小的角門連著兩府。顯然，不過是有意等著風荷而已。

「四嫂啊，四哥還沒有回來嗎？四哥也真是的，家裡有個如花似玉的媳婦，還有一堆妾室，還沒個滿足的，難怪王爺要生氣。」她本長得一般，這樣故作嬌媚的笑更顯得不倫不類。

風荷急著回去歇息，懶得理會她，這樣的小人最會順著杆子往上爬，今兒不冷著她改明兒就越發沒有安生日子過了。當即回了一句：「六弟妹這麼閒，連大伯子屋裡的事都管了起來，怨不得二嬸當親生女兒般疼。」

這句話是有些重了，但風荷不想理會，若是什麼人她都要忍讓幾分，那日後這日子過得也太憋屈了。

袁氏瞠目結舌，這個新嫁過來一日的新媳婦居然敢當面給她沒臉，真不知是沒腦子呢還是無所謂，她氣得結結巴巴。「妳、妳，別以為太妃娘娘寵著妳妳就能囂張跋扈了，這裡可是王府，上面還有王妃呢。」

其實二夫人作主給兒子娶了她，對這個兒媳婦並不是很滿意，常常橫挑鼻子豎挑眼的，又礙著她父親不好發作，以至於婆媳之間很有些尷尬。風荷的話根本就是戳到了袁氏的痛處。

「是呀，正如六弟妹所言，這裡是王府，我好歹是皇上賜婚、四少爺明媒正娶的。」風荷把「王府」兩字咬得很重，不過是依附著王府生活，因著太妃還在沒有分家，就真把自己當主人了。

杭家幾房裡邊，唯有二房最不出息。三房就不用說了，四房老爺可是進士及第的刑部侍郎呢，五房老爺手下生意不小，唯有一個二房，掛名幫忙管著府裡的庶務，其實什麼都輪不到他們插手。即便如此，二夫人依然不改做姑娘時的脾性，總當自己是尊貴的，甚至連三夫人都時常不放在眼裡。

二夫人強勢，二房至今只有一子，兩個小姐都遠嫁了。六少爺半點不像他的母親，反跟著父親學得懦弱膽小，在六少夫人面前都不敢高聲說句話。

六少夫人雖有厲害婆婆，可也是個不肯吃虧的主。在王府裡，別人不喜與她計較，偶爾被她搶白一、兩句就當沒聽見，從不曾有人像風荷這樣當面不給她好臉色，實在是又氣又恨又無奈。

「六弟妹，嫂子我還有事，不送了。」風荷嫣然一笑，繞過她直接走了，不留下一片衣袖。

第二十七章　大醉而歸

華燈初上，凝霜院裡卻是一片安靜寂寥。天黑之後，雪下得越發大了，不過一個時辰地上已經積了一層薄薄的雪，在燈燭的映襯下反射著耀眼的白光。

屋子裡，上好的銀霜炭沒有一絲煙火氣息，偶爾的木炭嗶啵聲為寧靜的夜裡添了一份平淡與家常。

風荷只穿了一件柳黃的刻絲小襖，鬆鬆綰了一個纂兒，斜倚著薰籠看書，那是一本《李太白詩集》。她眉眼精緻，粉黛不施，微舒的眉心透著一縷愉悅。

雲暮帶著芰香伏在炕上做針線，風荷針線上功夫雖不是很差，只她一向不喜這些東西，覺得太過浪費時間，她寧願多看一會兒詩書，所以她的貼身衣物都是出自雲暮之手。芰香漂亮聰敏，卻愛跟著雲暮討教繡工，常和雲暮一同值夜。

風荷把一根水藍色的攢心梅花絡子夾在自己看到的那一頁，舒了舒腰肢，回頭笑道：「白日難道還做不完這些東西，就著燭火傷眼睛，妳們就是不聽。好了，夜已深了，咱們都歇了吧。」

「少夫人，爺還沒有回來。」雲暮頓了頓，似有略微不快，卻沒有多說其他。

「呃，是嗎？我還以為他歇在其他房裡了。都二更多了，爺怕是吃多了酒留在朋友那裡了吧，咱們不用等他。」風荷一直在看書，之前沈烟來回話的時候她並沒有聽見，還以為杭四少又去妾室房中了。

這，怕是不好。不過雲暮知道小姐心裡一向有成算，而且爺這樣叫小姐的臉往哪兒擱，小姐便是生氣也不好說出來，罷了。

她與芰香收了針線，打了水來重又給風荷稍加梳洗一番，風荷散了頭髮，換上了銀紅的睡衣，就要往床上躺。

忽然間，外邊響起紛紛踏踏的腳步聲，似乎還夾雜著小廝的叫喚聲，然後又是一陣急促的腳步聲。

風荷正欲命雲暮出去看看，已見雲碧快步進來，皺了眉道：「少夫人，少爺回來了，吃醉了酒。」

「哦，我去看看。」說完，她又披了一件大毛的斗篷匆匆出去。

人已經到了一進院子與二進之間的甬道上，兩個小廝左右攙著醉眼迷濛、腳步踉蹌的杭四少，還有兩個丫鬟在一邊，一會兒是托杭四少一把一會兒是扶著他的手，顯見得很焦急。這兩個人正是銀屏與落霞，兩人都只穿了貼身的小襖，曲線畢露，明擺著是從床裡爬出來獻殷勤的。

旁邊，一個模樣清俊，年歲只十五、六的小廝正與沈烟說話。「這位姊姊，我們幾個是四少爺的貼身小廝，外院那邊沒有姊姊伺候，都是婆子，四少爺嫌她們髒從不讓她們近身，我們幾個只能僭越了，回頭還請姊姊在夫人面前為我們分辯分辯。」

倒是個會說話的，難怪能近身伺候杭四少，他們既能進了內院，想必以前常發生這等事，此時也不是追究的時候。

風荷腳下放得快了些，站在廊上高聲吩咐。「含秋，妳們幾個快把爺攙進來。沈烟，妳先請幾位小哥們等等，一會兒我還有話說。」

含秋無法，只得帶了淺草、青鈿兩個上前去從小廝手裡接過杭四少，那銀屏、落霞眼快，趕緊搶到一邊扶住了，含秋想想憑她們三個的力氣不一定能將四少爺一個男子扶住，多兩個自願使力的人更好。就什麼都沒說，一行子人架著杭四少穿過正廳去了西間的臥房。

不等風荷吩咐，雲碧幾個已經去院旁的小廚房打了熱水過來。

「就安置在床上吧。」風荷看了看，當著這麼多人的面，她不好把自己夫君趕到耳房或者炕上，就當糟蹋了那一床錦被吧。

杭四少仰躺在床上，四肢大開，身上散發出強烈刺鼻的酒味，熏得風荷一陣陣噁心。

銀屏明知爺不省人事，卻不肯放過這樣的好機會，也不等風荷發話，她就絞了手巾給杭四少擦洗頭臉手腳。落霞亦不甘示弱，伏在床上柔聲喚著。「爺、爺，您覺得怎麼樣？」

一時間，風荷的丫鬟都有些氣憤了，恨恨地盯著她們倆看，天生的狐媚子，這麼急著就要勾引主子了。

風荷倒是想笑，她的丫鬟跟她久了都有些潔癖，怕是滿心不願意伺候這副樣子的杭四少的，這回有兩個勤勞的人也不錯。是以，她一句話沒說，站在一邊看著她倆忙活，等到銀屏把杭四少擦洗得差不多了之後，她才冷冷說道：「行了，都下去吧，別吵吵嚷嚷人盡皆知。」

銀屏、落霞幾乎忘了身後還站著她們女主子呢，一時都有些愣神，淺草、微雨笑著上前拉了二人的手，一面往外頭走一面笑道：「兩位姊姊也辛苦了，快去歇歇吧，明兒一早還要起來伺候呢。」

氣得銀屏、落霞咬碎了一肚的銀牙，卻不能出口反駁。

風荷留了雲暮、含秋在屋中繼續伺候，自己帶了雲碧去了前邊廳裡，四個小廝戰戰兢兢站著，低頭數著地上的地磚。少爺這麼晚回來，還吃了一肚子酒，少夫人必是心中有氣，不會拿他們幾個煞氣吧。爺睡著了，一定沒法子來救他們。

「多虧了你們幾個乖覺，將爺好生送了回來，今兒是在哪裡吃的酒，都有哪些人？」風荷依舊穿著斗篷，不去坐，只是站在中間，和聲笑問。

之前那個與沈烟說話的小廝看來是幾個人中的領頭，膽子大了不少，他知道即便他們不說少夫人依然能夠查到，爺這種事一向不瞞人，就一五一十的說了出來。「小的名叫平野，每日只管跟著少爺出外辦事。今兒是京裡那些與少爺素日交好的爺兒們包了知味觀，慶賀少爺大婚，大家一時高興多吃了幾杯。」

他口齒伶俐，模樣沈著，看來很是得力。風荷不由對他生了好感，又看了看剩下幾個，都是一般清秀的小子，便沒再多問，只是笑著吩咐沈烟。「每人賞幾個銀錁子。大晚上的，又下著雪，你們必是也凍壞了，回去早些歇息吧。」

那個叫平野的小廝眼中閃過詫異，迅速低了頭，領著幾人給風荷磕頭。風荷笑著擺了擺手，就抬腳回了。沈烟忖度著風荷的意思，作主每人賞了四個一兩的銀錁子，他們都是四少身邊人，平日都是在外頭見過不少世面的，不能叫人小看了。何況，怕是日後還有用得著他們的地方，倒是不能得罪了。

四個小廝原以為要受一頓責罰，沒想不但不罰還有賞，頓時喜笑顏開，興沖沖領賞去了。杭四少一向大手大腳，對他們也大方，錢財上很寬泛，而且那些欲要巴結杭四少的對他們都不少孝敬，他們不缺錢使。但是現在爺有了女主子，若是看不順眼他們、想要處置了他們也不是一件小事，有位這麼和氣的女主子總是他們的福氣。

風荷回了屋，脫了斗篷，卻愁煩起來，杭四少睡了床，那她睡哪裡，叫她與一個醉鬼共睡一床她可受不了。

她看了看，耳房是不行的，誰知道院裡有沒有別人的耳目，傳出去就是她不會伺候自己夫君了。想了半晌，風荷才命幾個丫鬟把薰床抬進了房裡，鋪了錦被衾褥，忙了這一會兒，她有些累了，很快就睡著了。

夜間，杭四少一共醒了三次，不是要茶要水就是嚷著難受，雖有雲暮領著芰香伺候，可她總不能安睡著不動，慢吞吞起來，卻依舊沒動，圍著被子窩在薰床上，看著雲暮兩人服侍。

直到風荷起床之後，杭四少才安穩睡著。風荷更是叫苦，今兒是她回門的日子，這人睡得死人一般，怎麼陪她回門，去了也是丟臉的分。可若不去，就坐實了她在杭家不受寵的事實，她不怕老太太、杜姨娘、鳳嬌的嘲諷，她就怕董夫人傷心難過。

第二十八章　祖母機心

風荷看著幾個丫鬟收拾齊整了她帶回娘家的私物，天才大亮，她忙去與老太妃請安。回門之禮自有王府操辦，她也不怕王妃敢虧待她。第一面她就看出來王妃可不是省油的燈，若要動手腳必是在暗處，不會明面上給她沒臉。

果然，有老太妃派了周嬤嬤前去看過，準備得相當齊整，足足裝了一車，老太妃滿意的笑了。

「老四呢，怎麼不見？」其餘人還沒有過來，太妃尚在梳洗，風荷笑著打下手。

老太妃身邊有六個一等大丫鬟，之前把一個雨晴給了杭四少，就是大婚那日扶著杭四少回來的那個，餘下還有五人。其中，老太妃最器重一個叫端惠的和一個叫楚妍的。端惠模樣周正，今年已經十八了，說話辦事有條有理，對人不偏不倚，她的意思向來都是代表了老太妃的意思，很得府中人心意，連王爺王妃都很少駁她的臉面。楚妍生得風流裊娜、明媚姣好，很有些像老太妃的獨女當今皇后娘娘，是以很得老太妃另眼相看。

這會子梳頭的正是端惠，她穿了一件淺紫色的彈花暗紋大襖，配飾清爽而不失喜慶，臉上含著恬淡的笑容。風荷揀了一支赤金鑲綠寶石的墜腳遞給端惠，笑回：「昨兒四少爺的朋友與他賀喜，多吃了兩杯酒。孫媳想著祖母心疼孫子，不捨得他沒睡醒就過來，就作主讓他多睡會兒，晚些再去請他給祖母請安。」

「嗯，真是個賢慧知禮的好孩子。老四從小沒了親母，我不免偏疼他一些，養成了他嬌慣的性子，妳日後多擔待他。他若有不好的，欺負了妳，妳也只管與我說，我必不會偏心他，定為妳好生出氣。」老太妃究竟疼愛孫子，連一個重字都不肯給，都鬧得滿安京皆知了還只是嬌慣。

風荷自然不會明指出來，何必為了這樣的小事與老太妃鬧不快呢，這可是她眼下唯一的保護傘啊。她笑得越發單純。「四少爺真是可憐，幸好有祖母疼他。祖母放心，我以後會好好照顧四少爺的。」

老太妃照了照鏡子，笑拍著風荷的手起身走到炕邊，硬拉著她一起坐下，命周嬤嬤去取一個什麼東西來。

很快，周嬤嬤捧了一個紫檀木雕花的小匣子過來，太妃親自開了鎖，裡邊厚厚一沓銀票，最上頭是一百兩小面額的。

風荷詫異地看著老太妃，不知她是何意。老太妃把盒子推給風荷，笑說：「這是我的一些積蓄。這些年，憑著老四的分例銀子哪能過得去，我便時常貼補著他。偏他是個耳根子軟的、手腳大方的，存不住錢，我也不敢胡亂給他。這裡是三萬兩的銀票，妳收著，他若有要用的妳看著辦，該給的給、該勸的勸，如果有好的路子拿去做點小生意也使得，不夠再與我說。」

昨日敬茶時老太妃給她的紅包裡就有一萬兩銀票，今天又拿出這麼多給她，風荷很是震驚。要說老太妃心疼孫子，想多給他些私房也不是不可以，完全可以給了四少，何必交給她，難道她不擔心自己私吞了？自己嫁過來還不滿三日，老太妃就這麼信任她不成，這也太蹊蹺了些。

「祖母，四少爺與我，一般都有月例銀子，怎麼能要祖母的錢呢，孫媳萬萬不敢。」風荷壓下心中的疑慮，很快推托，無緣無故掉到手中的銀子都有些燙手，她不敢接。

「妳放心，我是老祖宗老太妃，誰還能少了我那一份不成，這些日後還不是分給幾個兒孫的，只是把你們的這份先給了罷了。府中之事都有王妃打理，不是我說句誅心的話，妳與老四的日子不會好過，豈能沒個貼補？我聽說妳在娘家時就替妳母親打理嫁妝，弄得很不錯，銀子給妳我最放心，總要為你們日後留個退路。

「把妳娶進門實在是無奈之舉，妳也不要怪祖母眼裡只有孫子。不過祖母是實心實意喜歡妳這個孩子，我就把老四交給妳了，妳要替我守好了他。」說到最後，太妃眼裡竟是淚光閃動，想是到了動情之處。

風荷一時呆住，太妃的話不可謂不真心，但她不是單純至極的女子，人心的兩面她勉強知曉幾分。或者太妃是真的覺得她不錯，想著孫子如果不能繼承王位，是要出去單過的，杭家這麼多口人，他們能分到多少，以杭四少的那個花法怕是撐不過多久就得倒了。把銀子給自己，由自己去打理，或許等到分家時兩人已經有了一份不小的家業。

再者，這是想用銀子收買自己的心，讓自己徹底站到老太妃、杭四少這邊，記住唯有跟著他們才能有未來。還有，老太妃可能是想用真心感動她，讓她真的接手杭四少那個爛攤子。

老太妃自然不怕她捲著銀子跑了，一個閨中女流，能跑到哪裡去，連杭家的大門都出不去。

想到這兒，風荷出了一身冷汗，老太妃可真不簡單呢，現在已經開始布局了，她既然嫁給杭四，就不能撒手不理。她亦做出一副感動唏噓的樣子，握著老太妃的手，哽咽著嘆道：「祖母，我一定會與四少爺好好過日子的。」

老太妃滿意的笑了，這個孫媳婦就是聰明，輕輕一提點她就能想到深遠之處，老四有她相助，不怕翻不了身。她的孫兒她一直相信，不認為他會就此頹廢下去，一定有重整旗鼓的那一天。

沈烟才把匣子收好，王妃就帶著另外幾個兒媳前來請安了，大家服侍老太妃用了早飯。回凝霜院，杭四少猶在睡。風荷無法，只得上前去把他喚醒，他要不出去很快前邊就會知道，杭家為了面子計較，是不會讓她一個人回去的。

「爺，醒醒，爺，天亮了。」風荷坐在床沿上，聲音漸漸拔高，偏杭四少連眼皮都沒動過。

緊抿的薄唇，皺著的雙眉，像個煩惱的小孩一般，單純可愛。風荷不由想著，他要是不醒來，永遠這麼就好了，可惜他一醒來就換了副樣子，一整個地痞流氓。

腰上突然有力量牽引著她，風荷大驚，整個人撲到了杭四少身上，臉挨著他的臉，唇距離他的唇只有一寸，風荷大大的眼睛黑白分明，純澈靈動。底下的人笑得像隻狐狸，捏著她的鼻子懶散的問道：「娘子可是怪為夫這兩日不曾好生服侍妳，妳禁不住投懷送抱了？怎麼樣，為夫的胸膛還算寬厚吧。」

「你、你……」風荷氣得粉腮脹紅，支起身子要遠離他的勢力範圍。

「娘子，雖然為夫還沒有清醒，不過為了妳也得奮力一戰了。」杭四少緊緊摟住風荷，紅唇勾著，她生氣的樣子還真好看。

風荷真不明白自己聰明一世，怎麼跟這個風流鬼鬥就會輸呢，為了面子考慮，她決定要勇敢一點，好好羞辱羞辱她的夫君。她登時撇了嘴角，眼裡閃過不屑，小聲嘀咕。「算了，就你這樣子。」

杭天曜的眼睛瞪得比銅鈴還大，這，他的妻子確定是個黃花大閨女嗎？這麼、這麼不害羞，連這都敢說，居然敢看不起他，他一定要叫她知道知道自己的厲害不可。他微眯著桃花眼，一手勾著風荷側了身，一手探進風荷衣襟，很快就摸到了那個圓滾柔軟的地方，隔著一層薄薄的肚兜。

一股刺骨的涼意漫上全身，風荷的神經完全繃緊了，她倏地想起他與別的女子翻雲覆雨之時，就是一陣噁心，沒來由的覺得很髒很髒。

「你放開我。」她的聲音裡含著哭音，小小的身子一顫一顫的。

杭天曜立時慌了手腳，不就摸了一下嘛，不會嚇哭了吧。不過，她年紀本來就小，又是大家子千金，被嚇到了也不是不可能，可她剛才還一副很瞧不起他的樣子呢。

他低頭去看她，原來她已經哭得梨花帶雨了，小小的臉上滿是淚珠，看著他的眼神都是控訴，身子拚命往後擠。

杭天曜頓時有一陣挫敗感，他有這麼恐怖嗎？一時間，什麼興致都沒了，懶懶的放開風荷，起身自己披了衣服。

風荷小心翼翼探出頭，見他背著身，唇角彎了起來。

跟我鬥，你還差遠著呢！

第二十九章　夫妻回門

杭四少本應騎馬，卻藉口睏得緊，窩在風荷的馬車裡打盹。好在有葉嬤嬤、沈烟跟著，風荷也不怕，捧了書看。

這個人，一會兒不會發什麼癡呆吧，把她的面子裡子都折騰沒了，千萬別把母親氣壞啊。風荷暗暗祈禱，出門時，他就不情不願的，要不是老太妃盯著，他都不願意陪風荷回門，若是半途再發生什麼事，那就真個糟了。

好在杭四少睡得沈，直到了董家門首，幾人喚他才朦朧醒來。他竟是整了整自己的衣衫，用溫柔款款的聲音問風荷。「娘子，為夫這樣還行嗎？」

風荷渾身雞皮疙瘩掉了一地，用與他一般甜軟的聲音笑道：「爺這樣很好。」

董華辰已經在大門口迎接，他亦是穿了一身喜慶的寶藍繡暗花湲金長袍冬衣，腰間一色的金腰帶，黑色靴子。

馬上沒有人，他不由感到擔心，難道杭四少不肯來，只有妹妹一人回來了？越是焦心，他越發想要看看馬車裡的情景，快步向前走了幾步。

不料，車簾撩起，跳下一個身形高大，眉目英俊的年輕男子，一件石青底團花紋貢緞長袍，襯得他清朗溫潤，不復平日的嬉笑紈袴。

董華辰心中鬆動，迅疾瞟了一眼馬車裡大紅衣裝的風荷，與杭天曜拱手行禮。「四少爺一路辛苦了，快請裡邊坐，父親正等著呢。」他的態度並不是很親近，客氣有禮，杭家，從來不是他們憑一個姑娘就能輕易攀上的。

「大哥說笑了，都是親戚，往後還是喚我名字好了，大家親近些。」杭天曜拱手而笑，與冬日的太陽都能爭光。

「既如此，那我就托大了，妹夫，請。」董華辰更是吃驚，難不成這杭四少改了性子，不然以他的脾氣如何會這麼親熱有禮，能來已經很不錯了。但他面容不動，作了一個請的手勢。

董華辰與杭天曜並肩在前，風荷依舊坐在馬車裡，一行人進了董家大門。甬道很寬，能供兩輛馬車齊走。院子裡不見一點積雪，想來昨晚上連夜命人打掃的，樹木扶疏，依然能見到辦過喜事的喜慶。

董老爺淡淡笑著迎了上來，只要杭四少肯來就好，不然傳出去他們董家的臉面就全沒了。今日要拜見岳父岳母，是以董老爺把他們接進了二院，董夫人正扶著丫鬟的手在門前翹首以盼。這短短的三天，她就像過了一輩子一樣，每日憂心惦念，就怕傳來風荷不好的消息，已經等不及在裡邊等著。

桐樹後邊，有衣影閃動，那是杜姨娘和董鳳嬌，她們不能前來見客，卻想看風荷的笑話，偷偷躲在樹後觀看。沒想到杭四少來了，而且生得一副好皮囊。鳳嬌就有些不喜。

馬車停住，葉嬤嬤打起簾子，沈烟先跳下馬車，然後要攙扶風荷下來。不意，杭四少忽然回身，笑著推開了沈烟，一把抱過風荷，將她輕輕放在地上，還用大家都能聽到的低音問道：「娘子，坐了這一路，累不累？」

他的動作連貫飄逸，彷彿練了許多遍一般，一時間看得眾人目瞪口呆。

風荷先是呆愣，隨即羞窘不已，俏紅了一張臉，掙著自己的手，因為杭四少還緊緊握著她的纖手。

偏偏杭四少決定既然演戲就要做全套，不顧她的掙扎，牽了她一起向前走。

董老爺拈著自己的鬍鬚，連連笑著點頭，這個女婿並沒有如外邊講的那般混蛋不堪嘛，至少今兒一直很恭敬，還對風荷體貼溫柔，算是個好丈夫。

董華辰眼神微動，實在是因為這個杭四少與他過去認識的差距太大，他自來都是視女人如玩物的，從不聽聞有憐香惜玉的時候。

董夫人笑得嘴都合不攏了，方才的一切是她親見的，女婿對女兒憐愛有加，又是個風度翩翩的佳公子。誰說他這不好那不好了？分明就是假的，看看，他和華辰多像，一樣的溫文爾雅讀書知禮。看來，傳言真是信不得。

等到與董老太太、董老爺、董夫人磕頭之時，杭天曜越發恭敬有禮，把董夫人哄得極其高興，風荷只能暗地裡撇嘴，今兒莫不是轉了風向。

董老爺請杭天曜去書房說話，董華辰作陪，風荷陪著母親回了僻月居。

雖然眼見的確實不錯，可董夫人愛女心切，拉了風荷的手前前後後轉了一圈，還好，女兒的氣色挺好。只是，只是似乎有些不對勁，沒有一般女孩兒大婚之後的嬌媚，難道、難道……她與風荷母女情深，可是這種話終究有些開不了口，兩人扯了幾句其他的，董夫人終於決定把話題轉回來——

「風荷，妳跟娘說實話，妳與四少爺是不是還沒有圓房？」

風荷當即愣住，羞澀地扭著衣帶，低頭不肯去看董夫人。

葉嬤嬤見此，她是知道內中情形的，自家小姐害羞不好說，她這副年紀了有什麼不好意思的，接過話頭。「夫人，四少爺大婚之夜去了姨娘房裡，昨晚又吃醉了酒。」

「什麼？他大婚之夜去了姨娘房裡？」董夫人又急又氣，女兒年紀小不懂裡邊的厲害，杭家那些人豈能不知道，一個沒有圓房的妻室總有些名不副實。暗中看笑話的人定是多得數不勝數，還不知背地裡怎麼議論呢。尤其是那些姨娘，以為四少爺不喜風荷，她們眼裡哪裡還會有這個正妻，時日一長必然要把風荷踩下去。

風荷見母親急得臉都白了，怕她生出什麼好歹來，忙柔聲勸慰。「娘，不是那樣的。是，是柔姨娘診出有了喜脈，女兒才勸他過去看看的。後來夜深了，來來去去的又冷，所以——」

「新婚之夜診出喜脈，可真是好，這就是杭家的規矩體統，我算是見識了。太妃娘娘和王妃有沒有對她大加賞賜？」這才是關鍵的，當家作主的人的意思往往決定下邊人的舉動。

「沒有，太妃和王妃一個字還沒有提。」風荷低聲應道。

「這還差不多。風荷，妳真糊塗，一個妾室有孕派個嬤嬤丫鬟去看看就好了，怎麼叫四少爺自己去呢。唉，也是我不好，一直當妳最是敏慧，卻忘了妳到底是閨閣女孩兒，怎麼想得到這些？」董夫人連連嘆氣，要怨還是得怨自己，沒有把夫妻之間的事與她細細說明。

風荷不由嬌笑著猴在董夫人懷裡。「娘，女兒都明白的。妳看，四少爺不是對我很好嗎？我們往後的日子還長著呢，不急這一時半會兒的。」

董夫人攬著女兒，摩挲著她的面頰，勉強笑道：「那就好。風荷，妳既然嫁到杭家就是杭家的人了，四少爺就是妳終身的依靠，妳可要想好了。」

即便不願意女兒嫁去杭家，可是事實鑄成，他們已經沒有回頭路可走了。身為一個母親的心，她總是希望女兒能與女婿好生過日子的，畢竟和離或是休棄的女子，都很難再有幸福，不到最後她是不同意女兒那樣的。

風荷不由說起其他趣事，故意逗著董夫人高興。董夫人不想駁了她的一片孝心，也就暫時撩開此事，好生與風荷聚了大半日。

用了午飯，大概未時三刻，風荷與杭四少才坐了馬車回杭家。

他們一走，就有人氣得跳腳，自然是杜姨娘和董鳳嬌了。

於老太太而言，風荷嫁到杭家能得杭家的歡心，對整個董家而言都是有益的，杭家一定會記著董家的恩情，日後提攜他們的。

可是杜姨娘和董鳳嬌就不這麼想了。剋死董風荷的目的沒有實現，嫁個浪蕩子的目的也沒有實現，居然讓她這麼幸福，這一點，是杜姨娘和董鳳嬌如何都接受不了的。

鳳嬌也到了少女懷春的年紀，時常設想著自己的未來夫君是個哪般風流倜儻之人，今兒見到杭天曜，就覺得他是自己從沒有見過的美男子，尤其渾身上下那股子大家氣勢，連自己哥哥都及不上。而且，他對那個小賤人多般體貼溫存，這是她最看不順眼的。若是他對董風荷冷淡厭惡，那她現在一定都要笑死了。

自從董風荷回門之後，杜姨娘和董鳳嬌的心情就一直沒有多雲轉晴。

第三十章　兄弟婆媳

路上的積雪伴著馬車的轆轆聲發出嘎吱嘎吱的脆響，在安靜的街道上顯得尤其響亮。太陽有些微弱，好在馬車裡生了熱熱的火爐，與車外不能相提並論。

只有風荷與杭天曜對面相坐，葉嬤嬤與沈烟都被四少趕到了後面的馬車裡。風荷抱著鎏金小手爐歪著，身上搭了一條薄被子，昏昏欲睡。

「娘子，妳夫君冷。」杭天曜很有幾分不滿，這丫頭一點眼力都沒有，虧自己在娘家給她做足了臉面，她就不知道投桃報李。

風荷很不情願地睜開惺忪的睡眼，馬車裡只有這一條被子，也只有這麼一個手爐，罷了，就把火爐給他使吧，看在他今天幫自己一把的分上。風荷欠起身子，將手爐遞給杭天曜。「請用這個。」

誰料杭天曜並不接，只管用哀怨的眼神控訴風荷，彷彿風荷做了多大的對不起他的事一般。

風荷咬咬牙，扯了扯被子問道：「你可是要這個？」

杭天曜嘟著嘴，無辜地眨著眼，頻頻搖頭。

「那你倒是要怎麼樣？」風荷怒了，就算他今天幫了自己可也不能這樣啊，太不把自己當外人了，難道他還想兩個都要啊。

杭天曜做出驚慌的樣子，好似被風荷嚇到了一般，小聲嘀咕。「我要娘子抱著我。」

驚雷啊，風荷真懷疑是不是有道冬雷把杭天曜劈了，成了一個傻子，還是個只有三歲的。偏杭天曜不但不知收斂，一點點挪近風荷，很是無奈的嘆道：「既然娘子不願意抱著我，那就讓為夫辛苦辛苦吧。」他一把扯了被子蓋到兩人身上，雙臂緊緊摟著風荷，就像抱著個大火爐一般。

風荷雙手被他箍住了，動彈不得，臉上騰地泛起紅雲，即便是夫妻，那也不能這樣啊，何況他們並不是真正意義上的夫妻呢。色狼的本性真是無時無刻不顯露呢，看來自己以後要小心些了，千萬不能讓他近自己的身。

就在風荷以為杭天曜要對她有什麼非禮舉動之時，她聽到耳邊響起了細細的鼾聲，禁不住回頭去看，這人，居然抱著她睡著了。下巴擱在她肩窩裡，俊逸的臉上是得逞的笑容，似討好又似獻媚。

風荷忍不住想笑，欲要掰開他抱著自己的大手，偏他睡著了也會使力一般，自己動不了他分毫。若以這樣的姿勢回到杭家，她敢打賭自己一定會四肢僵硬的。

好不容易挨到杭家，車子都進了大門了，她依然不能把杭天曜喚醒。馬車放緩了速度，隨後漸漸靜止了，應該是到了二門口吧，他們要下馬車了。

「四少爺呢？怎麼不見？」外邊響起低沈醇厚的男聲。

「回三爺和五爺，四少爺沒有騎馬，坐著馬車。」應該是跟車的護院在回話。

原來是三少爺杭天瑾和五少爺杭天睿，他們兩個人怎麼在一處，是要出門不成？昨日敬茶時風荷都已經見過他們，只是一來時間緊迫，二者都是杭天曜的兄弟，她總不好盯著人家看，只把人名與面貌記了個大概，不至於認錯而已。

她用力推了把杭天曜，杭天曜猛然醒轉，人迷迷糊糊地問道：「娘子，妳推我作甚？」

「三哥和五弟在外邊呢，何況咱們也要下車了。」風荷儘量控制自己的語氣，讓自己聽起來賢慧溫柔。

杭天曜立時清醒，揉了揉眼睛，一面掀起車簾嬉笑著道：「三哥和五弟啊，不會是在這兒等我吧。」他說話之時，後邊車上的丫鬟婆子都已經下了馬車，趕上前來伺候他們夫妻。

他如在董家時一般，抱著風荷跳下了馬車，渾然不以眼前眾人為意。

風荷明知他是在做樣子，卻仍然紅了臉，低頭與二人行禮。「三哥好，五弟好。」

杭天瑾和杭天睿眼中一同閃過詫異的光芒，杭天曜的脾性滿府無人不知，雖是喜好美色，但並不是個體貼之人。不是都說他與這個新婚小娘子還沒有圓房嘛，怎麼一下子對她那般親熱，這全不像杭天曜的作風啊。

兩人很快笑著給風荷回了禮。若論長相而言，這位董家小姐的模樣確實難有人比肩，卻又教人形容不出她的感覺，似清冷又似溫柔，似高傲又似嫵媚，似單純又似明白。總之，就是讓人琢磨不透。

風荷飛快地覷了二人一眼。

人都說杭家三公子性格溫和，行事穩當，很有王府世子的風範，可惜沒有托生在王妃肚裡。他生了一雙好看的鳳眼，鼻子很挺，唇角永遠上揚成完美的弧度，把一件絳紫色的衣服穿出了高貴英武之氣，的確是個難得的。難怪京城裡的世家公子都喜與他結交，稱他「瑾公子」，與三嫂賀氏的溫柔很相配。他的生母是王爺頗寵愛的方側妃，九江知府方繪的女兒。

五少爺在魏王妃嫁過來之後的次年出生，他自小聰明俊秀，反應敏捷，很得王爺喜愛。而且生得很美，不是男子的陽剛之美，而是唇紅齒白，皮膚細膩，說話時還有些少年的天真不知事。魏王妃除了他和昨日與凌秀一起去看風荷的五小姐杭瑩，還有一個幼子，今年只九歲，取名杭天琪。

原來杭家幾個兄弟在外院置了一席，請杭天曜一塊兒去坐坐。平時杭天曜極少與府中兄弟作耍，只因他愛逛青樓愛吃酒賭錢，府裡子弟都被王爺三令五申，不得與他一同胡鬧，是以杭天曜往日結識的都是京城其他各府的紈袴少年。

風荷站在一旁，微笑不語。

「娘子，那妳自個兒回房去，我很快就會回去的。」杭天曜直直地盯著風荷，眼裡柔情無限。

風荷差點被他噎過去，為了配合他演戲，還要強自持著端莊模樣。「爺快去吧，別讓三哥和眾位弟弟們久等了。」

「既如此，就不打擾弟妹了。」杭天瑾笑的時候眼睛裡都是笑意，舉止瀟灑至極。

風荷目送他們離去，方才朝太妃的正院行去。

太妃看到她很高興，往後邊望了望，不由問道：「老四呢，沒有跟妳一塊兒回來嗎？」

「四少爺與我到了二門口，正想來與祖母請安，恰好遇到三哥和五弟請他一塊兒坐坐，就先去了，特地打發孫媳來與祖母致歉的。」其實，即便杭四少不打發她，她亦是會先來請安的，這樣說不過是哄老太太高興。

果然，老太太極為歡喜，孫子真箇長進了，這一切功勞都歸在了風荷身上。忙笑道：「累了一日，妳快回去歇歇，晚上吃飯時有新鮮的野雞崽子湯，妳多喝幾碗。」

「是，那孫媳就不客氣了。」風荷笑著告退。

晚飯時，老太太不停讓自己的丫鬟給風荷布菜，惹得蔣氏直叫著祖母偏心。

飯後，王妃忽地笑道：「母妃，老四有個妾室有了喜脈，是不是要賞賜些什麼？」

「哦，可是真的？哪個丫頭？」老太妃興致勃勃地問著，暗中掃了風荷一眼，瞧她舉止自若，很好。

「就是吟蓉那個丫頭，這吟蓉一向身子骨好，沒想到真是個好的。」吟蓉原先是魏王妃的丫鬟，魏王妃提起她自然要與旁人不同些。

老太妃眼角閃了閃，彎起嘴角笑道：「自是該賞，就照著老例吧。」

「是。母妃，還有一事，老四那幾個人還沒有與老四媳婦行禮呢，是不是該安排一下，該有的規矩可不能廢了。」王妃說著笑看了風荷一眼。

「妳說的是正理，這事妳看著辦吧。如今府裡是妳當家，些些小事不用都與我說，有妳打理我放心得很。」老太妃擺擺手，顯是疲倦的樣子，似乎對府中事務真箇不感興趣。

王妃見此，也就不再多說，請了太妃安歇，自己帶了幾個兒媳婦出去。

第三十一章 敬茶風波

王妃住在安慶院，也是正院。莊郡王府的格局比較奇特，占地廣，太妃的正院是與王妃的安慶院平行對立的，一在東一在西，來去不過幾百步的距離，中間隔著兩個小抱廈。一個是王妃日常理事的地方，一個放著府裡不常用的大件家具擺設。

照理，媳婦們是要給王妃請早安晚安的。不過杭家似乎有個不成文的規矩，三爺房裡五爺房裡都是一早先去王妃院裡請安，然後伴著王妃一塊兒到太妃院裡。而據周嬤嬤轉述的太妃的意思，讓風荷每日先去給太妃請安，等著王妃來了一併請安就好，不用特意跑一趟的。

現在是喜日裡，是以一家子都到太妃這邊用飯，平日並非這樣。太妃王妃都不喜媳婦站著伺候，是以杭家沒有媳婦立規矩的事情，大家都是獨自在自己房裡用飯的。

太妃、王妃、三房夫人、三少爺、五少爺院裡，都是有自己的小廚房的，以前杭天曜一個人，是以沒有，照規矩凝霜院也有一個小廚房。想來過幾日王妃那裡就會有話下來的。

王妃沒有讓風荷先回去，風荷自然不敢擅自離去，她一直與賀氏蔣氏跟著伺候。

走到半途，王妃才像看見風荷似的，拍了一下自己的額頭，笑道：「看我都糊塗了。妳那裡離我這兒遠，不比妳三嫂和五弟妹是順路，快回房去吧，我也沒什麼事。」

凝霜院在杭府的東北角，安慶院在西南角，尤其杭府中間偏北有一帶狹長的湖泊，當然相距甚遠。五少爺與蔣氏住在流鶯閣，三少爺與賀氏住在臨香榭，都在安慶院後頭。

風荷不敢馬上就走，只是笑道：「母妃是嫌棄我不如三嫂和五弟妹不成，左右只有戌初，伺候完了母妃再回去也使得。」

王妃越發笑吟吟看著她，對賀蔣二人說道：「看看妳們四嫂，多知道孝順，難怪妳們祖母當心肝一樣疼。」隨即，她話鋒一轉。「既這樣，趁著這回有時間就讓那幾個妾室見見妳吧。我這邊還有點事，田嬤嬤，妳與紫萱一塊兒送四少夫人回去，與她們說，誰若敢不敬著少夫人，讓她們自己來見我。」

旁邊一個赭石色大襖的中年婦人和一個眉眼柔順，一身紫衣的小丫鬟站了出來，恭聲應是。

風荷當然不會拒絕，領著幾人告退了。

沈烟與含秋左右攙著風荷，淺草、微雨前邊點著明瓦的繡球燈，一行人慢悠悠回凝霜院。風荷很是單純的問著田嬤嬤。「田嬤嬤，四少爺屋裡一共有幾個人呢，嬤嬤能與我說說她們嗎？」

田嬤嬤是王妃身邊第二得力之人，只在趙嬤嬤之下，慣會察言觀色，揣摩主子的意思，不由笑著說了個大概。「四少爺房裡如今共有五個服侍的。頭一個就是端姨娘，她原先是老太太的丫鬟，名喚雨晴的，多年前就撥給了四少爺，極得四少爺心意。少夫人沒有來之前，四少爺的事都是她管著的。

「第二個就是有了身子的柔姨娘，溫柔敦厚。兩年前鳳陽縣令江大人把他女兒江小姐送與了四少爺做妾，通身千金小姐的做派，據說吟詩作賦樣樣來得，四少爺送了她一個『雪』

字。還有一個幾年前曾為四少爺懷過一子，真是可惜了，叫朱顏的。最後就是前不久四少爺從外頭帶回來的媚姨娘了。」

風荷靜靜聽著，別看田嬤嬤說話俐落，其實是有偏向的，只有一個柔姨娘被她讚了一句，其他如雪姨娘、媚姨娘的語氣頗為不喜。這幾個，風荷也是打聽過的，與田嬤嬤說的大致相同，看來田嬤嬤是個明白人，不會胡亂揣測主子心事。

幾人到了凝霜院前，田嬤嬤就道：「不如讓紫萱先去把幾位姨娘請過來，免得少夫人久等。」

「嬤嬤說得是，我身邊的對府裡之人尚是陌生，就煩勞紫萱姊姊替走一趟了。」風荷從善如流。

風荷在正廳坐下，硬是請田嬤嬤在腳踏上坐了，兩人閒話。不過一會兒，紫萱就帶著五位姨娘過來。

走在最前面的是雨晴，風荷已經認出了她，她只穿了一件翠色的緞襖，簡簡單單綰著髮髻，乾淨俐落，微微笑著。第二位有些憔悴，但眉目清秀，鼻膩鵝脂，皮膚光潔，瞧著似乎有二十了，但依然一副純真的樣子，風荷猜著她可能就是朱顏了。

第三個身姿窈窕如柳，走動時衣袖飄飄，小小的瓜子臉，彎彎的柳葉眉，紅紅的櫻唇，細長的脖頸。她穿了一件水紅色的曳地長裙，外邊罩著煙灰色的披風，倒是不怕冷的。風荷輕笑，到底是青樓出來的，果然嬌媚遠勝旁人，除了媚姨娘清歌還有誰。

第四個卻是一件魚肚白底領口繡紅色梅花的長褙子，下著白色棉綾裙兒。蛾眉輕掃，面目清冷，都沒有拿眼去看風荷，這樣的清高冷傲當然是縣令之女了。

最後一位卻是由丫鬟扶著，鵝黃底上好緞子大襖，圓潤的粉臉，豐滿的身子，高高挺著的胸部，面上帶著柔軟的笑。敢這樣招搖的，只有懷孕的柔姨娘了。

風荷暗讚杭四少真是好眼光，各色美人都有，而且各自的字都很合性格人物，難為他想來，端、純、媚、雪、柔，各有千秋，果真是豔福不淺。

風荷看了田嬤嬤一眼，田嬤嬤會意，開口說道：「妳們也是知道咱們家的規矩的，不用少夫人多說了，時間不早，少夫人一會兒還要歇息，開始敬茶吧。」

大家一看是紫萱去喚的她們，就知這是王妃的意思，誰敢不聽，當著田嬤嬤的面還是不敢太囂張，依著次序給風荷行禮。

其中，端、純兩位態度恭謹，小心翼翼，媚姨娘始終帶著嬌笑，雪姨娘清冷如斯。輪到柔姨娘之時，田嬤嬤忽然開口。「雖說妳懷著身孕，但這是初見少夫人的禮，不可不行。往後要不要日日行禮，就看少夫人的意思了。」

風荷當即冷笑出聲，她一直不說話只是懶得說，而不是怕了她們，看來田嬤嬤修為還不夠，所以只能做到第二個。主子沒說話，她就搶著做好人了，而且膽敢擠兌自己，她輕瞄了田嬤嬤一眼，輕輕理了理衣袖，方才說道：「柔姨娘有了身子，自是要好生養著，早為四少爺添丁。」絕口不提有關下跪行禮之事。

柔姨娘面上就有些尷尬，這位少夫人難道不會看眼色，田嬤嬤明擺著幫自己說話，她就不怕王妃責怪嘛。念及此，只能委委屈屈給風荷跪下，端了茶盞卻沒有高舉過頭頂，嬌聲喚道：「請少夫人喝茶。」

風荷的手剛碰到茶盞，就覺得下邊失力，心中猛地一驚，耳邊已經聽到茶盞碎裂的哐噹聲。

或有喊少夫人的或有喊柔姨娘的，屋子裡頓時亂成一團。卻見柔姨娘猶自跪在地上，潑濺開來的茶水濺到豆青色的百褶裙上，身子瑟瑟發抖，好似受了驚嚇一般。

「還不請柔姨娘起來。」風荷沈聲喝道，含秋會意，趕緊上前攙起柔姨娘。

「出了什麼事？」男子的聲音漸漸臨近，響在屋子中間。

眾人都回頭去看，杭天曜沈著臉大步進來。

「哇」的一聲，柔姨娘哭了起來。「少爺，都是我不好，我失手打了茶盅，少爺，看在我肚子裡孩兒的分上，求您與少夫人開恩饒了我吧。」她已經撲到杭天曜懷裡，抱著杭天曜的胳膊嗚咽。她越是承認自己打了茶盅，越引人懷疑，何況她的意思似乎是風荷要責罰她一般，杭天曜不由看向風荷。

風荷的眼神有些冷淡，容色平靜，玉立在地上，給人一種風中清荷的清麗高潔之感，她沒有說話，事情沒有一點需要她解釋的地方。

第三十二章　夜話試探

杭天曜收回視線，輕輕拍打著委屈至極的柔姨娘。「好了，吟蓉，夫人不是沒有怪妳嗎？來，讓爺看看，有沒有燙傷？」

「沒，沒有，茶水並不燙。」柔姨娘抽抽噎噎，梨花帶雨，嬌弱無依。

「好了，時間不早了，妳們都回房歇息吧。吟蓉，爺送妳回去。」杭天曜看了屋中女子一眼，卻故意沒有望向風荷，攬了柔姨娘就往外走。他雖什麼都沒說，但看樣子應該是惱了少夫人的，不然不會與少夫人一句話都不說，還要去茜紗閣。

風荷躺在床上，她並不怕，她覺得杭天曜應該沒有怪她，不然以他的性子應該當場就會發作。而且這個男人，別看他整日好吃懶做，但其實是個明白人，從來都不是真正的糊塗。只是不管怎麼說，這樣的日子都很無聊，那幾個妾室，若是安分守己便罷了，若再有下次，可別怪她心狠手辣。

睡到半夜，房中響起窸窸窣窣的聲音，風荷最是睏的時候，懶得去看，相信莊郡王府應該不會有小毛賊敢闖進來吧。

隨即，她覺得被子一輕，似乎有什麼東西鑽了進來，捲進一股冷氣，凍得風荷哆嗦著醒了。她討厭在睡覺的時候被人吵醒，沒好氣地嘟囔。「沈烟，看看是什麼東西？扔出去。」一面說著，她一腳踢向了寒氣的來源，硬硬的，有些踢不動，難道有人搬了一塊石頭放在她床上？

杭天曜有些目瞪口呆，他這妻子不簡單呢，這時候還能睡得這麼香，難道她就一點也不在乎自己的想法嗎？不解釋就算了，至少也該失眠吧。他相當不滿，憑什麼他一個人失眠，偷偷回來打算看看她楚楚可憐的形容，看到的卻是某人睡得懶豬一般。一想，又覺得自己肯定是喝多了酒，他什麼女人沒見過，幹麼以為她就是不同的呢，分明是自討苦吃。

風荷又蹬了蹬，還是沒反應，身子往床裡邊拱了拱，翻了個身繼續睡覺。色狼回來了，她要是這回醒來保不定就被某人占了便宜，還是裝睡比較安全一些。

「風荷，風荷？」他試探著喚她，名字還是不錯的，一一風荷舉。

風荷驚得掉了一床雞皮疙瘩，這回就兩個人，需要演戲嗎？難不成是對演戲這行產生了興趣？

「娘子，我與青靄說好了要合夥開家酒樓，妳有銀子嗎，放在哪裡？」杭天曜摟著風荷的腰，湊在她耳邊小聲說話。

哼，以為自己睡著了就想哄自己拿出銀子來啊，別作夢了，風荷理直氣壯地回道：「沒有。」

「哈哈哈，哎喲，娘子，妳沒睡著啊。」寂靜的夜裡響起杭四少嘹亮的笑聲，帶著計謀得逞的歡快。

風荷惱怒的轉過身子，舉著粉拳在杭天曜胸前捶了一把。「不許笑，快停下，叫人聽見了。爺，爺。」到最後，語音轉柔，嬌媚無限。

杭天曜素日來最享受美人撒嬌了，而且他已經練成了很強的抵禦力，卻不知怎地，被她一叫，就有些軟軟的招架不住，細細去瞧她的容顏。

屋子裡點了昏暗的燭火，透過大紅的紗帳，映著她的臉紅撲撲的，粉嫩粉嫩，引誘人去咬上幾口，散亂在耳後的青絲有些纏到了她的脖頸裡，越顯曖昧。杭天曜驚訝的發現自己有些呼吸急促，原本冰冷的身體有些發熱，臉上作燒，他知道這是為什麼。這個女人，真的如表面一樣嗎？他可不能被她騙了。

「娘子，吟蓉說她有了身子喜歡安靜，茜紗閣住的人太多，能不能挪個地方。咱們院裡大，不如把她安置在這裡，妳也好看顧她。」杭天曜輕輕握住風荷的小手，看著風荷的眼睛，神色認真。

又要試探自己，你還真是不放心呢！風荷心中冷笑，巧笑倩兮。「茜紗閣主僕統共不到二十人，咱們這裡就有二十人不止呢，而且素日裡嫂子弟妹小姑們可能來走動，反比茜紗閣還要吵鬧。端姨娘伺候爺許多年，一向穩妥，有她照料著，想來也出不了什麼大事。爺若還放不下心，不如讓我身邊的葉嬤嬤去時時照看她，葉嬤嬤是積年的嬤嬤了，一定會照顧好柔姨娘的。」

「妳這話很是。吟蓉與我提的時候就擔心妳不同意，沒想到被她猜準了。」低沈的聲音聽不出喜怒，銳利的眼神不肯放過風荷一個動作。

風荷一把推開了杭天曜，氣鼓鼓的，噘著嘴。「她既然知道我不同意還與爺說，是存著什麼意思？爺倘若認為她說的是對的，只管吩咐下邊人去做，何必與我商議，把我當傻子耍，哼。」

杭天曜的用意很簡單，就是想試試風荷是不是一個心機深沈的女子。如果風荷心機很重，一定會同意柔姨娘的要求，這樣不正顯得她大度嗎？而且放在自己身邊，想要下手也容易得多。再者，杭天曜的第二番試探，心裡有成算的女子一定會解釋自己的清白，而不是像風荷這樣當即翻臉生氣了，明顯是小女孩心性。

即便是之前在正廳裡敬茶發生的一切，也都是風荷經過深思熟慮的。她從來不喜與人解釋，這是其一；其二，這樣正顯得她單純不知所措，沒有一點應變之力。

或許杭天曜有自己的想法，需要一個聰慧的夫人替他打理後邊的事，但絕不是現在、絕不是新婚沒幾日的風荷。風荷太早讓這個身邊的男人發現自己的一切，只會招致他的疑心，甚至懷疑她是不是別人故意安到他身邊的。只有時日長了，兩人有了感情，那時候她才能漸漸露出真實的自己。

風荷從來不認為杭天曜就是外人眼中的那個人，如果他只是一個紈袴子弟，相信王府世子的身分早就落到別人頭上了，不會遲遲定不下來。這或許也是她的一個賭局，賭自己的直覺。

杭天曜果然笑了，偎到風荷臉上，點了點她的鼻子。「怎麼，吃醋了？」

「才不呢。爺，那日在書畫胡同的都是爺的至交好友嗎？誰是青靄？」風荷生怕他一會兒又想動歪主意，趕忙與他轉移話題。

「青靄是承平公主的次子，現任御前侍衛，我倆打小一塊兒玩鬧的。前兒我們在知味觀吃酒，說起京城出名的酒樓並不多，有心開一家，苦於沒有本錢。」杭天曜居然與她解釋起來，看來她的一番做派起了作用。

「哦，爺是王府四少爺，他是公主府二少爺，你們倆難道連一家酒樓都開不起？」幽暗的燭光下，風荷眨巴著她鬈翹的睫毛，可愛而又迷惑。

杭天曜臉上一閃而過凌厲，壓低了聲音。「妳知道什麼，他還有幾兩俸祿銀子，我就每個月二十兩的月銀，夠吃夠喝？娘子，為夫日後就要靠妳養著了。」

風荷強忍著心中的氣悶，笑得眉眼彎彎。「爺，今兒早上，祖母與了我三萬兩銀子，是給我們以後安家用的。爺要做生意是好事，只不知這些夠不夠。我的嫁妝統共只有三千兩壓箱銀，卻幫不了爺多少。」

「真的？太好了，娘子，為夫以後一定不會忘記妳對我的好的。」杭天曜真有幾分感動了，他這個小妻子太單純了，連這樣的事都告訴他，自己倒是不能虧待了她。

「我們是夫妻，我的還不是爺的，爺的也就是我的。」風荷嘀嘀咕咕，朦朦朧朧又睡著了，再不睡就麻煩大了。

杭天曜看得一陣愕然，臉上露出了俊美的笑容，在風荷粉頰上親了一口，也抱著她睡著了。

第三十三章　藉機發作

昨晚後半夜，天上就扯起了棉絮般的大雪，直到清晨才漸漸止住。耀眼的白光反射進屋裡，晃得人眼花，風荷猛地驚醒，急切問道：「雲碧，這是什麼時辰了？」簾外響起雲碧明快的聲音。「少夫人，只有卯時二刻呢。外邊下了雪，看著像是天亮了，其實還暗著呢。」

周嬤嬤已經告訴過風荷，一到十月，太妃那邊請安的時間安排在辰時初，不用去太早了。還有半個時辰，倒把自己嚇好一跳。

風荷也不叫人，輕手輕腳下了床，裡邊穿了一件薄棉的芙蓉色中衣，外邊罩著大鑲大滾灰鼠風毛黑鼠裡子柿子紅的長褙子，保暖而又輕便。

雲碧聽到裡邊的動靜，與微雨二人捧了銅盆巾帕等物進來，伺候風荷梳洗。

「少夫人，大廚房離這兒有些遠，熱水送到這兒怕是不暖了。」雲碧看見帳幔垂著，就壓低了聲音。

「無事，正好。看來還是早點把小廚房弄起來的好，妳們也能方便些。」風荷試了試水，不涼但也不熱。

「我們倒是不怕麻煩，只少夫人要個吃的喝的不甚便宜。」雲碧挽起風荷的衣袖，又在她胸前搭了一塊月白色的大毛巾。

風荷對著鏡子照了一會兒，不由笑道：「今兒綰個流雲髻，戴支白玉的簪子吧，免得一身都是大紅大紫。」

「好，就依少夫人的。白玉綴流蘇的那支好看，配上珠花最好。」雲碧本就生得俏麗，又跟著風荷久了，最喜打扮，說起衣飾來很有些見地。

風荷笑著應了。

杭天曜早就醒了，半裸著身子靠在大紅迎枕上，透過帳幔的縫隙窺著風荷鏡中的顏色，嬌而不媚，豔而不俗，到底是大家子千金出身的。他掀起幔子，也不管房中有人無人，裸著身子就起來了。

微雨聽到聲響，回頭去看，羞得俏臉生暈，卻急忙捧著他的衣物準備服侍他。

杭天曜接過衣物，只道：「快去催水。」並不要她服侍。

微雨愣了愣，小跑著去了。

杭天曜一面繫著腰帶一面踱到窗前，隨手推開了窗，凜冽的寒氣撲面而來。院子裡滿是丫鬟低低的嬉笑聲，七、八個灑掃的小丫頭凍得小臉紅紅的，正在清掃院子裡厚厚的積雪。雪倒是停了，只是天很陰，怕是這幾日都有雪。

迴廊欄杆上斜倚著一個水紅襖子的丫鬟，體段妖嬈，時不時地吩咐小丫鬟這那的。她恰好對上杭天曜的目光，心裡頓時大喜，一聽說四少爺昨晚歇在正院，她就早早起來，故意攬了打掃內院的活計，高聲吩咐小丫頭們，就是想藉機引起裡邊爺的注意。不想她運氣這麼好，第一天就成功了，爺可是在看她呢。

丫鬟不是別人，正是銀屏。銀屏匆匆整了整自己的釵環首飾，提起裙子向正屋行來。

風荷正在吩咐雲碧。「回頭妳去二門口，託人傳石磯進來，妳與他說一聲，讓他回咱們臨江院，請周勇過來一趟，我有事吩咐。」石磯是董家陪嫁過來的護院，暫時沒有安排事務，跟著杭家的下人一起住在王府後邊一帶的小院落裡。

雲碧笑著應是，就聽門簾呼啦聲，銀屏一臉媚笑的行到杭天曜身邊，蹲身行禮。「給爺請安，爺有什麼吩咐嗎？」她根本沒有看到梳妝檯前坐著的風荷，眼裡只剩下一個杭天曜。

隨後進來的沈烟和微雨都有些不知所措，忙去看風荷的臉色。風荷只顧對鏡梳妝，眼都沒抬。

水紅襖子做得很貼身，顯出她豐滿的胸部，棉綾的裙兒有點單薄，眉不畫而翠，唇不描而紅。銀屏與雲碧的美不同，雲碧身上有風荷的影子，明暢大方，銀屏有小家碧玉的柔媚，鼻膩鵝脂。

杭天曜托起她的下巴，點頭問道：「妳叫什麼名字？怎麼以前沒有見過妳。」

「回爺的話，奴婢喚作銀屏，從前是董家老太太身邊的二等丫鬟，後來跟著少夫人來的，爺可能沒有見過奴婢。」銀屏半垂著頭，眼中波光流轉，既羞且俏。

「哦，那妳以後專門服侍爺，妳可願意？」杭天曜快速掃了風荷一眼，眼角含春。

銀屏喜得無可無不可，爺定是看上她了，又不好直接與夫人要了自己，才說讓自己貼身伺候，那以後的機會就多了。說不定，很快她就是王府的一名姨娘了。銀屏趕忙跪下謝恩。

「能夠跟著爺是奴婢的福分，有什麼不願的。」

風荷心中冷笑，就這點手段也想在杭家立足，真是太看得起自己了。她笑著起身，輕移蓮步。「爺既看上了她，她往後就是爺的人了。不過之前，她還是我的人，想來我是能處置了她的。雲碧，拉下去，掌嘴二十。」

銀屏還沈浸在得意興奮中，沒有仔細去聽風荷的話，直到雲碧過來拉她的時候才恍然醒悟，大睜著眼睛，不可置信的看著風荷。少夫人即使吃醋嫉妒也表現得太明顯了吧。她慌忙去瞟杭天曜，期待他能為自己說話。

「娘子，銀屏犯了什麼錯，妳要這樣罰她？」杭天曜目光不善，語氣冷淡至極。她還真是不給自己半點臉面呢！

「怎麼？她的身分沒有主子召喚不得進正房，難道這點都忘了不成？眼中沒有我這個主子，莫非我還要縱著她不成？」風荷挑眉而笑，斜睨著杭天曜，高傲卻又風情。

杭天曜當即啞然，又著實捨不得銀屏被打，只管瞪著雲碧，他就不信連她的丫鬟也敢那麼橫，不看自己的臉色。

「少夫人，奴婢知錯了，求少夫人饒恕奴婢這一遭。」銀屏嚇得眼淚汪汪，她怎麼竟忘了少夫人在娘家時的手段呢，那是連杜姨娘也敢打的啊，眼裡又怎麼會在乎自己一個奴婢。

風荷已經抬步往外走了，聞言回頭笑看著她，語笑嫣然。「妳既然知錯就該明白我的性子，有功必賞，有錯必罰。」然後，翩然而去。

雲碧看都不看杭天曜一眼，與微雨合力拉了銀屏去院子裡跪下。杭天曜一時間驚得目瞪口呆，他在杭家那是無人敢惹的，沒想到他這個嬌嬌柔柔的娘子動起手來也不是個軟弱的，渾然不把自己放在眼裡。他囂張了這些年，還是第一次在別人面前吃悶虧呢。她不會是吃醋了吧？

據說，大清早的四少爺就生少夫人的氣，接下來一連幾日都沒有踏足凝霜院一步，不是歇在茜紗閣就是沒有回王府。銀屏被打之後，就被人送到了茜紗閣，卻是一直沒有見到杭天曜去看她。

風荷吃了點東西，去與太妃請安。偏逢著太妃高興，拉了幾個孫媳一起抹骨牌玩兒，直玩到午飯時辰，用了飯才把幾人放回去。

外男一般是不許進內院的，但下人是可以例外的，主子若有事總不能讓主子去二門外，都有婆子領著進去。周勇已經在凝霜院倒座門房裡等了一個多時辰，一見風荷忙上前請安。

風荷擺手，喚道：「周大哥哥，叫你久等了，咱們進去坐。」

周勇一直低著頭，這點規矩他還是懂的，在綢緞莊時他偶爾也會去一些大宅門裡拜見女眷，王府的規矩當然比外頭更加多了。

「周大哥哥請坐。家中生活可還如意？」語氣親切，卻不失上位者的威嚴。

「小的不敢。小的父母、賤內問少夫人好。家裡一切都好，全虧少夫人照應。」他生得高大，皮膚偏黑，舉止言行不比他父親謹慎也不像他母親般粗魯，看著像是個能幹的。

「再有一個月就是年節了，想來過幾日半夏莊那邊會送些年貨來，我這邊也用不來多少，都讓他們送去你們那裡就好。浮雲他們幾個都在，到時候，就由周大哥哥看著分了，大家好歹歡歡喜喜過個年。」浮雲是董家陪嫁的四個小廝之一，風荷一時也沒有要用他們之處，留在王府多有不便，就把他們都打發去了臨江院。

周勇連連應是。

風荷吃了一口茶，對周勇的寡言少語很滿意，越是這樣的人心內越有城府，不是那等只會溜鬚拍馬的人。她便笑著指了指廊下小丫頭搬來的一口箱子，說道：「那裡邊是些綢緞，我也用不到，你正好帶回去，給大家做兩身新衣裳。還有五十兩銀子，院裡不拘大小老少，每人賞二兩，餘下的你們過年使喚。」

「小的遵命。」他真是惜字如金。

「每年臘月，莊子裡的管事都會來京裡結清一年的帳目，你是知道我的，身在內院多有不便，我如今就把南邊和西北來的兩個管事交給你了，你好生招待了他們。周大哥哥是能幹人，也是我信任的，那兩個莊子到時候怕是還要周大哥哥奔波呢。」院子裡很是安靜，只有風荷清澈圓潤的聲音，舒緩的語調沒來由的教人安心。

少夫人雖沒有明說，但他也不是愚鈍之人，話裡的意思還是聽清了幾分。南邊西北的兩個管事原是老太太的人，少夫人必然不信他們，這是試探自己有沒有那等本事，若有希望或許把莊子交給自己打理。男兒漢的，誰不想做出一番事業來，不然他也不會聽了母親建議偷偷去綢緞莊做活，少夫人這樣信任他，他自是高興不已。

當然，最要緊的還要看自己的本事了，這次管事到來，自己如果能想辦法摸清了莊子裡的實際情形，多多習學莊子裡庶務打理，才能真正得到少夫人的賞識，不然一切還是空的。

周勇也不說破，鄭重地回道：「少夫人放心，小的明白。」

與聰明人說話就是輕鬆，風荷很滿意，周勇比他父親敏捷伶俐，又懂得藏拙，這樣的人才是她現在最需要的。

送走周勇，都是申時了，風荷欲要趁著這會兒空閒歇歇，不料前頭傳來消息，五少夫人生病了，她只得作罷。

第三十四章　王妃授命

風荷才要去流鶯閣，卻想起太妃應該也會去看五弟妹，與其自己去，不如服侍著太妃一起去。想畢，她快步趕了上去。

的確被她料準了，一大群人正簇擁著太妃出院門，要去看蔣氏。風荷笑著迎上去。「祖母，可是去五弟妹那裡？我聽五弟妹身子不適，正心焦著要去探望，又想起祖母必是比我還要著急的，是以過來問問祖母有什麼話要我帶去沒有。」

這話說得教人心下舒坦，太妃對風荷的喜愛越發加深，扶著風荷的肩，與她一同走。「好孩子，妳是個孝順的。咱們一起去看妳五弟妹，這孩子什麼都好，就是愛病。」

「還不是因為祖母貼心，連我都想病一回呢，好叫祖母去看我。」說得眾人都是笑起來。一行人沿著東西甬道向東，越過安慶院，繞過臨湘榭，就是流鶯閣的院門了。

流鶯閣大小與凝霜院相似，只是更見精緻些，院子裡種滿了各色花卉，尤以牡丹居多，卻獨獨不見這個季節最應景的梅花。當然十一月的天氣裡，只有幾許稀疏的樹葉。丫鬟婆子們紛紛行禮。

王妃正在流鶯閣，聞報太妃來了，忙忙帶著賀氏迎了出來，口裡嗔道：「母妃怎麼過來了？大冷天的，叫孩子心裡過意不去。」

「我成日也是閒悶著，就當出來走走。太醫來了嗎？小五呢？」別看太妃六十多呢，身子很康健，極少病啊痛的。

「請的顧太醫，進去一會子了，小五在裡邊陪著。」王妃攙扶著太妃向大廳走。太醫院離杭家不過隔著一條巷子，來去很便宜，常常一句話之間就到了。

太醫們都是時常在杭家走動的，大家也都熟識了，平日來看脈也不是很守著規矩。

大家不過問問如何得的病什麼的，只有半盞茶功夫，裡邊就快步過來一個高䠷身材、五官清秀的丫鬟，歡喜的跪下。「恭喜太妃娘娘、王妃娘娘，少夫人她有喜了。」

「什麼？可是做準了？」王妃一向端莊，從不會搶在太妃面前說話，這也是太高興了的緣故，一時忘情。說完就有些赧然，不好意思的退到太妃身後。好在太妃也是高興，渾然不覺。

「顧太醫說都有兩個月的身孕了，這是再沒有錯的。」她是五少夫人娘家帶來的丫鬟，最是貼心，名喚春如的。高䠷而又豐滿的身材，健康的皮膚中泛著淡淡的粉紅，挺翹豐滿的胸部。或許五爺和蔣氏的感情確實非常好，蔣氏進門近一年，五爺房裡從來沒有第二個女人，即便身邊有個這麼美貌的丫鬟都不例外。

如此，王妃太妃都極是開懷，命人大加封賞顧太醫，及流鶯閣裡伺候的所有下人。

五少夫人含羞帶怯的，她年紀只十五，一向天真爛漫，著實沒有想過自己會懷孕生子，很有些害羞，連太妃王妃問話都是答半句留半句的。

太妃坐在床沿上，老臉笑成了一朵菊花。「柔玉啊，以後可不能冒冒失失了，現在有了孩子不同以往。妳們幾個，都要好生看著少夫人，少夫人要什麼吃的玩的妳們這裡沒有，只管去我那裡取，不得叫少夫人生氣，可記住了？」

又殷殷囑咐了幾句，太妃為了讓她安心歇息，才告辭離去。

眾人自然隨著太妃一同走，王妃忙道：「母妃累了這半日，不如先去我那裡吃杯茶，不過幾步的路程。」

太妃點頭應下。大家都一同跟著去服侍。

「妳這邊近，不比我那裡，有什麼照應不到的妳就多費心。這是小五的頭一胎，可得仔細了。柔玉身子一向嬌弱，操不得心，穩婆奶娘之類的妳都替她瞧好了，事先預備著，別事到臨頭才犯急。回頭我命人把郁媽媽、秦媽媽送來，妳安頓一下。」太妃斜歪著，一樣樣細細想著，王府裡已經有幾年不曾添人了。

「多謝母妃，媳婦省得的。」郁媽媽、秦媽媽是府裡專門伺候懷孕生子的主子的，經驗豐富，無人及得上她們了。

說起家中事務，王妃輕輕掃了風荷一眼，語氣誠懇。「母妃是知道我的，咱們府裡事又多，我又不如母妃能幹，常常忙了這邊忘了那邊，很有些招架不及。尤其年節下的，各處的帳目收支、賞賜下人、請客吃酒、分送禮物等等，忙得我焦頭爛額。

「老三家的帶著哥兒姊兒，小五家的有了喜事，都幫不了什麼。老四媳婦雖是才進門的，但我瞧著就很好，懂事知禮、且是能幹。我知道母妃疼孫媳婦，可母妃好歹疼疼我，讓老四媳婦幫著我一塊兒忙過了這段時間。我也不敢叫她辛苦了惹母妃抱怨，只把那庫房裡咱們要用的器具這一塊兒交給她，都是有舊例在的，母妃覺得可行？」

屋子裡的氣氛猛然緊了緊，王妃難道就一點都不猜忌四少爺不成？即使如此，那也不至於這般信任，新媳婦剛進門就教她管家，三少夫人、五少夫人早進門了，也沒有教過她們啊，總不會是要把王府以後交給四少爺吧？

賀氏一直伺候在旁，王妃的話她彷彿沒有聽到，臉上掛著微笑，絲毫沒有變過。

太妃認真聽著，不由抬頭去看風荷，想了想，終是笑道：「妳說的是。為著老四的婚事把年節一事擱置了，讓他媳婦幫著妳也是該的。況且有什麼不懂的妳帶著她。老四媳婦，往後妳就多跟著妳母妃，替她打打下手。」

風荷並不貪戀權勢，也不喜每日管著那些繁雜瑣事，可是太妃的話下來了，她當然不能拒絕。何況她嫁到杭家幾日，先是姨娘懷孕，再是沒有圓房，背地裡議論的人不知有多少，怕是人人都開始看不起這個新少夫人了吧。若是再不亮亮自己的爪子，明兒就有人要把她往下踩，銀屏不就是如此嘛。

她恭恭敬敬地回道：「孫媳遵命。母妃，兒媳有不懂的還要母妃好好教導。」

當日晚間，風荷正要梳洗歇息，王妃身邊最得力的管事媳婦——茂樹家的，帶著一堆帳簿和幾串鑰匙過來了。茂樹家的原是王妃的陪嫁，由王妃作主嫁與了府裡帳房的管事茂樹，一個兒子是王爺跟前的小廝，一個女兒是太妃院裡的二等丫鬟。

四本帳本是庫房所有東西的記載，還有兩本是前兩年所用之物的記載，供風荷做個參考。幾串鑰匙就是庫房的了。

風荷略略翻了翻，就讓沈烟收了起來，獨自歇下。

第三十五章　整理庫房

這日，風荷起了一個大早。為了便宜行動，她揀了一件玫瑰紅的撒金紋荔色滾邊短襖，配上蔥綠盤金彩繡棉裙，她原就生得甜美，這樣的新鮮顏色穿在她身上分外嫵媚妖嬈，脫了許多稚氣。臨出門時，又在外邊披了銀妝緞滾灰鼠毛荷葉短斗篷，裊裊婷婷的。

請安的時候，太妃與她談起小廚房之事，照太妃的意思是先不辦，等到過完年再計議，如今先能著使喚太妃的小廚房。風荷明白太妃這是好意，她初來，對府裡的人事還不甚清楚，廚房是最緊要的地方，混進了不乾不淨的人就麻煩了。不如慢慢訪察，等有合適的人了再說，這是最好不過的。

風荷笑著應下。

從太妃那裡請安回來，帶了一大群僕婦，足有近二十個，都是王妃給的，聽命她辦差。領頭的是個身穿棕黃色大襖的中年婦人，頭髮梳得光溜溜的，戴著一般僕婦不常戴的貴重首飾，衣衫也比旁人簇新些。尤其是她看風荷的樣子頗為不喜，甚至有些輕蔑，一路上都不主動與風荷說話，不像另幾個打頭的說著奉承話。

風荷留神打量了她一眼，徐娘半老，風韻猶存，滿身矜傲之氣，一點都不像下人，雄赳赳氣昂昂的。沈烟附耳與她低語。「少夫人，她是李三家的，柔姨娘的母親。」沈烟平日不但沈穩，還招人敬重，很快就與府裡不少丫鬟熟識了，早打聽得這人的身分。

李三家的幾年前是太妃院裡管漿洗的頭，後來不知什麼事就給換下來了，沒有新的安排。她家男人管著王府外頭的一家鋪子，很有幾分體面。當時，李三家的一心要把自己那個如花似玉的女兒送進府裡當姨娘，卻不得機遇。後來吟蓉被王妃挑到了身邊服侍，一次杭天曜難得去王妃院裡請安就遇見了她，幾個月後王妃就把吟蓉送與了杭四。

女兒成功當了姨娘，頗得杭四少寵愛，現在又有了身孕，這可是四少爺的長子啊，禁不得李三家的尾巴翹了起來，連風荷都不看在眼裡。正室有什麼用，不得寵一切都是假的。她如今不當值，只負責主子們出門的事宜。今兒去給王妃請安，撞到王妃挑人給四少夫人使喚，她當即就毛遂自薦了。

官中的庫房位於正院崇明堂的後身，很大一座跨院，計有三十來間房屋，俱是安置著素日不用的家具器皿。

到了院門首，就有幾個守護的婆子慌不迭迎上來，與風荷請安。

中間的三間屋子空著，備著主子過來有個歇腳的地方。沈烟拾掇了一張黃花梨如意紋的方背椅，墊了松花綠的團花錦墊，才扶著風荷坐下。

風荷抱著手爐，掃視了眾人一圈，笑問：「大家都是府裡的老人了，比我懂得多。母妃說過妳們前幾年就是一直辦這事的，交給妳們我自是放心。幾位嫂子也說說，這麼多東西，咱們先從那一步開始呢？」

「這還不簡單，比照著前兩年的單子將年下要用的家具器皿收拾出來就好，不過一、兩日就完工了。」說話的正是李三家的，她從鼻子裡輕哼，顯見的很瞧不起風荷了。

「哦，王嬸子，妳怎麼看呢？」風荷轉而去問站在後邊沒有說過話的一個老婦人，她大概有四十許了，穿著乾淨的赭石色棉襖，棕黃色棉裙，打扮得俐落。

被指名的王嬸子一愣，她之前在針線房做活，不大在主子面前打臉。她家的也只是帳房一個小小的先生，夫妻兩人都是低調的人，在王府沒什麼分量，連帶著唯一的女兒都只是後花園裡一個灑掃的小丫頭。

難得有主子問她的意思，而且四少夫人嫁過來不過幾日，居然就識得她叫得出她的名字，她難免有些激動，聲音微微打顫。「奴婢以為，是不是要先把東西對下帳單，看有沒有什麼出錯的。不然一會兒翻得一團亂，真出了錯也不好訪察。」

風荷邊聽邊笑著點頭，葉嬤嬤打聽的人確實不錯，為人忠厚老實，小心勤謹，是個能擔事的。

「王嫂子，這都是王妃拿過來的帳單，能有什麼錯？妳別是糊塗了。」李三家的很是不滿，這麼多東西一樣樣對過去，要多少時候，何況即便有錯也是王妃做下的，她們何必幹這樣吃力不討好的事。

「我倒不這麼以為。咱們都是受王妃之託，當然要把事情理清了，才不負王妃的看重。左右人多，也不怕耽誤工夫，就先把器具與帳單對一遍吧。」風荷眉梢輕揚，看著李三家的有些凌厲。

李三家的心裡暗罵，面上礙著主僕的名分不好輕舉妄動，快快地應道：「既然少夫人執意如此，奴婢們這就去，大家走吧。」

立時，就有那幾個追隨李三家的人挪動腳步，剩下一些偷偷覷著風荷的神色，不敢胡為。

風荷面色轉冷，聲音裡裹著寒冰一般。「李嬸子，妳若是急切著完事，我也不攔妳，請妳自去便可，我的話還沒有說完呢。」

李三家的不想她會當即翻臉，到底不敢當著大傢伙的面逆著她，悶悶不樂的立在原地。

「李嬸子、王嬸子、吳嫂子、包嫂子，妳們每人帶三個媽媽，各自負責一面。李嬸子專門查驗綢緞布疋，王嬸子只管食用器皿，吳嫂子負責擺設器具，包嫂子整理珠寶首飾。我身邊幾個丫頭，都是識字的，讓她們分別跟了妳們去，正好幫著看看帳本。」不是風荷信不過王妃，而是凡事小心些總沒錯，尤其是她領了這事，就是她的責任了，日後出了錯最倒楣的也是她。

除了李三家的，其他幾個人都是諾諾相應。沈烟、雲碧、雲暮、含秋果然上前從風荷手中領了帳本鑰匙，分成四批退了出去。只留葉嬤嬤和淺草、芰香兩個在跟前伺候。

「嬤嬤，不是叫妳留在家裡嗎，妳怎麼又來了？桐哥他媳婦還沒出月，少不了人在身邊照料。」葉桐之妻大半個月前生了一個小子，風荷要放葉嬤嬤的假，偏葉嬤嬤不放心她身邊沒個長者，日日都要來走一遭。

她順著風荷的手坐在了腳踏上，抿了嘴笑。「她娘家母親來了，幫著照料幾日。我知妳事多，哪裡能不來。」

「妳呀，真是的。梧哥兒他跟著桐哥去了茶鋪了？可還做得慣？」葉氏一家都跟著風荷陪嫁，葉梧自然不在董家回事處了，風荷讓他跟了他哥去鋪子裡學習生意，過段時間要把另一個陪嫁鋪子交給他打理。因為董夫人不管事，她那鋪子裡一直沒有合意的人，兩個掌櫃都是外頭聘的，風荷有意讓自己人慢慢接手。

「少夫人別為他操心，不過個泥猴，到了哪裡都是他的福氣。」葉嬤嬤滿臉是笑，小兒子伶俐調皮，很得她心意，隨即想起四少爺之事，拉了風荷的手，低聲勸道：「小姐，妳是我看著長大的，沒有人比我更瞭解妳的性情。我知妳不是那等容不得人的，何況小姐本就有傲氣的資格。

「可四少爺總歸是小姐的夫君，是小姐要依靠一生的人，嬤嬤希望你們倆能好好過日子。四少爺他雖有些不著調，但並沒有外頭傳聞的那般不堪，小姐那日確有些過了，該給四少爺留點體面的，銀屏一個小小的賤婢還怕收拾不了她嗎？

「太妃娘娘一向看重四少爺，小姐不如放下身段，給四少爺陪個禮，和好了不是很好？這樣鬧下去於小姐沒有好處，反會教下人嚼舌根子。」

自從銀屏那事，杭天曜甩袖而去，之後就沒回來過。葉嬤嬤是大家族裡生存的人，什麼男女情愛之類的都是不信的，只信自己的手腕，信權勢錢財。她就擔心風荷性子倔，不肯服軟，杭四少的支持是風荷在杭家最好的靠山啊。

「嬤嬤，我懂。只我若坐視不理，不知有多少丫鬟有樣學樣，一個個欺到我頭上來。妳也不用擔心，爺不是那種人，嬤嬤覺得，銀屏比得上柔姨娘？還是比得上媚姨娘？」風荷當然明白葉嬤嬤的顧慮，那沒有錯，可惜大家都錯誤估計了杭四少，以為他是個眼裡只有美色的人。

葉嬤嬤一想，也是這話，銀屏生得再好還能及得上小姐不成，姑爺不是沒有斥責小姐嗎？如此，她也就不再相勸，小姐向來都有自己的主意。

到午飯時候，風荷命眾人先停了，吃了午飯繼續。

沈烟悄悄回報說有一幅夏奎的「西湖柳霆圖」應該是假的，倒不是沈烟還懂鑑賞古畫，只因她在風荷的陪嫁裡看到過一幅一模一樣的畫，就仔細瞧了瞧。雲暮檢視綢緞，有好些放得太久，又沒有好生保養，都發霉了。還有一對汝窯天青釉的梅瓶上有裂縫，其他倒是沒什麼問題。

這些，杭家的主子們是否知情，風荷還拿不定主意，但她可不會替她們隱藏，回頭弄成了自己的錯。

大夥人忙到近酉時，總算把所有庫房藏品清點了一遍，風荷讓大夥兒散了，明日辰時正再來。

第三十六章　真假心意

晚間，風荷陪著太妃用了晚飯，還沒吃茶，王妃就帶了賀氏一起來請安，與她們一同來的還有三爺、五爺。

太妃一見五爺，便以為是蔣氏那邊有什麼不好，忙忙問道：「你媳婦可還好，你不陪著她過來做什麼？」

「祖母顯見是有了孫媳就不待見孫子了，孫子幾日不曾來與祖母請安，想得緊。柔玉身子不便，可心裡一直記掛著祖母，吃了晚飯就催著我過來呢。」五爺眉眼間與王妃很像，他又是嬌生慣養長大的，脾性很是溫和，像個沒長大的孩子。反是杭瑩與王妃生得不十分像，倒有些王爺的風骨，是以得王爺寵愛不同旁人。

「真是個好孩子。天長日久的，她在房裡怕是悶得無聊，你多陪著她些，別整日出去與他們吃酒作耍的。呵呵，是我多嘴了，你不像你四哥，跟個沒籠頭的馬似的，十天半月不見人影。」太妃雖是在埋怨杭四，可是聽著總有股親暱的味道，那是其他幾個孫子女從來不曾享受到的。

端惠托著茶盞，王妃親自端了送到炕桌上，嘴裡笑道：「小五不會說話，不比他四哥，朋友多應酬多。我恍惚聽說他昨晚沒有回府？現在人在哪兒呢？」後半句話卻是對風荷說的。

風荷跪坐在炕上，正與太妃捶著肩膀，聞言，忙坐直了身子回話。「是的。平野方才來回過媳婦，說是嘉郡王府的蕭表弟留他說話，怕是明兒才能回來給祖母、母妃請安。」

她的話音未落，坐在椅子上沒怎麼說話的三爺杭天瑾目光忽閃，認真地打量了風荷一眼。老四的性情他最是清楚，從來不喜別人干涉他的自由，去了哪裡多幾天回來從不肯與人說，也就偶爾太妃問起的時候答上一、二，更不會主動差人回來報信。連他們這些做兄弟的，都可能連著一個月都沒有與他照面。

下人們不是傳說昨天早上為了一個婢女，弟妹把他得罪了嗎，當場拂袖而去，一夜不歸，又怎麼會特意差人回來呢？這，不像老四的一貫作風啊。聯想起那日看到老四親自抱著風荷下車的場景，杭天瑾越發疑惑起來，即使這個新媳婦美貌無人能及，也不可能還沒圓房就讓老四為她改變吧？

太妃也是驚訝，不過更多是驚喜，呵呵大笑。「果然娶了媳婦就長大了，知道不叫媳婦為他擔心。好，好。他與蕭尚那是從小的交情，留在王府妳就儘管放心吧。」

風荷亦是笑著應是。

太妃又問起王爺。「王爺這幾日都忙些什麼呢？還沒回來嗎？」

「本來已經回來了，晚飯前宮裡來了人，皇上召見，忙忙去了。」王妃低眉順眼，頗為恭敬。

風荷不由在心下暗暗佩服，想王妃當年也是侯府千金，又有太皇太后做靠山，換了他人還不知怎麼拿大呢。偏她當了十多年王妃，在太妃面前永遠像個小媳婦一般，這樣的忍勁可不是每個人都有的。

「哦？知不知道是什麼事？」太妃一聽，難免有些焦急。杭家貴為郡王府，又出了個皇后，甚得皇上信任，越是這樣越發要謹慎小心，被人拿住了把柄，杭家、皇后、太子都不會有好日子過。

「母妃別擔心。王爺想著應該是年終祭祖之事，好似恭親王也得了皇上宣召。」看得出來，王爺與王妃感情不錯，這些事都不瞞著她。

太妃點頭，止了風荷為她捶腿的手，笑著拉她邊上坐下，關切的問道：「第一次料理家務覺得怎麼樣？累了一天還來伺候我這老婆子，回頭老四知道就該說我苛待新媳婦了。」

眾人都是笑起來，風荷微微有些汗顏，那爺才懶得計較她死活呢，卻不得不作出嬌羞的樣子，偎著太妃輕喚。「祖母。」隨即正了正神色，下炕起身與王妃說道：「母妃，今兒我們整理庫房時，發現綢緞布料太多，有些都是十來年前的，白放著也是霉壞了，是以我把它們都單獨清了出來。」

「這些年都忙，我也懶得去打理，倒是忘了這一遭，要不是妳有心，怕是把好的都帶累壞了。妳做得很好，那些也沒什麼用了，扔了卻又有些可惜。」王妃凝神細想，看向太妃。

「不如把勉強能用的賜給下人，實在不像樣的就算了。」太妃建議。

「就依母妃說的。老四媳婦，其他還有不對的嗎？」聽女人說起家裡瑣事，五爺杭天睿就有些不耐煩了，與三爺使眼色，偏三爺只當沒看見。

風荷忙是笑道：「祖母常與我說母妃辦事麻利又細緻，我一看，那麼大個庫房，母妃卻能分門別類打理得井井有條，真是太不簡單了，我是看著就頭暈。有一對汝窯天青釉的梅瓶，也不知是不是下人們幹活的時候不仔細，底座上有絲裂縫，我也給揀出來了。怪道人都說夏奎是畫壇大家，我託了母妃的福才能一飽眼福，他的『西湖柳霆圖』真真是好，教人說不出來的味道。」

這一篇子話，聽著似乎有些凌亂，前言不搭後語的，可是在座的都是伶俐人，很快聽出了後邊的用意。

「果真有那麼好？我記得幾年前也見過一次，好似作壽的時候誰家送來的，那時也沒細看，只覺得一般，不及馬遠的有意境。妳既說得這般好，倒是要看看了。」太妃聽得興起，笑著接過話頭。

「茂樹家的，妳跟著四少夫人去把畫取過來，我們大家都開開眼界。母妃記得不錯，那是十年前母妃五十大壽的時候，咱們凌姑爺與大姑奶奶送來的。」人都說王妃記性好，過她眼的東西當下就記在了心裡，看來傳言倒是不差，十年前的事都記得這麼清楚。

風荷領命，帶了茂樹家的和幾個丫鬟媳婦一起去了庫房。

五爺記掛著蔣氏，陪著笑去了，留下三爺與他媳婦陪太妃王妃繼續說笑。

不過一盞茶工夫，風荷幾人重又回來了，大家展開畫細細看起來。太妃王妃對畫道一向無甚研究，看著不過覺得好，三爺才學淵博，琴棋書畫都是通的，他看著漸漸皺了眉。

「祖母、母妃，這幅畫好似有些不對。」

太妃王妃賀氏當即變了臉，怔怔地看著三爺。「你細細說來。」

「孫兒也看過夏奎的其他幾幅畫作，筆法瀟灑飄逸卻又不失法度嚴謹，他平生少見這樣的大作，前人讚他如臨其境，畫面給人迷茫的江南煙雨之感。可是這幅畫，孫兒以為用筆艱澀，線條不流暢，頗具匠氣，一點都沒有大畫家行筆如雲的風度。」三爺娓娓道來，他雖不去考功名，但是一身才學那是京城年輕子弟景仰的，他說不對那就定是有問題。

「你的意思這是幅假畫了？」太妃語氣不是很好，任誰知道女兒女婿送的壽禮是假的都不會開心，即使不是親生的女兒，好歹自己從沒有虧待過她。

三爺又細細研究了一會兒，才沈聲應道：「孫兒以為尚有可疑之處，或者送去請畫院的師傅鑑別一下，他們功力深厚，見解肯定強過孫兒。」

「罷了，假的就假吧。媳婦妳好生收起來，千萬別不小心送了人，那可鬧個大笑話。」畢竟這也是家醜，太妃寧願錯失好畫，也不想京城傳聞這樣的醜事。

「兒媳明白。這要多虧老四媳婦了，若不是她提起，怕是我過幾天就當了節禮送了人呢。」王妃對風荷微微而笑，似乎很讚賞。

三爺杭天瑾悄悄瞥了一眼風荷，事情真的就那麼巧不成？庫房裡多少名家大作，比夏奎有名的多了去了，偏被她挑了這幅說事，到頭來卻是假的。可是風荷眼裡滿是訝異，神色間有些懊惱的樣子又不像是裝的。

等到王妃帶著賀氏、三爺離開之後，風荷居然向太妃跪下。「祖母，孫媳知錯，請祖母責罰。」

「這是怎麼說的？快起來，你們都出去吧。」屋子裡只剩下太妃與風荷二人。

風荷摟著太妃的胳膊，附在她耳邊悄聲說道：「祖母，其實真的畫在我手上，那是我母親當年的陪嫁，這次給了我，不過沒有上嫁妝單子。我，我怕以後有人發現畫是假的，扯到我身上，才這樣的。祖母。」

太妃先是愣了半刻，很快笑了起來，在風荷額頭上點了點，笑罵：「妳這個鬼靈精，可得把畫藏好了，免得以後掏澄出來。」太妃其實是很滿意的，這個丫頭，是個明白人，不但做事細心，而且不是那單純可欺的，懂得保護自己，把危險掐死在了萌芽狀態。哎，是不是華欣在天上看到自己的兒子一個個有危險，如今只剩下老四一個，才派了風荷來保護他呢。

太妃心中明白，風荷把事情真相告訴她就是為了向她示好，表忠心，一箭雙鵰呢。

第三十七章 狡兔三窟

回了凝霜院，風荷並沒有很快歇息，她之前囑咐了沈烟、雲碧二人對照著前兩年的單子，把今年的單子擬出來。現在，她還要自己琢磨琢磨，明兒一早就請王妃定奪。她不傻，自己不過是個跑腿費力的，真什麼都不去回報自己作了決定，王妃一定不會樂意。

而且，她不能把事情辦得太好了，總得找點漏洞等著王妃去填補，人太能幹了難免招人嫉妒。

第二日早晨，王妃看了她的單子很是滿意，當著太妃、賀氏、蔣氏的面把她誇了又誇。蔣氏今天覺得身子挺好，天氣也放晴了，就跟了王妃一塊兒來請安。

賀氏依舊在一旁服侍，臉上一直維持著敦厚的笑容。蔣氏倒有幾分不快了，她進門之後王妃還沒有教過她管家呢，現在自己懷了身孕反被風荷占了便宜，她心下很有些不舒服，說話陰陽怪氣的。「四嫂與我一般的年紀，卻這麼能幹，四哥真是好福氣啊。」

「妳也很好，懂得為小五開枝散葉了。」太妃這是給風荷解圍，蔣氏的脾氣她是瞭解幾分的，公侯千金嬌慣些，卻不是心機深重之人。

這話一說，蔣氏登時紅了臉，低頭扭著衣帶不再開口。

太妃見此，也就不再多說，轉而問賀氏。「天冷了，也別逼著慎哥兒和丹姊兒每日去上學。我看就快過年，臘月初七就停了吧。小孩子家的，還是要多玩多鬧才討人喜。」

三爺和賀氏現有一子一女，分別九歲和七歲，請了先生在家啟蒙。三爺兩口子都是愛讀書的人，教的一雙兒女也喜讀書，每日匆匆與太妃請了安就去上學，風雨無阻的。自女兒出世之後，三爺倒是到現在也沒有別的所出，他雖有兩個妾室，卻不常搭理，形同虛設一般，獨與賀氏相敬如賓，一時傳為一段美談。

三爺的生母方氏側妃，貌美與王妃不相上下，性子恬淡，喜歡作詩彈琴，閒常不出來，只是待在屋子裡。王爺與她也算得上少年夫妻，每月總有幾日在她那裡過的，與她詩酒相和。因她不爭不搶，王妃倒不甚在意。三爺其實還有一個胞妹，娘家閨名作杭芙，嫁與了忠勤伯之嫡子。

賀氏聞言，忙恭聲應是。「孫媳會轉告三爺的。」

從太妃那裡出來，風荷直接帶了人去庫房，將任務分派了下去，自己坐著看下人們忙活。午飯之後，葉嬷嬷領了女兒葉舒一同來拜見風荷，風荷把庫房之事交與了沈烟，自己回凝霜院。

見了禮之後，風荷請她們坐，笑道：「我就算著妳們這幾日要來，只沒想到是今日，以為還要過兩日呢。懷遠哥哥呢？」

葉舒喜笑顏開的，蛾眉淡掃，襯得她愈加成熟嫵媚。「王府內院的，就他那樣子怎麼好進來，左右我來回了少夫人也是一樣的。少夫人大喜，我們也不得見見，心裡念得慌，等不及到臘月就過來了。好在莊子裡過了忙時，正是最閒的時候。」

「那敢情好，妳們今兒就別出城了，懷遠哥哥去臨江院住一晚，姊姊就在這裡陪著我說說話。我許多時沒有去莊子裡，倒是想明年開了春去走走。」雲暮依著風荷的主意做了一個極大的靠枕，滿滿的棉花，歪在上面暖和又舒適，風荷整個人都陷在了裡邊。

「我也有幾年不得與少夫人親近了，就怕少夫人嫌棄我。這是今年所有的收益，一共一千六百兩，還有一些野物請少夫人嚐嚐，是我婆婆自己侍弄的，乾淨得很，都不假人之手。」葉舒笑著從隨身的石青色小包袱裡取出一疊銀票和一本小帳本。

風荷並不接銀票，只是揀了帳本翻看，前邊記著各項支出收益，一樣樣記得清楚明瞭，字卻有些歪歪扭扭的。後半邊兩張紙上記著送來的東西——兩石胭脂米、兩石碧粳米、兩石麥子、整羊四頭、野豬四頭、野雞野鴨野兔各十隻、醃製的瓜菜若干。莊子裡並不主產這些，不過閒來無事養著玩兒的，讓風荷有個野味嚐嚐。

風荷噗哧笑道：「往年都是姊姊記的帳，一手小楷漂亮得很，今年這怕是懷遠哥哥的手筆吧？」

「什麼都瞞不過少夫人。就他那字，連我都看不下去，可他就是不信，非要寫出來請少夫人給評評，與我爭個高下。」葉舒亦是捂了嘴笑，她是自小跟著風荷的，讀書識字與小姐一樣，許多寒門的小姐還及不上她呢。林懷遠打小長在莊子上，不過個鄉下的私塾先生教幾個字，這些年葉舒閒下來也教他些，他就自以為不錯了，搶著寫帳本。

全是一百兩一張的銀票，京城最有名的大豐錢莊兌出來的，風荷將銀票推還給了葉舒，又命含秋去內室把她梳妝檯上一個紫檀的盒子取來。從裡邊一共數了一千五百兩的銀票，一併交給葉舒，說道：「三千兩銀子，妳拿出去，在莊子附近再置個千來畝的田莊。你們莊子的風景好，我打算在那裡建個小別院，閒暇時候出去散散悶，過了年會命人把圖紙送過去的，這先不急。

「剩下一百兩，你們留著好生過年，別給我省錢。回頭還有幾百兩碎銀子，妳出去的時候叫人給妳送上車，全部鑄成五錢、八錢一個的銀錁子，過年時賞給莊子裡做活的農人們。」

葉舒一面聽著，一面點頭應是，重新把銀票一塊兒收了。「少夫人還是這麼大手大腳的，咱們都得了應拿的月銀，已經比外頭別的莊子好多了，還這麼賞賜我們。往後少夫人用錢的地方多著呢，自己也該多留著些，只管惦記著我們作甚？」

「我倒是吃力不討好了。我如今好歹是王府少夫人，還能少了吃的喝的？妳甭為我操心。送來的東西，我這邊也用不了多少，就留下一半，剩下一半妳們依舊送去臨江院，也叫他們過個好年。」風荷笑著去擰葉舒的腮幫子，看得大家都是抿嘴而笑。

葉舒放心不下家裡的小子，怕關了城門，不敢多留，卸下東西就辭別了風荷，急著去臨江院交代清楚。

當日，並沒有把庫房那邊完全理好，這次不比昨日對帳，對帳只要一樣樣看過就好，今兒卻得把要用的東西都清洗乾淨。庫房裡堆了那麼久，許多東西都沾滿了灰塵，不做一番清潔工作怎麼能拿出去用。

第二日又忙亂了一天，直到晚飯前總算鬧了明白。只風荷並沒有放心，想著絕不能在最後關頭出事，加派了人手守著庫房。派的是前日的王嬸子和吳嫂子。

朦朦朧朧睡著，忽然驚聞外邊嘈雜凌亂的響聲，風荷一驚，趕忙起身。沈烟衣衫不整，不及叫門就跑了進來。「少夫人，庫房走水了。」

第三十八章　覆手為雨

聽說庫房走水，風荷心中大驚，面上卻沒有表現出來，很快跳下了床，抓了衣服套上，神色嚴肅。「有沒有派人去救火，什麼時辰？」

「申時末酉時初，再有一會兒就天亮了。雲碧、雲暮已經帶了人趕過去了。」沈烟一聽庫房失火就知要糟，少夫人才管著庫房就出事了，責任極易安到少夫人頭上，一向沈穩的她免不了慌亂起來。現在見風荷這麼鎮定，強自穩住心神，一面伺候風荷穿衣，一面回話。

風荷等不及熱水，直接用冷水梳洗了一下，簡單綰起頭髮，披上大紅羽紗面白狐狸裡的鶴氅，蹬上掐金挖雲紅香羊皮小靴。遠遠向東望過去，即便天色陰黑，依然能看到隱約的火光。院子裡多半的人都被雲碧帶過去了，剩下幾個等著風荷吩咐，風荷命道：「沈烟，妳去茜紗閣找端姨娘，和她一同去太妃院裡借幾個人使。含秋，我們去庫房。」

沈烟愣了一愣，很快就提起裙子出了角門，向茜紗閣跑去。她雖是風荷身邊得力的大丫鬟，但少夫人出嫁過來沒有幾日，太妃院子裡的人還不熟，而端姨娘是太妃身邊出來的，想來太妃院子裡沒有幾個敢不賣她面子。關鍵是端姨娘願不願意幫少夫人這個忙，若她乘機落井下石就糟了，指望她還是個明白人。不過少夫人既然讓自己去請她，必然是有幾分把握的。

小丫鬟提著明瓦燈籠，風荷扶了含秋的肩膀，快步向庫房行去，離得越近火光越是明顯。算來，王府裡離庫房最近的算得上她們凝霜院了，餘下就是流鶯閣，是以她們能趕在所有人之前到。

果然，風荷到的時候除了留守庫房的就是凝霜院的僕從了。大火似乎是從庫房靠西的一個房間著起來的，那裡火勢最旺，現在已經有隔壁兩個房間都被燒著了。若非是冬日沒有風，而且屋頂上還有積雪，這火就有些不堪設想了。好在，火沒有她想像的嚴重，還在可以控制的範圍內，應該是發現和搶救得及時的緣故。

丫鬟僕婦們抬水的抬水、滅火的滅火，忙亂得不可開交。雲碧、雲暮多少學了點風荷的手腕，雖然慌張，但沒失了大譜，她們倆一人負責督促僕從抬水，一人看著滅火。

風荷回神想了想，起火的房間是個放綢緞的，再往西那個放著的卻是那些發了霉的綢緞，而往東的房間依次是擺設器皿。她當即高聲喝令。「所有人都集中去東邊滅火，絕不能讓火勢延伸過去，西邊先不管。」

眾人見是她到了，都放下了不少心，庫房起火這樣的大事，她們一個都別想脫了干係，說不定是個大罪，現在有主子出來指揮多少能好些。聞言立時明白了風荷的意思，所有的水都向著東邊那間著火的房間潑去。西邊沒有多少值錢什物，燒了好歹好些，如果任由火勢蔓延，損失不可設想。

但這些都是內院的丫鬟婆子，本來力氣就不大，這個時候又混亂，只能勉強壓制住了火勢，卻一時間無法將火撲滅。

王嬸子擠在滅火的人群裡，突然丟下水桶，跑到風荷跟前急切的說道：「少夫人，後邊就是花園子了，那裡有不少照管巡夜的婆子，不如把她們都召來？」她女兒是後園灑掃的，是以想到了她們，今晚是她值夜，這個責任是跑不了了，唯一能想到的就是快點滅了火。

風荷知道後園離這裡只有一堵矮牆了，當即點頭讚她。「王嬸子，還是妳鎮定，那就煩勞妳走一趟了。雲碧，妳跟王嬸子一起去，這裡我來。」她這是怕王嬸子性子弱，守園門的人不放行，雲碧是出了名的暴烈性子，若她想要出去沒人能阻擋得了。

雲碧當即跟了王嬸子匆匆而去。

晨光熹微，東邊的天空泛起了青白色，清冷而又孤絕，大家的視線越發清晰起來。

沈烟、端姨娘領著太妃院子裡的十來個人，一個個提著水桶，焦急的往這邊跑。端姨娘只來得及套了一件月白緞子繡紅梅花的長袍冬衣，頭髮也不及梳，冷靜的說道：「少夫人，太妃娘娘已經被驚動了，想來一會子就會過來。」

「妳辛苦了，大半夜的驚醒妳。」風荷對她微微淺笑，聲音裡充滿真誠。

端姨娘認真看了風荷一眼，心下就有幾分佩服起來，旁的夫人小姐們看到這樣大的火勢不是嚇得躲起來就是哭了，她卻面色不改，甚至這時候還不忘梳妝打扮，就這樣站在院子裡指揮滅火。這份勇敢這份魄力，足以配得上少爺了。

太妃的人、後園的人趕來，加到一處就有五、六十人了，火勢漸漸轉小，露出了焦黑枯敗的房屋輪廓，嗆鼻的煙味燻得人難受。

「少夫人，太妃娘娘、王爺王妃娘娘來了。」沈烟悄聲回稟。

風荷回頭，一大群人簇擁著滿臉焦色的太妃，腳步急促。走在最前邊的是王爺，一身青色便服，王妃、賀氏左右攙扶著太妃，旁邊跟著三少爺杭天瑾。

風荷趕忙迎上前，與眾人行禮。

太妃急得一把擁住風荷，含著哭音。「孩子，這麼大的事應該請妳父王、母妃、兄長們一塊兒解決，妳怎麼一個人就來了，沒有嚇壞吧。快讓祖母看看，哪裡傷著了沒有？」

一句話噎住了想要詢問或是斥責的所有話，太妃可是擺明了要護著這個孫媳婦，把所有責任都推了開去。想想也不是沒有理，雖然王妃讓風荷打理庫房之事，可那也只是打打下手，失火這樣的大事，難道還是她一個小孩子家的就管得了的？她能在這麼短時間內反應過來，組織人救火，那已經是很不錯了。

「祖母，孫媳很好。只是庫房損失慘重，都是孫媳的錯，沒有派人好生守著。」風荷會意，當即汪上滿眼的淚，撲到太妃懷裡輕聲嗚咽，小小的身子輕輕顫抖，顯見是嚇得不輕。

這副樣子，誰還好意思責備她一句，都隨著太妃安慰她。

說話間火已經滅了。

一共有四間屋子著了火，兩間比較嚴重，幾乎化為廢墟，餘下兩間塌了，不過估計箱子裡的東西可能倖存下來。

王妃詢問王爺和太妃的意思。「母妃、王爺，是不是著人清理一下現場，看看有沒有完好的？」

王爺正欲答應，風荷焦急，只得搶著說道：「要不要先查一下起火原因？」一旦被翻動過了，要想查出禍因就沒指望了，現在要做的是保護這裡的一切。這是天災還是人禍，那還兩說呢，風荷很懷疑這樣大雪未化、從沒有發生過火災的地方，自己一接手就出了事。

「這話很是。大冷天的，地上積雪都未融化，怎麼就走了水？必須要徹查一番。」太妃冷冷看了一眼殘敗的廢墟，沒來由的一陣惱火，真當她老了不成，在她眼皮子底下做起了小動作。太妃可不相信這會是一場天災，這樣的壞事總不至於每次都降臨到王府嫡系一脈身上吧。

「母妃說得是。兒子會派人小心查驗的。」除了在立誰為世子這件事上，王爺是從來不會駁斥太妃的話的。

「我看也不用下邊人，這裡到底是內院，離老五那邊又近，嚇了他媳婦可不好。老三在這兒，這事由他去查最好。」太妃的目光停留在杭天瑾身上，似乎對他頗為欣賞的意思。

王爺一向喜歡這個兒子，對他讚不絕口的，當然沒有意見。

三爺杭天瑾幾不可見的瞟了風荷一眼，點頭領命。這個女子，果然不簡單，庫房失火這樣的大事，她竟然沒有慌亂躲避，反而領著人前來滅火，在不需王爺、太妃的支持下就將事情擺平了。而且，很容易扣到她頭上的罪名，轉眼之間成了她的委屈，博得了太妃更多的憐愛。這樣迅疾的反應，試問有幾個女子能做到？

王爺勸著太妃。「母妃，這裡正亂得很，就讓兒子先送母妃回房吧，餘下的事瑾兒會料理好的。」

太妃撫摸著風荷的粉頰，含笑應道：「這裡有他們爺們，咱們娘幾個還是回去用了早飯再說吧。看這小臉，凍得通紅，冰冷冰冷的，跟祖母回去熱熱的洗一洗。」

身後傳來雜亂的腳步聲，一個尖厲刻薄的聲音倏忽響起——

「哎呀，庫房竟被燒成了這個樣子，一多半的東西都被燒了，這得有多少損失呢？」

第三十九章 眾人責難

太妃原本決定一力壓下庫房走水的事，竟有人忽然跳了出來。

這人不是別人，是二房夫人沈氏。同來的卻不止她一個，二老爺、四房老爺和夫人、五老爺和夫人，除了三夫人，各房的人都來了。不但來得快而且齊全，莫不是商量好的？

二夫人故作誇張的張望著庫房，又是捶胸又是頓足的。「這是怎麼說的？好端端的怎麼就走了水？大年下的多不吉利，何況年節中要用的東西就這樣沒了，往後的日子怎麼過呢？」她一面說話，一面卻只管拿眼覷著風荷。

「沒見上百個下人僕婦們在看著嗎？也不怕失了太太夫人的體統，叫小輩們看著也不像。」這絕對是太妃少見的凌厲語氣，太妃年輕時也是個爽快人，後來年紀大了，又經歷了兒媳孫子的事，心境慢慢淡了下來，成了個佛爺般的人物。可是骨子裡的驕傲依然不容人褻瀆一分，她心裡本就有氣，二夫人這明擺著是往刀口上撞呢。

沈氏噤了口，訕訕地退後一步，面上神色卻是頗不服氣，偷偷給二老爺使眼色。二老爺是個膽小的，夫人面前不敢多說一句話少行一步路，可是他對太妃更是打小積累的怵。

「母妃，兒媳先服侍您回房吧。」五夫人雖是侯府出身，可父親兄長手上並沒多少實權，倒是溫良敦厚，對太妃恭敬有加。即便這些年五爺掌控了王府外邊一半的產業，她依然不驕不躁，謙和有禮。

太妃點點頭，扶了風荷與她的手往回走，王妃吩咐了幾句丫鬟們好生看著庫房，也急忙趕上，其餘人都不敢脫滑，一齊跟著去了。

進了屋子，撲面的溫暖芳香，太妃擺擺手，命道：「先用飯吧。端惠，叫人把飯菜都傳到這裡來，今兒都在這兒用吧。小五媳婦就別叫她過來了，把我那個糖蒸酥酪給她送一份過去，讓五少爺陪著他媳婦吃飯，不用來請安。」

端惠依言退下，分別吩咐下去。

趁著催飯的空檔，太妃讓風荷就在她自己的臥房稍微梳洗一下，換身衣裳。雲碧俐落，很快帶了小丫頭回凝霜院取乾淨的衣裳過來。

恰逢三夫人來與太妃請安，笑著道：「就讓我進去陪侄媳婦梳洗吧。」太妃似乎極為高興，連連應是。

三夫人挽著風荷的手向裡間走，沈烟忙跟上，自有太妃屋裡的丫鬟打了熱水過來。跟著伺候風荷的是楚妍，她身段苗條，行動如柳，與沈烟一道給風荷脫下外邊的大衣裳，邊道：「四少夫人真厲害，那樣的場面都不怕，奴婢遠遠望見就嚇了個半死呢。」

「呵呵，四少夫人不厲害，母妃還會替老四求娶了她嗎？妳呀也犯起了傻。」三夫人坐在炕沿上，抿嘴而笑。

「夫人也打趣起奴婢了不成？莫說是奴婢，連太妃娘娘都對四少夫人另眼相看呢。」楚妍是太妃身邊的人，說話自然要大方些，不是那等孱弱扭捏的。

風荷拍著自己的胸脯，小聲說道：「三嬸那是沒看見，我當時嚇得腳都軟了，好在祖母與父王、母妃來得快，不然還不知怎麼收場呢。」

三夫人不由暗讚，真是個明白的，不把功勞往自己身上攬，都推給了太妃。在這樣的深水潭裡想要立足，就得會裝傻，太拔尖了沒有好下場。想起自己新婚一年就離世的夫君，心裡一陣酸澀，那時候他們都太年輕太單純，沒有看破這一點，以至於釀成那樣的結局。

「哎喲，看我都忘了。沈烟，昨兒叫妳找出來的那幾疋緞子找到了嗎？趁著這回三嬸在，妳去拿來，回頭咱們直接去三嬸那裡。」風荷估摸著雲碧很快就要到了，暗中給沈烟使了一個眼色。

沈烟心中一動，當即退下。三夫人詫異問道：「什麼緞子？」

「人人都說三嬸針線功夫好，我是不行的，就想跟著三嬸學點微末功夫。還有幾疋素淨的緞子，是我陪嫁時帶來的，都是江南一帶前幾年的花樣，我想著三嬸和大嫂可能喜歡，就讓丫鬟們揀出來了。」雲碧進來，服侍風荷換上一身淺紫鑲纏枝玉蘭花鑲兩指寬的明紫緞寬邊斜襟長襖，沙綠色削金拖泥馬面裙，使得風荷原本纖細的腰肢更覺柔軟，淡雅的顏色襯得人楚楚可憐的。

「妳呀，留著自己用或是送人都行，我那裡的緞子還多著呢。」三夫人本看在女兒的面上就喜歡風荷，尤其風荷清純中不失機敏，言語裡對她又依賴信任，倒是產生了真正的愛憐情緒。

「那是三嬸自己的，這是我的心意。」風荷攙了三夫人的手，兩人並肩往正屋那邊走。這麼久，怕是不少人都等急了。

王妃正在指點著下人們調停桌椅，安設碗筷。太妃見她們出來了，笑呵呵地在首位坐下，讓大家都坐。雖有人心裡急著，可不敢在吃飯時攪鬧，只得耐著性子吃了飯再說。

下人們一撤下飯桌，二老爺就在二夫人不斷威脅下，弱弱地問道：「母妃，庫房不是一向都沒事嗎？怎麼昨晚好好的走了水？」

「這事已經交由老三去調查了，想來過幾日就有消息了。」太妃淡淡說著，犀利的目光掃過廳中所有人，不只老二一家急吧，大清早的沒用早飯就過來，她不信誰就不急。

果然，五老爺接了話茬子。「母妃，到底有多少損失，有沒有估算出來？」

「火滅了不過半個時辰，哪裡顧得上。」太妃往日早飯後都要喝一盞橘子水，今兒也不例外，而且是王妃親自送到她手上的。

「母妃，要不媳婦與王嫂一塊兒過去清點一番？」二夫人忍不住又當了出頭的椽子。

太妃的橘子水都沒有喝完，就重重頓在桌上，沈聲道：「妳急什麼？都說了等老三查明了情況再說，咱們府裡難道還缺那麼點子東西不成？」

四夫人從來都是高傲冷漠的樣子，在太妃面前都少有奉承的時候，她平靜的坐在椅子上，撇了撇嘴角，笑著道：「母妃，話不是這麼說的。五弟也是著急大年時不夠用，好先去預備著。咱們現在雖然住在西邊府裡，可好歹沒有分家，問一句還有錯了不成？莫非，就老四與他媳婦是母妃的孫子孫媳，我們天瞻天銓就不是了？」

四夫人傲氣不假，但這樣與太妃說話還是第一次，儼然不孝不敬，惹得四老爺對她狠瞪，她卻渾然不覺。

太妃尊貴一世，還從來不曾受過這樣氣，一下子被噎得脹紅了臉。王爺見狀，很有些怪罪四夫人，可他是大伯子不好教訓弟媳，只得去看王妃，偏王妃背著他沒看見。

風荷知道太妃這是護著她，她頗有些感動，卻不忍心讓一個老人為她受氣，輕輕走了出來，立在中間，朱唇輕啟。「祖母，孫媳大略能估算得出這次損失了多少。」

「哼，老四媳婦，妳都沒看呢，怎麼估算出來？年輕也不能說這樣大話，我們可都是妳的長輩。」二夫人冷冷刺著，還沒找她麻煩她倒是自己送了上來，都不用自己費力。

「二嬸，這幾日是我替母妃打理庫房之事，走水的幾個房間有些什麼東西，我手上都是有清單的，一對就知。」風荷沒打算能與二夫人和平共處，衝著老太太的原因那也不可能。

「什麼？母妃，這是怎麼回事？老四他媳婦嫁過來才幾日，年紀又小，怎麼能把庫房這麼重要的地方交到她手裡，這不正出事了嗎？」二夫人彷彿受了天大的驚嚇，唰的從椅子上跳了起來。

王爺極少關注後院的事，也沒聽說風荷接手庫房一事，衝著王妃問道：「什麼時候的事？我竟不知道。」

王妃含笑，一點都不見出事之後的焦急。「還不是我最近太忙，顧不過來，老三媳婦又要照顧兩個孩子，小五媳婦有了身子，只得求母妃把老四媳婦借我用幾日。誰知道這麼巧，就遇上了這樣的事，反叫老四媳婦跟著受累受委屈。」

王爺沒有再說，輕輕點了點頭。

五老爺對錢財向來上心，當即就很有些不滿，抱怨起來。「母妃，老四他媳婦那麼小，對府裡的事還不瞭解，豈能貿然讓她接手，總得歷練幾年嘛。」

「若說這是天災，那與是不是老四媳婦管著有什麼區別，倘若這是人禍，更不關老四媳婦的事了。何況她一聽到走水，就搶在我們所有人前面，組織下人撲滅了火，保住了剩下的東西，這難道還不夠嗎？換了你們，還不定能比她強多少呢。」太妃坐直身子，威嚴頓生，說起話來毫不留情，一個個打的好算盤，可惜錯估了老四媳婦的能力。

風荷接手庫房沒幾日，庫房就出了事，這對她的能力而言是一個極大的否定，日後太妃想要讓她理家，旁人就有了藉口阻撓。老四與他媳婦都遭到了否定，那麼他們繼承王位的可能性就更小了。這局棋布得還真是好，不惜拿整個庫房做賭注，還真狠得下心。

第四十章　杭四回護

四夫人嬌笑出聲，掩著嘴問道：「母妃也太偏心了。老四媳婦年幼，不罰她就算了，可也不能一味偏袒。損失多少都是回不來了，咱們也不好叫她一個晚輩媳婦補上，不過我看庫房這樣的地方，日後還是別叫她插手了。王嫂想教兒媳婦理家，老三媳婦不是個人？連母妃都常讚她穩重妥貼，保管不會出這樣的事。」

她的話音未落，賀氏就慌張的站了起來，小心翼翼地看著太妃，表明這事與她無關。恭親王府和錦安伯府是上一輩的姻親，恭親王府不嫌錦安伯府門楣低，對他們一直照應。賀氏進門之後，既念著兩家舊情，賀氏又是個勤謹會做人的，四夫人對她還算不錯，比其他幾個侄兒媳婦看得上眼多了。

太妃縱使不滿，也不好多說，只是道：「慎哥兒和丹姊兒身嬌體弱的，老三媳婦照料兩個孩子都忙不過來，哪裡騰得出手。」

「母妃，不管怎麼說，老四媳婦這次都是擔了責任的，庫房大火即便不是她的錯，也是她管理不嚴以至於出了差錯。媳婦看，還是把庫房交給其他人算了，老四媳婦能管好老四就夠了。」四夫人今天確有些不對勁，半點不會看太妃的臉色，不像她平時的機敏善變。

「我不過才走了幾日，就有人欺到我娘子頭上去了，真當爺不曉事不成！」伴隨著驕傲的聲音一同傳來的還有沈穩的腳步聲，杭天曜披著雪狐鑲邊青紅染金舍利皮鶴氅，腳蹬黑色金線紋的靴子，滿身桀驁不馴的氣息。他的目光森冷，語調裹旋著寒冰，背著薄弱的陽光走進來，就如一個王者般不可一世。

若論容貌，先王妃那是美豔絕世，儀態氣度雍容華貴，是以她的三個兒子都得了副好相貌。其中又以四少爺生得最好，不但美而且多了王爺的威嚴，不是杭天瑾的溫潤、杭天睿的單純及得上的。倘若他一直如少年時那般，相信這個王位早就落到他頭上了。說起來也是可惜了，四少爺自己把到手的王位送了出去。

雖然大家一時間都有些反應不及，但都聽出來他這是護著董風荷了。尤其他先是握了風荷的手，才與她一同給太妃請安的那一刻，眾人都是既迷茫又糊塗。

或許因為過去對杭天曜寄予了太多希望，所以他的改變使王爺最難接受，他每見一次杭天曜就得發火，這次也不例外。王爺大怒，喝罵道：「你還知道回來，你還知道你是成了家的人了。你曉事，那你倒是說說，你又去哪裡鬼混了回來？」

「欽兒，孩子好不容易回來你就這麼罵，換了誰都不願回來。你還沒問清楚，怎麼就知道老四去鬼混了，或許有正事也說不定呢。」太妃從來看不得自己寶貝孫子受氣，王爺平時還能忍著，今兒早就蓄了一肚子的火氣，就忘了太妃的袒護。

「母妃，兒子知錯了。可母妃也不必幫他，他什麼時候幹過正事，沒在外頭鬧亂子就夠了。」王爺不敢惹怒太妃，可終究忍不住說出了心裡話，都是母妃太溺愛這個逆子了，不然也不致鬧到這個分上。為了這個兒子，王爺在朝堂上可沒少受人嘲笑，要不是皇上、皇后、太妃壓著，他早就立小五為世子了。

杭天曜輕輕笑著看了風荷一眼，似乎嘲弄她多管閒事惹禍上身，渾然忘記了那日早上兩人的不快。他真沒想到，這個小丫頭這麼能幹，竟趕在所有人之前滅了火，不過還是功力不夠吧，還要自己大早上從被窩裡爬起來救她。杭天曜頗覺得愉快。

不過只有一瞬間，他臉上就換了一副驕傲的面容，直視著王爺說道：「王爺也不必為我動氣，不值得。我這幾日都與蕭尚、青靄在一起，我們要在東大街上開一家酒樓。只我想不到，我娘子嫁過來不過幾日，就惹了誰不成，把一攤亂攤子扔給她，又要使計陷害她，這也是堂堂王府的行事。一大群長她一倍、兩倍的人，一起欺負一個晚輩，還真真是我們杭家的好風骨啊。」

他的每一個字都擲地有聲，若說之前大家還懷疑自己聽錯了，這回是確定他們的杭四少在護著他那個過門沒幾日還沒圓房的妻子了。這於眾人而言，實在太不可思議了些，都不錯眼珠的盯著他們倆看。

這個人，又發什麼神經，自己對他又沒什麼用處，為何總在外人面前裝得對自己很好呢。風荷心中滿是詫異不解，卻不能問不能說，還得擺出一副嬌羞默默的樣子，渾像個小媳婦。

王爺猛地一窒，恍然有些尷尬起來，因著杭天曜的原因，他對這個新兒媳一直沒怎麼看重，剛才也沒有為她說過一句話，讓她一個晚輩自己承受。其實失火之事，確怪不到她頭上，反而是她那麼快救下了火保住了王府的財產，自己對她卻沒有一點安慰。她的年紀也就比瑩兒大上一點點，分明是個孩子呢。

這一來，王爺的滿腔怒意就消散了，變成了自責。

「老四，你誤會了。母妃實在是太忙了，才讓你媳婦幫著母妃的，更想不到會鬧出這樣大的禍事。庫房之事你三哥已經著手去查了，一定不會冤枉了你媳婦的。」王妃的目光掠過王爺，聲音柔和親切，似乎把杭天曜當成了親生兒子待。

「是嗎？要讓我知道有人故意使絆子陷害我娘子，可別怪我不客氣。反正我早沒什麼好名聲了，也不怕再添上一點。不過，三哥太忙，我想讓我身邊的人去幫他。」杭天曜與王妃的關係好像還強過王爺，至少他對王妃說話之時沒有太多怨恨或者不滿，語氣也平和不少。

太妃對孫子的行為很滿意，這是她看中的孫媳婦，孫子覺得好是她最高興的事。只是，為何兩人還沒有圓房呢？下人們都說是風荷惹怒了老四，氣得他幾夜不歸的，這回又為何來幫著風荷呢？年輕人真教人看不懂。

不過太妃已經答應了。「這有什麼難的，你知道派人幫你三哥的忙是好事，誰還會反對不成？好了，鬧了一清早，你們都散了吧，等老三那裡有結果了再說。」

太妃明確下了逐客令，眾人不敢多待，或不滿或滿意的去了。杭天曜的脾氣府裡人最清楚了，他若發起火來那是六親不認的，管你是他的叔叔還是嬸嬸呢，所以各房的人只能暫時作罷，徐徐圖之，他們就不信杭天曜每日不出府。他一走，他那個小娘子還不是任人拿捏的了。

出了院門，杭天曜滿以為風荷會對他報以感激，回去好生哄哄他，他可以考慮放了她。誰承想，他的得意算盤還沒有打完，風荷卻不理他，徑直挽著三夫人的胳膊往前走。

「喂，妳去哪裡？」杭天曜忍了又忍，終於在後邊喊了一聲。

風荷愣了愣，不解的回頭。「爺在叫我嗎？我之前與三嬸約好了去她那裡學習刺繡，爺有什麼事？」

好，好妳個董風荷，妳就不知道感恩圖報嗎？妳還有沒有良心呢？自己可是從熱熱的被窩裡爬起來的，快馬加鞭趕回來救妳，妳難道不會說聲感謝的話嗎？妳不會說妳還不會伺候人啊！夫君回來，妳反去了其他地方，有這樣當妻子的嗎？

杭天曜覺得自己眉毛都要豎起來了，肺都快要氣炸了，偏偏那個罪魁禍首用那樣無辜的眼神看著他，教他有氣沒處使。

「爺若沒有別的吩咐，我就和三嬸去了。對了，銀屏已經送到了茜紗閣，用了藥，爺要是不放心的話可以去看看。」風荷說完，就拉了三夫人去了，氣得杭天曜原地立了半日，方才怔怔地去了茜紗閣端姨娘房裡。

三夫人非常不解，以為是風荷還吃著那個丫頭的醋，拍著她手勸道：「侄媳，妳還年輕，男人都是這樣的，妳要生氣哪還氣得完。當日，我與妳三叔也是相敬如賓的，可是他房裡照樣有幾個人。老四屋裡人雖多，我冷眼看著他對妳還是要不同些的，妳別與他鬧彆扭。女人呢，總得有個男子由妳依靠才行，不比我。」

「三嬸，妳胡說什麼呢？我特地請動妳教我做針線，難道算了不成？左右四爺也沒什麼事，那麼多人伺候著還能凍著了他餓了他不成？」風荷只是一副小兒女情態，存著對男女之事的懵懂。

第四十一章　情愫暗生

午飯之後，董家來了人，是董華辰。

董華辰與太妃相談甚歡，太妃遣了周嬤嬤親自把他送到凝霜院交給風荷。

兩進的院子精巧雅致，隱約有梅花的清冷香氣襲來，如久違的親切味道，驅散了那些淡淡的陌生與疏遠。董華辰忽然發現，無論她怎麼疏遠他，他們之間都有別人比不了的默契，他頓時欣喜起來，有些東西，便是她的夫君，亦是無法分享的，只屬於他們倆的過往。

只要有她在的地方，就有一種天然的獨特韻味，同樣的東西經她的手，就多了別樣的風情。大同小異的廳堂，在他眼裡總是不同的。便是那尋常的粉彩成窯茶碗，都彷彿倒映出了她含笑的嬌顏，照亮了他的心扉。

「大哥。」家常的月白色窄袖短襖，玫紅色滾白狐毛的對襟褂子，粉色的棉綾裙兒，鑲紅寶石的蝴蝶簪子，這是她不常穿的裝扮，只在沒有外人的時候這麼隨意。細膩如瓷的雪白肌膚，烏黑的髮髻，淺笑動人，回眸傾心。是不是，在她心裡，自己始終是自己人？

董華辰的心悄悄飛揚了起來，陰沈了幾個月的心境如被陽光照耀一般，清泉潺潺流過，激起他的每一次心跳。她嫁人與否都不重要，只要她還需要他，他就覺得有意義。

「妹妹，妳還好嗎？」

「我很好，大哥怎麼過來了，是不是家裡有什麼事？」風荷隱隱有些擔心，她怕留在董家的下人沒有盡快得到董夫人的消息，大哥不會無緣無故過來的。

「沒有。我早上聽說杭家走水的消息，怕妳有閃失，特地過來看妳的。妳放心，夫人不知道。」他最瞭解她，最先想到的定是母親為她焦急。

風荷輕笑著坐下，不是上邊的羅漢床，而是董華辰下邊的椅子上，與他一高一低的說話是她不能習慣的。她笑著吃了一口茶，揀起一顆松子細細剝了起來，慢慢敘述事情經過。

董華辰知她愛吃這些小玩意兒，不自覺取了什錦攢心盒子裡的山核桃敲了起來，自己並不吃，都推到風荷面前，蹙眉而問：「看來事情不是那麼巧合呢。有人這麼快就要對妳出手了嗎？妳在這裡孤孤單單的，沒人相助，我真放不下心。」

「好在太妃還是護著我的，暫時倒不怕。」嫁人之後，風荷發現面對董華辰的時候她能自如很多，找回了年幼時的依賴與安心，有些事情不打算瞞著他。

「四少爺呢？怎麼不見？」雖知道杭四少成日在外頭胡鬧，可還是有些希冀的，希冀卻又擔心。

風荷頭都沒抬，專心吃著，尚未回話，含秋就進來回稟。「少夫人，端姨娘來了。」大火之時曾得端姨娘相助，這個情風荷還是念著的，她既這麼有眼色，自己日後也不會虧待了她。端姨娘是個守本分的人，無事不會過來，風荷當即喚了她進來。

「我要不要迴避一下？」董華辰這是怕杭四少的姨娘在他面前搬弄是非，攪得風荷沒有好日子過。

風荷輕搖螓首，笑道：「不用，大哥只管坐著就好。」

聞言，董華辰也不再推辭，繼續給風荷敲核桃的工作。

端姨娘的髮髻梳得一絲不亂，像是才梳的，面上薄施脂粉，微笑著行禮。「奴婢見過少夫人。」說完，她拿眼覷著董華辰，表示她不知該怎麼稱呼。

「這是我大哥。」

端姨娘忙又對華辰行了一禮，隨即才與風荷說道：「少夫人，四少爺說他要出去一趟，叫妳晚上不用等他，他要很晚才回來，可能歇在雪姨娘屋裡。」她說話時有些緊張，任是哪一個本分的姨娘替男主子來回這種話，都是有幾分害怕的。

「我知道了。那妳好生服侍爺出門吧，叫門上的給爺留著門。」風荷微有詫異，卻沒有多問，語笑嫣然。

端姨娘又是一陣怔愣，她頓了一頓，很快退下。

「少夫人在幹什麼？妳見到大舅爺了？」杭天曜有些心急，不等端姨娘進門就問了出來。

端姨娘嚥下心中的苦笑，仔細地回稟。「少夫人正在陪大舅爺說話，大舅爺好像在剝山核桃給少夫人吃。少夫人讓奴婢好生服侍爺出門，還叫門上的記得留門。」

「什麼？大舅爺剝山核桃給少夫人吃，妳沒看錯吧？他們說了什麼？」杭天曜頗有些不滿，與一個外男同屋而待也就算了，還做出這麼親密的舉動，甚至都不知道避著人。

「奴婢進去時少夫人他們沒有說話，是以奴婢不知。奴婢只是看見大舅爺面前一堆核桃殼，少夫人跟前卻是一堆核桃肉，奴婢藉此推測的。」能成為太妃的心腹，再被太妃指給最心愛的孫子，這樣的丫頭若沒二丁點本事，誰都不會相信。

杭天曜輕輕冷哼，他們兄妹之間倒是相親相愛啊，剝核桃都做出來了，眼裡哪還有自己這個夫君。他也不知為什麼，自己會幼稚得讓雨晴去刺探敵情，結果使自己有些酸不溜丟的感覺，滿滿地溢得他發悶。他這時候真想回去把那女人狠狠揍上一頓，不守婦道，可惡。可他不能回去，她都不肯跟自己服個軟，說句好聽的話，自己就把她原諒了，那她以後就更囂張了。

杭天曜生氣之餘，決定晾著她幾日，給她點顏色瞧瞧，抬腳出門。端姨娘看得又是好笑又是心疼，忙忙攆上前，輕聲問道：「爺，披了鶴氅再走？」

「嗯。」他噘著嘴停住腳步，為什麼那個女人就不能跟雨晴一樣溫柔體貼呢？

「爺，晚上真去雪姨娘屋裡嗎？」端姨娘決定還是問問清楚，免得她派人先去知會雪姨娘，回頭雪姨娘沒有等到人，清高的性子又要發作人了。

「那是自然。」即便杭天曜滿心不想去，可是為了賭這口氣還是非去不可。

不料，杭天曜在杭府大門口巧遇了董華辰。

董華辰拱手為禮。「妹夫要出去？」

「是的，你怎麼不再多坐會兒，這就回去了？」杭天曜的語氣略顯冷淡了些。

「妹妹那邊事多，我也只是來看看的，她既都好我也就走了。」董華辰也不計較，這個杭四少可不能同常人一般理論，那是最不講道理的，想到哪裡是哪裡。

「我還能虧待了她不成，勞動大舅爺跑一趟。她能有什麼事？」杭天曜瀟灑的一個翻身上馬，卻不急於走，還耐著性子跟董華辰說話。

董華辰亦是騎了馬來的，他沒學過功夫，但男子漢的，一點騎射功夫還是有的，好歹董家是武將世家，他不是那等嬌慣的公子哥兒。董華辰也不辯解，只是笑道：「有個鋪子裡的管事來回話，我正好有事也就告辭了，倒是沒有見到妹夫。」

杭天曜故意笑得大聲，催馬靠近董華辰的馬，勾了他肩膀笑道：「聽說大哥房裡還沒個可意的人呢，我屋裡正嫌人多，要不要送幾個給大哥使喚使喚，就當小弟的一點心意。大哥若是嘗了女兒滋味，那是再難丟開手的。」他心情好轉，連稱呼都換了過來。

董華辰竟還是個童子，不由暈紅了臉，偏轉了馬頭拒絕。「謝謝妹夫的好意，我要讀書參加春闈，沒那個工夫。」

董華辰亦是個美男子，雖青澀些許，看在杭天曜眼裡就是別樣的滋味了。不知道自己調戲了她大哥，她會不會生氣呢？杭天曜忽然心情大好，嬉笑著去摸華辰的髮絲。「大哥，讀書之事又不在這一日，走，咱們吃酒去。」

「妹夫，請你自重。這可是大門口，來來往往的人多著呢。」董華辰不知是該氣還是該笑，又為風荷不值，嫁與了這樣一個男人她還能幸福嗎？

「哈哈哈，既這樣，那大哥還不快跟我走。小弟我新開了一家酒樓，都是自己人，沒有外人會看見，大哥不需操心。」杭天曜說完，就用馬鞭在董華辰的馬上拍了一下。

董華辰忙穩住了身子，氣恨地回頭瞪著杭天曜。

第四十二章　欲加之罪

空氣陰冷陰冷的，北風時而呼嘯而過，吹起滿院的樹枝咯吱聲。許是因為名字的原因，風荷喜歡夏天，她喜歡夏日清晨絢麗的朝霞，喜歡雨後寧靜的溫馨，喜歡滿池搖曳的風荷，她不喜歡冬天。太冷，也太單調。其實，她終究是個孩子，喜歡溫暖，討厭孤寂清冷的氣氛。

上好的銀霜炭乾淨得沒有一絲煙火之氣，偶爾發出吱吱聲。水仙花寂寥地開在潔白的蓮花瓷碗裡，暖氣使得她的香味越發馥郁雅豔，極為熨貼。

風荷拈了一朵半開半合的簪在鬢角，髮間就散發出清甜朦朧的淡淡香氣，她隨手將帳本一推，卻有些意興闌珊。這樣的日子，偽裝、爭鬥、錢財、權勢，是不是她年輕的生命就要消融在裡邊？隔心的夫君，相互算計的親人，逼著她向前走，又要何時才能結束呢？

沈烟從簾子的縫隙往裡邊看，小姐最不耐煩在她看書的時候打擾，自己又著實捨不得，卻不得不輕輕打起氈簾，含笑問道：「少夫人，大姑奶奶與表小姐來了，王妃請少夫人去相陪呢。」

「是嗎？」風荷懶懶的欠起身子，拔下髮中的水仙擲到一邊。「誰來回的話？」

「是姚黃姊姊，要不要請她進來？」姚黃的意思似乎是伺候風荷一起過去。

「自然要請她進來。叫雲碧把剩下的帳本看了，我怕是沒那個閒工夫了。」她的腰是出名的纖細，這樣的冬日裡，銀紅的貼身小襖越發有一股旖旎的風情，滿室生香。

沈烟忙笑著掀簾對姚黃招手笑道：「姊姊快請進來。」

姚黃是王妃身邊頭一等的丫鬟，王妃跟前四個一等大丫鬟，名字裡都帶著顏色，她之下才是紫萱、紅袖、綠漪。其中以姚黃資格最老，七歲時就在王妃院子裡伺候，至今十一年，從最低的灑掃漿洗丫頭做起，又不是府裡家生子，沒有爹娘照應，能做到今日足見不同一般。

她只在魚肚白的小襖外面添了一件紫色的背心，當然是棉的，一條同色稍淺的棉裙，一色的銀飾頭面，只有耳環上有兩顆小小的水滴形紅寶石。若論長相，只能算一般，略微方正的臉形，幾點小雀斑，身材中等，既談不上苗條也不臃腫，倒像府裡做粗活的丫鬟。而且她眉眼溫順，絲毫沒有王妃心腹的驕矜氣息，不過不卑不亢，氣度嫻和，的確難得。

風荷坐在紫檀鏤空雕花的梳妝檯前，聽到響動忙偏了頭，笑道：「姊姊快請坐，我換身衣裳就好了。這個時候，太妃娘娘都要午晌，莫不是今兒已經醒了？」

「哪裡能這麼快就醒來，大姑奶奶和表小姐是以先到了王妃屋裡，三少夫人、五小姐都陪著說話呢。」姚黃是個聰明人，聞弦歌而知雅意，一語之間點明了太妃並不知道大姑奶奶來了。

「倒是我去晚了。」風荷立起身，沈烟給她披上八成新的石青多羅呢灰鼠披風，圍上雪帽，左右打量了一下。

「四少夫人住得遠，自是要晚一些。」姚黃每句話既不吹捧也不厭煩，都像真心真意。

風荷暗暗點頭，這樣識時務的人，難怪能得王妃這般信任，誰敢說她不漂亮，她比許多美貌的丫鬟能幹多了。

七、八個人前後簇擁著風荷去安慶院。

大家並沒有在正廳，都在隔壁小花廳裡坐著。正面臨窗設著一張大炕，當中擺著紅木六足圓炕桌，鋪著淺金色墨綠滾邊的褥子，立著同樣料子的靠背。王妃攏著杭瑩，大姑奶奶攏著凌秀對面而坐，賀氏只在下邊服侍茶水果點。

風荷笑吟吟見禮。「侄媳給姑奶奶請安，兒媳見過母妃。」

「侄兒媳婦來得好快啊。」大姑奶奶依然一副陰陽怪氣的模樣，聽著總覺得話裡有話。

「妳不知道，妳這個侄兒媳婦可是孝順了，母妃都喜歡得不行，把老三家的和小五家的都比了下去。」王妃滿面堆上笑來，攏著風荷的手起來，又道：「妳們倆都坐，一屋子的丫頭，哪裡輪得到妳們倆伺候。」

照這幾日的觀察，風荷滿以為賀氏會拒絕，不料她笑著應了，拉著風荷一起坐到下首的黃花梨捧壽紋玫瑰椅上，嘴裡應道：「母妃疼惜我和弟妹，我們就不推託了。」

風荷微有愕然，只是一閃而過，很快笑著點頭。

「大嫂，我聽說府裡走了水，都是老四媳婦領人撲滅的，莫不是老四媳婦幫著大嫂管家不成？」大姑奶奶並沒有將就著繞開話題，重新回到她此刻最感興趣的問題上頭。

「哎，要不是老四媳婦反應快，庫房這會子怕是都付諸一炬了。也是我素日不仔細，沒有好生防範，不然怎麼庫房一到了老四媳婦手裡就會出事呢？好在母妃沒有生太大的氣，不然我真是無臉見母妃和王爺了。」王妃絮絮叨叨，臉上都是自責的表情，只是叫人聽不太明白，又似誇風荷又似對她有所不滿。

大姑奶奶心裡一樂，不知誰那麼快的手腳，幾日就動了手，倒是省了自己費心。她順著王妃的話頭嘆道：「誰說不是？母妃最是寬厚的，想我年輕時輕狂，在家裡鬧出了不少笑話，母妃都從來不往心裡去。何況老四媳婦初來乍到的，有些事情沒有理清也是常理，倒是怪不得她。」

大姑奶奶嘴上說著不怪風荷，可是明白人都聽出她的意思還是責怪風荷沒有能力，尤其她看著風荷的樣子，分明就是幸災樂禍。

風荷情知她的用意，卻不能就這樣縱著她，好歹是出了門的姑奶奶，王府的事還輪不到她說三道四的。不料一直坐在那裡細細吃茶的凌秀，忽然扯了扯她母親的衣袖，小聲說道：「母親，快別說了，這又不是四嫂的錯。」她的聲音不大，至少大家都聽到了。

愈是這樣分辯，愈加有種掩耳盜鈴的感覺。風荷再一次去看凌秀，這個姑娘還真不如表面那麼簡單呢，心計如此深沈，在場的丫鬟僕婦們聽了誰不以為她是故意為風荷說話，越發挑明了風荷的過錯。再看王妃，她只當沒有聽見，正低低問著杭瑩什麼話。

「妳呀，妳母親我豈是那等糊塗的？妳四嫂年紀小，便是真做錯了什麼也不能怪她。倒是妳，與妳四嫂一樣大小，什麼都不懂。大嫂，過了年我還要回老爺那裡，秀兒就拜託妳了，替我好生教導她。她有什麼錯了的不懂的，妳不要看在我的情面上，只管當妳自己女兒一般，該罵就罵。

「我們那塊地方，沒有什麼像樣的人家，帶過去實是耽誤了秀兒終身。大嫂的眼光一向好，若有那門當戶對的，還指望大嫂給我們秀兒作主。其實，女孩兒家出了門子，最擔憂的還不是母親，若能有個知根知底的，從小相熟的最好，原把她托給大嫂我的心願也就了了，算了，瞧我糊塗的，還說這些幹什麼。」

大姑奶奶親熱地摩挲著女兒的頭髮，說話沒個章法，東拉一句西扯一句的，最後又訕訕地住了嘴。別說大戶人家，就是那小戶人家，都沒有當著兒女的面談婚嫁之事的，而大姑奶奶似乎一時動情忘了這個規矩。

杭瑩與凌秀是未出閣的姑娘家，都聽得滿面通紅，低垂著粉頸裝作沒聽見。

風荷不由愣了，這個大姑奶奶是不是王府出身的呢，怎麼連個市井的粗魯婦人都不如了，即便是故意要說給自己聽，也可以打發走了女兒再說啊。之前只是有些猜測，不過這回倒是證實了凌家的用意，只是杭四已經娶了自己，他們說這些還有什麼用，難道想讓女兒做妾，不然怎麼就一點也不顧及女兒的清譽呢？

王妃不及答話，六少夫人袁氏來了，大家敘過話，袁氏就道：「娘娘，我們夫人娘家有個侄女兒，過幾日就要出嫁了，夫人想尋幾疋上好的綢緞作添妝，偏我們那裡的都緊著過年用了。夫人叫我過來問問，娘娘這邊有沒有多餘的，借我們幾疋先使著，等有了再來補上。」

來得還真是時候呢，早不用晚不用，才一把火燒沒了他們就要用了。風荷暗自冷笑，二夫人對自己還真是看不順眼呢，那日早上逼迫，今兒又來催逼，不就想著早點罰了自己嘛。

王妃皺了皺眉，目光無意似地掃過風荷，應道：「幾疋綢緞原不是什麼難事，只是眼下卻有些麻煩。說不得，我叫人去咱們鋪子裡瞧瞧，若有好的先送些到府裡，讓弟妹能著用吧。」

袁氏大驚，雙眼瞪得圓圓的，誇張的問道：「什麼，綢緞都燒了不成？我記得庫房裡足有上千疋呢，這是多少銀子啊，還有許多是有錢也買不到的呢。哎呀，我說四嫂啊，妳不會管家就不要胡亂應了，這下可好，我身邊幾個丫鬟的過年衣裳還沒得呢。」

袁氏的話不算很重，但以她的身分是不能教訓風荷的，尤其當著長輩的面，但她是二房的媳婦，王妃不好出面，只是靜默不語。

「有些人啊，以為王府是什麼地方，也是沒見過世面的小丫頭能管得了的。」大姑奶奶看著袁氏的眉眼裡全是笑意，說話刻薄了許多。

「大妹妹，別胡說。」王妃輕描淡寫的勸了這麼一句，就不再言語了。倒是杭瑩有些看不慣，張了張嘴終是說道：「姑媽、六嫂，若真是四嫂的錯，祖母自然會罰她，祖母不罰她，咱們也少說兩句吧。」

「瑩兒，妳是怎麼說話呢？快向妳姑媽和六嫂道歉。」王妃迅速打斷了女兒的話，作勢板著臉。

這才是王妃的真面目吧，賢良淑德慈母什麼都是假的，面上做得好看，心裡無時無刻不在希望著能扳倒杭四吧，自己倒成了替死鬼。風荷輕輕看了王妃一眼——任是妳隱藏得太好，也有沈不住氣的時候，只是似乎暴露得太早了。

風荷暗自忖度，是不是因為這些日子太妃對自己的格外不同，使得王妃心裡焦急起來，生怕哪一天太妃請下了聖旨，那時便是太皇太后都攔不住了。那太妃呢，她是真心喜歡自己還是為了引蛇出洞呢？

「母妃，是兒媳的錯，庫房失火兒媳也有責任。三哥查清事情始末之後，兒媳自會向祖母認錯，該怎麼罰聽憑母妃吩咐，兒媳絕不教母妃為難。」風荷雙膝跪下，大大的眼裡有恐懼有擔心。

「這是怎麼說的，母妃從來沒有怪妳的意思，論理母妃自己也有責任，與妳什麼關係？快起來。」王妃驚愕，一面說著一面去扶風荷。

袁氏輕哼一聲。「娘娘，妳太好性兒了。四嫂犯了錯自當該罰，不然府裡沒了規矩，娘娘日後以何服人？」

「這、這……」王妃頓住了去扶風荷的身子，吶吶的不能成言，歉意地看著風荷，王府有王府的規矩，不是母妃不幫著。

風荷心下了然，不就是想趁著太妃錯眼的空檔定下自己的罪名嘛，至於這麼興師動眾嗎？她們越是要把罪名強加於自己身上，自己越是不能叫她們如了意，不然將來還不被她們揉搓了去。

風荷清亮的目光直視著王妃，緩緩站起身來，語笑嫣然。「六弟妹，等到三哥查出真相之後，我自會去向祖母領罰，眼下卻還要等等。」

不是風荷相信杭天瑾，而是她相信杭天曜不會任由自己教人欺負了，欺負了自己就是欺負了他，他派人去給杭天瑾絕不是出於什麼兄弟之情。何況沈烟已經做了安排，只要心裡有鬼的人一定不會無動於衷的。

「還能有什麼真相？老四媳婦，妳不要為了推託自己的罪責而信口開河，這種話可不是隨便說的。」大姑奶奶很不悅的撇嘴，她是決計不會輕易放過風荷的，這樣撞到刀口上來的好事不是每次都有的。

王妃亦是點頭。「老四媳婦，妳姑奶奶說得對。」

話音未落，簾子被掀起，進來的是紫萱，她面上有些微的紅暈，福了福身說道：「娘娘，三少爺在外頭求見。」

第四十三章 不打自招

王妃正打算趁大家攛掇先定下風荷的罪名，不料三少爺來了。她臉色變了幾變，對大姑奶奶笑說道：「左右都是自己人，也別迴避了，就讓孩子進來吧。」

「那是自然。外頭冷得很，快請了老三進來吧。」大姑奶奶附和著。

這個杭天瑾倒是個聰明人呢，知道哪些事該做哪些事該隱瞞，憑他這麼快的時間過來，必是將人審問到了關鍵時刻就住了，不願把自己牽連進去，推到了王妃跟前。這樣的人物，日後不得不防啊，風荷腹中暗暗嘀咕著。

紫萱打起門簾，高聲笑道：「三少爺，娘娘請您進來呢。」

這麼冷的天，杭天瑾沒有穿斗篷之物，只是一件黑色淺金暗紋的長袍冬衣，束著頭髮，嘴角含著溫和的笑，教人一看就心生親切。他給屋中之人一一見了禮，才對王妃說道：「母妃，庫房走水的事有了些眉目。祖母叫來回與母妃，讓母妃看著辦就好。」

「哦，你去見過你祖母了？」王妃挑眉，輕輕扣著茶碗。

「恰好祖母遣了端惠過來問兒子的話，兒子就先去見過了祖母。」杭天瑾神色如常，絲毫沒有一點侷促不安之感。

王妃放下茶碗，抬手讓杭天瑾坐。「嗯，這是應該的。你說庫房之事有了眉目，究竟怎麼一回事？」

杭天瑾坐在左首第一個，賀氏跟著他坐了，風荷回到右邊坐下。杭天瑾笑看了風荷一眼，方才說道：「兒子在起火的屋子裡發現了古油的痕跡，本來不細看不會發現，多虧了四弟的小廝平野鼻子靈敏，聞到了古油的味道。兒子又去請了外邊的匠人來看過，確定屋子裡曾經出現過古油。

「那個東西極易燃燒，咱們府裡一向不備，更別說放到了庫房去，顯見得是有人故意放在了庫房，不過也不能據此定論有人故意縱火。

「昨兒晚上，守衛庫房的人逮到了一個人，就是回事處吳管事他家的，深更半夜偷偷摸摸潛到了院子裡，被守衛之人抓個正著。兒子一早就審問了她，她說有個簪子落在了庫房，回來找的。既是遺失東西，自可以光明正大來尋，何必這樣遮遮掩掩的。」

「吳管事家的？老四媳婦，我記得她是我派去跟著妳打理庫房的，要說丟了簪子也不是不可能。」王妃打斷了杭天瑾的訴說，問著風荷。

「確實如此，走水那個晚上並不是吳嫂子值夜。她或許是白天忙亂的時候掉了東西。」風荷起身回話。

王妃點頭不語，半日又道：「只是古油來得著實可疑，那吳家的呢，傳來問話。」

「兒子備著母妃隨時傳問，讓她等在外邊呢。」其實杭天瑾問到的不僅僅這些，不過王妃打斷了他，他自然不會堅持敘說，何況吳管事一向得王爺信任，他不想貿然得罪了吳管事。

吳家的進來時有些遲疑，雖然她極力鎮定，但是風荷依然看出了她在顫抖。吳家也算得上王府裡有體面的老僕了，祖上就服侍太王爺的，現在又是王爺的心腹。不過前幾日吳良材似乎做錯了什麼事，被王爺申斥了一頓，這幾日並沒有在回事處管事。

大火之後，沈烟就悄悄詢問了當天值夜的王嬸子和包嫂子，隨即放出風聲，失火的屋子裡找到了一樣東西，並不是庫房所有，懷疑是有人落在這裡的。如果有人暗中搗鬼，行事匆忙慌亂，難免有些對景，便是沒有掉東西都可能產生懷疑。當然對那種心思縝密成熟的人而言，這招一點都不管用，可風荷賭的就是做了壞事之人的恐懼心理。

王妃臉上略有不虞，語調沈了沈。「吳良材家的，妳也是府裡的老人了，難道連府裡的規矩都忘了不成？三更半夜的去庫房作甚，既是掉了東西只管白天去問就好，為何如此衝動？」

別看王妃訓斥得重，其實一字都不曾涉及到重點，風荷起身走到王妃身後，笑著勸。「母妃，吳嫂子丟的怕是重要什物，心下焦急才等不及晚上就去了。吳嫂子妳說是不是？」

吳家的萬想不到風荷會站出來為她說話，愣了半刻之後，慌忙點頭跪下道：「正如四少夫人所言，奴婢太過著急才會犯了糊塗的，求娘娘饒過奴婢吧。」

「吳嫂子掉的什麼東西那般緊要呢？」風荷閒閒的問了一句，語氣很是不經意。

「是，是一根簪子。」吳嫂子好似很急切，很快卻又放低了聲音。對於王府幾輩的老人而言，一根簪子實在算不上什麼東西，可惜她在三少爺面前已經說過，現在改口不得。

王妃不及多想話已出口。「不就一根簪子嗎？難道妳還少了戴的不成？」

風荷當即執了杭瑩的手，與她笑道：「咱們家裡，一向寬待下人，尤其是跟過長輩的。

聽吳嫂子說的，就好比咱們虧待了她一樣，連根簪子都等不及天亮起來去尋，半夜就巴巴的去找開了，不知道的人還以為是做了什麼虧心事，怕留下了什麼把柄呢。」

吳家的本來已經有些鎮定，可是風荷的話驚得她冷汗涔涔，寒冬臘月的小衣都濕透了，磕頭不止。「奴婢不敢，那是奴婢婆婆留下的，是以奴婢才分外小心些。」

「原來如此，倒是我誤會吳嫂子了。王嬸子說走水前的晚上，吳嫂子去找她閒話打發漫漫長夜了，莫不是那個時候掉的？」風荷不等旁人說話，就緊跟了一句。

眾人只當是一句普通閒話，也沒放在心上，可吳家的有心病，哪裡經得起風荷一驚一乍的，唬得魂兒沒了半個，只顧磕頭。「奴婢真的什麼都沒做，奴婢想著王嬸子夜裡寂寞，打了酒菜陪她稍坐一會兒，不過一個時辰就回去了。」

「這也沒什麼，頂多是夜裡吃酒的小錯，吳嫂子何必這麼緊張？母妃妳說呢？」風荷走到吳家的身邊，彎了身去虛扶她一把。眼裡笑吟吟的，卻嚇得吳家的毛骨悚然起來。

「奴婢不敢，不敢勞動四少夫人。」這回，不但她的人在顫抖，她的聲音也是抖個不停，叫人聽了一顫一顫的。

「妳呀，就是心善，一個奴婢而已。行了，吳良材家的，自己下去找富安家的領五板子吧。」富安是王府的大管事，稱得上王府最有體面的奴才了，他老婆也是內院的頭等管事。

吳家的不曾想到自己這麼輕易就逃過了一劫，真是又驚又喜，忙與王妃磕了頭，匆匆往外退。就在她欲要掀簾出去的時候，風荷輕輕笑著喚道：「對了吳嫂子，聽說吳管事做錯了什麼事惹得王爺生氣，不如一併求求母妃開恩啊。」

這一次，所有人都看到了吳家的嚇得腳下一軟，身子往邊上歪去，幸好靠在了門上，不至於摔了一跤，倒是哄得王妃等人都笑了起來。茂樹家的一面笑罵一面過去扶她。「妳呀，就是這個性子，什麼大事也值得妳這樣。」

「李嬸子雖然能幹，到底在王爺跟前遞不上話，吳嫂子放著母妃不求倒去求了旁人不成？」風荷拿帕子捂了嘴，笑得嬌媚而戲謔。

這句話是有些誅心的，看似什麼都沒說，卻難免引人浮想聯翩，吳家的再笨也不可能聽不出來。

「撲通」一聲，吳家的跪倒了地上，身子不停打顫就像秋風中的落葉一般，前言不搭後語的哭訴。「娘娘、娘娘，奴婢知錯了，娘娘救救我家男人吧。奴婢也是急糊塗了，才敢聽信了李嫂子的話，指望柔姨娘與四少爺求求情，求王爺饒了我家男人的。庫房走水的事，奴婢真的不知情，都是李嫂子讓奴婢去纏著王嫂子的，奴婢什麼都不知道啊。」

吳良材自己是個能幹膽大的，不然也不會做出大筆索要銀錢之事，犯了王爺的忌諱，可他老婆卻是個膽小懦弱的。聽說自己男人被王爺免了職，就唬得魂不守舍的，恰遇上李三家的把話誆她，許她說情一事，她就信了。

第四十四章 百般辯解

吳家的說的話把大家都驚住了，沒頭沒腦一篇話，可是細思卻很對景，牽扯到了庫房一事。王妃想明白了個大概，但不願輕易下結論，厲聲喝問。「吳家的，本妃問妳到底是怎麼一回事，妳給我說清楚了。」

「娘娘饒命、娘娘饒命，奴婢什麼都交代。我家的那個免了職，奴婢心裡就慌了，家裡就指望著他過日子呢，他卻好端端丟了手頭上的事。李嫂子讓我纏住王嫂子，她說要進庫房一趟有點事，奴婢以為她是看上了哪樣東西，雖知不可卻無奈應下了她，我沒想到當天凌晨庫房會走水啊！奴婢真的不知道。」吳家的匍匐在地上，哭得一把鼻涕一把淚的，頭髮半散，越見慌亂。

王妃心下惱怒，卻不好當著這麼多人的面發作，只得命人先去傳了李三家的過來。雖然李三一家不能算是她的人，可吟蓉好歹從她屋裡出去的，李三家的又常在自己跟前領差事，若真是她做的，那與自己做的有什麼區別。即是王爺相信她又如何？旁人難道不會懷疑誤會啊，要說是她這個繼母容不下前頭兒子兒媳，剛許了差事就在暗中搗鬼。

倘若是旁的小事也就罷了，火燒王府庫房呢，任是十個腦袋也夠砍了。真真是好計啊，一箭雙鵰，算計了老四媳婦又來算計自己，反正總有一個人脫不了干係。說實話，王妃是真的很生氣，她叫風荷理事自然是有私心的，將風荷置於風頭浪尖，就不信府裡的人不會動手腳，可惜人家將她一塊兒算計了進去。

可惡的李三一家，自己要不是看在吟蓉還有用的分上，不會放縱他們在府裡橫行霸道，不料他們倒是長了心眼，靠向了別人，這教她如何不氣？

李三一家兀自得意著呢，以為藉此扳倒了風荷，四爺房裡只有自己女兒有了身孕，他日再生個兒子出來，那王府還不是他們的了。直到王妃的人來傳話，他們還以為是王妃有事吩咐，高高興興去前頭。

李三沒有召見不敢進去，只在院子外頭等著，他家那個一進屋子，就看到了吳嫂子跪在地上，心中突突的跳，知有些不好，卻只能強裝著什麼都沒有發生的照常給幾位主子請安。杭瑩、凌秀已經退去了外邊，這種事她們閨閣女孩兒還是不要多聽的好；大姑奶奶並不把自己當外人，老神在在的坐著，她還想看看老四媳婦會不會出事呢，不過形勢有些不容樂觀。

賀氏依舊跟著杭天瑾坐在下首，風荷伺候在王妃身邊，袁氏坐在賀氏對面。大家都對這樣的發展有些始料不及，心裡哀嘆連連。

「李三家的，妳說，庫房失火一事是不是與妳相關，妳最好想清楚了再回話，若有隱瞞當眾打死。」王妃怒氣不小，手裡的茶碗重重一頓，碎了一桌碎片。

風荷忙取自己的帕子擦拭王妃手上，語氣裡很是焦急。「母妃，為了這起子奴才氣壞了身子骨不值得，母妃消消氣。」一邊的姚黃已經趕快收拾了碎片，另有丫鬟上了新茶過來，動作俐落敏捷，絲毫不見生硬。餘下眾人都站了起來，一起勸王妃息怒。

王妃也知自己的反應有些太大了，勉強笑了笑，拍了拍風荷的手。「母妃氣糊塗了，妳沒有嚇到吧，實在是他們太過分。」

李三家的原來不小的擔憂被王妃這舉動放得更大，以至於沒有聽出王妃話裡的意思，只懂得分辯這麼一句。「奴婢不明白娘娘的意思。」

「李三家的，妳莫要再推託了，吳嫂子已經說了實話，妳也趁早交代明白吧，免得母妃為妳勞心勞力。」風荷柳眉一豎，說話的口氣很是不好，全然不將李三家的放在眼裡。

李三家的從風荷嫁進王府第一天起就嫉恨著風荷呢，要不然四少爺沒有正室夫人，自己女兒就是一等一的了，還怕沒有好日子過不成？她又當風荷年紀小，不把她當一回事，揚了脖子還嘴。「四少夫人，妳說話客氣些，我又做了什麼事不成？」

好，就要妳惱羞成怒，火氣再大些就更好了！風荷心下好笑。

王妃登時被氣得噎住了，好個李三家的，不會看場合嘛，這麼多人眼前不敬少夫人，就算自己有心揭過去都難。自己怎麼就一直當她是明白人，早知這樣就該早早發賣了。

雪白的臉上像似一下子浮上了一層薄霧，紅紅的眼圈兒，小可憐的樣子教人無法不憐惜她。風荷既驚且怒，直視著王妃問道：「母妃，咱們府裡何時容得這樣的刁奴了，她今日不將兒媳放在眼裡，明兒就有可能不將母妃、父王、祖母放在眼裡。咱們王府的威嚴何在，王府的規矩何在？難道堂堂莊郡王府連個奴才都治不了了，日後還何以服人？」

「茂樹家的，掌嘴二十。主子面前也有她還嘴的分兒。」王妃胸口一起一伏的，美麗的臉上像是凝了冰霜，眼中閃過惱怒氣恨。

茂樹家的沒有遲疑，左右開弓賞了李三家的二十個巴掌，直到被打完，李三家的才算徹底清醒過來，知道自己今日犯下了無可挽回的錯誤。不過茂樹家的應該是手下留情了的，二十巴掌下來也就臉上多了紅紅的手指印，腫起一塊，沒有血跡之類的。

賀氏嚇得臉色白了一白，她是寬厚仁慈出了名兒的，從來不曾這樣處罰過下人，頂多申斥幾句罷了。

倒是杭天瑾心中微動，不住的暗中關注風荷，這個弟媳婦很有些意思呢，三言兩語就嚇得吳家的招出了李三家的，又用暴力震懾李三家的，使她自亂陣腳。她很會識人，知道哪些人要用那一招，每次看她不經意的說笑一句，就會離事情真相更近一分。看來這次有人的打算要落空了，只不知李三家的嘴嚴不嚴，不然連累的人就多了。

李三家的恍然明白，王妃不管私底下是否待見四少夫人，外人面前都會維護著她的威嚴的，不然丟臉的是整個王府。自己是糊塗脂油蒙了心，才會揣測錯了王妃的意思，弄得眼下丟了這麼大的人。關鍵是一定不能招出那事，不然就死無葬身之地了。李三家的打定了主意要閉緊嘴巴，可事情哪有那麼容易。

王妃眼中的凌厲越來越盛，有些人留不得，不然就是禍害，她沈聲問著：「李三家的，吳家的說是妳指使她纏住王家的，妳是想要幹什麼？庫房裡的古油是不是妳帶進去的？」

「娘娘，奴婢不敢，吳家的是在胡說，奴婢從來沒有叫她纏住王嫂子，奴婢更不會有古油啊，娘娘明鑑。」李三家的磕頭如搗蒜，咬定了只要不鬆口王妃就拿自己沒有辦法。

「拉下去，打，打到她肯實說為止。」其實王妃最希望的是打死了了事，免得攀扯出其他事來，教人疑心到自己頭上。她當然也希望能夠藉此機會揪出幕後主使者，但不願意讓太多人知道，因為她的準備還沒有做好，王府還不能變動，不然還不知道誰是最終得利的那個人呢。

而李三家的真是嘴硬，打了幾十大板，都血肉模糊了依然不肯招供，推個乾淨。李三看到院子裡杖責他媳婦那一幕，真是嚇得魂飛魄散，就勸她此事不可行，她不信，非說萬無一失，這下好了，一家子的性命都毀在她手上了。

王妃實在有些沒有法子，總不能就將人打死，王爺不喜歡對下人們下狠手。

風荷亦在心中暗自思量著，她不是沒有辦法，柔姨娘絕對可以讓李三家的開口說話，只她不願意用這樣下三濫的招數，便是查出了事情真相，她的名聲在府裡也好不到哪裡去。當務之急是從別的地方下手，找出切實的證據，讓李三家的狡辯不得，比如古油。

古油這樣東西是極難尋的，只在軍隊武器上偶然用到，只因它的威力過大，一點點就能引起極大的火災，是以朝廷管制很嚴格，京城只有兩家店鋪少量出售。

風荷不是沒有想過派人去店鋪查證，只是能開那樣店鋪的都是有背景有後臺的，絕不會輕易被人撬開了嘴巴。或許表哥能幫上忙，但自己不願意將表哥牽扯到王府的內鬥中去，那樣也可能連累了三夫人。

王妃兩相為難，心下暗道，若是將李三家的交到太妃手上，不管事情結果如何都怪不到她的頭上。不然，她要是打死了李三家的，就會被人說成是殺人滅口；自己審不出結果，又成了袒護李三家的。想罷，王妃決定帶了眾人去太妃那裡，請太妃作主。

不過太妃比她手腳更快，太妃來了。

第四十五章　由不得你

一聽太妃親自過來，王妃忙領了眾人接出去，恰好在院門口撞上太妃一行。前後兩個高壯的婆子抬著黃花梨如意紋的肩輿，太妃頭上戴著金色壽紋的抹額，手裡抱著掐金小火爐，坐在肩輿上，面色慈祥，神情雍容。端惠、楚妍左右扶著花梨木欄，靠右邊一步走的卻是杭天曜，眉目清朗不比平時的調笑之色，倒是教人心下一驚。

「母妃如何過來了？有什麼吩咐使人喚兒媳過去聽命即可。」王妃趕緊行了一禮，服侍著太妃下來。

太妃笑扶著她的手，看了一眼眾人。「明倩何時過來的？知道妳這裡熱鬧，我們也來湊個樂子。」明倩是大姑奶奶的閨名，等閒也就太妃敢這麼喚她一、兩句。

大姑奶奶對太妃又是恭敬又是親熱，上去扶著太妃另一邊，笑道：「來的時候母妃正在歇息不敢擾了，就到大嫂這裡坐坐。外頭冷，母妃快裡邊坐。」

風荷輩分小，依著規矩與袁氏走在最後，不過杭天曜趁人不注意拉了她一把，夫妻二人並肩落到後邊。

「她是不是又來為難妳了？」杭天曜看風荷神色如常，知道她沒受多大委屈，卻依然不是很滿意。真是個笨蛋，就不會遣個人去祖母那裡報信啊，每次都要自己趕來相救，還從來不知感激。

「呃？誰？」風荷聽得不是很明白，大大的眼睛對上杭天曜，紅唇微微翕開。

「笨蛋，當然是大姑奶奶，我的姑媽了。」杭天曜氣得在她頭頂上敲了一下，不重，伶俐勁都用哪兒去了？

風荷不由偏了頭，卻沒有躲開他的手，只得嘟著嘴嗔道：「你幹麼打我？明明是你自己沒有說清楚的。」

粉嫩濕潤的紅唇看得杭天曜嚥了一口唾沫，小妖精，就不能不勾引人嘛。他一個不留神，自己的手已經攬在了風荷的纖腰上。

卻不意杭天瑾忽然回頭，笑著衝他道：「四弟，走快些，回頭回了你們院子有多少話不能說的，還急在這一時半刻嗎？」

杭天曜嘻嘻笑著。「三哥說得是。」說著，他收回了自己的手，過了一會兒趁著沒人看見又在風荷腰間掐了一把。

風荷大怒，瞪圓了眼睛，礙著這麼多人的面不得發作，回頭也在杭天曜胳膊上狠命掐了一下，疼得杭天曜齜牙咧嘴。當然，可能裝的成分更多些。

小夫妻倆坐在最下首，杭天曜忍不住去挑逗她，風荷氣不得罵不得，拚命對他使眼色，渾然沒有聽清上頭太妃等人都說了些什麼。

「老四、老四？」太妃連喚了好幾聲，杭天曜才猛地驚醒，故意打了一個哈欠來掩飾自己的尷尬，隨後笑著問道：「祖母喚我什麼事？」

「你這個孩子，你不是說有人可以證明李三去鋪子裡買了古油嗎？人呢，在哪裡？」太妃嗔著，眼裡卻是笑意頗濃，這樣才像小倆口嘛。

「看我，都忘了正事。娘子，讓妳身邊的丫鬟去二門口領人進來，平野陪著人等著呢。」杭天曜坐直了身子，只是看向風荷的眼神還是調笑多一些。

風荷一聽，不由對他生出幾分感激，原來不是出去鬼混了，是給自己找證人去了，看著這個分上，就給他幾天好臉色看吧。

風荷溫柔款款的答應，吩咐沈烟。「爺，妾身省得。沈烟，妳帶幾個人去二門口，請二門上的媽媽娘子們將人送過來。」這裡畢竟是內宅，沈烟她們又是姑娘家，不好直接見外男，不比外頭伺候的婆子們便宜。

不過半盞茶工夫，沈烟就回來了，對著太妃眾人福了一福才道：「太妃娘娘、王妃娘娘、四少爺、少夫人，人已經帶到了。」

太妃點頭，倒是個知禮的好丫頭，不愧是孫媳婦調教出來的。她轉頭吩咐周嬤嬤。「將李三和他家的帶出去，讓他認一認，別混賴了人。」王府最上層的幾位主子，可不是一個小小的夥計之流能見的，只能在外邊通過婆子們回話。

不過一會兒，周嬤嬤就回來了，手裡還捧著一個紅漆小托盤，裡邊薄薄一本帳冊，笑著道：「夥計確定就是李三在他們鋪子裡買了五兩古油，帳冊上還有李三自己的手印。李三見狡辯無用，已經承認了。」

「哼，沒想到我們王府還有這樣陰毒險惡的刁奴，把李三家的帶進來，我要好好問問。」怒氣上揚，太妃的聲音裡有凜然之氣。

李三家的已經是渾身血污，被兩個粗使婆子半扶半抱著弄了進來，跪都跪不穩，匍匐在地上，眼裡除了恐懼就是恐懼。這一刻，她才發現自己糊塗透頂，會聽信了那人的話，以為這樣就可以扳倒少夫人，自己分明成了他人的探路石，試試少夫人的深淺，試試太妃對少夫人到底維護到何等程度。不然，人家為什麼自己不動手，攛掇著自己跳下火坑。

現在，自己手上沒有一點證據能夠證明自己是被人脅迫的，就是說了出來也沒人相信。早知道，就不該放火，事情鬧得太大必然引得整個王府都關注。還有那個古油，居然有這麼大的威力，用了那樣一點點，就燒了四間屋子，要是自己當時都用上，怕是整個庫房都沒了。

太妃吃了一口茶，神色立時舒緩下來，好整以暇。「李三家的，莫非到現在妳還不肯實話實說嗎？」

李三家的完全沈浸在自己的思緒裡，一會兒是痛恨那人欺騙自己，一會兒是擔心女兒受自己連累，一會兒又要操心自己的小命。

王妃心裡有氣，見此便對茂樹家的喝道：「讓她清醒清醒，太妃娘娘問話都敢不應。」茂樹家的與李三家的還是有些交情的，心裡縱使不忍也只能忍了，主子們都在氣頭上，誰敢求情誰就準備著掃地走人吧。她只是頓了一頓，很快命小丫頭取了冷水來澆在李三家的頭上。

「啊！」李三家的一聲尖叫，欲要從地上跳起來，只跳到一半就重新摔倒了地上，又冷又痛，在地上滾作一團。

即便如此，李三家的仍是一口咬定與自己無關，他家買古油只是為著家裡的柴火潮濕不好點燃而已。這樣的事情，她若不認或許還有一線生機，一旦認下那他們全家都可能沒了活路，她只有咬緊牙關挺過去了。

風荷亦是猜到了這點，不由對杭天曜使了一個眼色。杭天曜自然清楚風荷的用意，可他不能白幫了這個忙，總得撈點好處才行啊，一味對著風荷擠眉弄眼。

風荷那個氣啊，這個人，根本就是落井下石，但她自己不能出面，免不得放下臉來，堆出比花兒還要嬌豔嫵媚三分的笑容來，媚眼如絲地斜睨著杭天曜。杭天曜強忍著只作不知，自己可沒這麼廉價好糊弄。

沈烟在一旁看得好笑，風荷只要一個眼神，她就能明白接下來幹什麼，眼見主子拉不下那個臉來，她難免順水推舟一番。

「少爺，少夫人為您做了一雙靴子，您回頭試試合不合腳？」她聲音很低，杭天曜卻聽得一清二楚，胸口湧上一股甜蜜，明亮的桃花眼等著風荷的確認。

風荷無法，含羞帶怯的扭著衣帶，幾不可見的點了點頭，面上的紅霞比三月的桃花雨還要豔麗。還是雲暮體貼啊，提前準備了，不然叫自己怎麼答話。

杭天曜的大掌探過小几，暗暗揉捏了風荷的玉腕一會兒，才笑著起身出去。旁人只顧審問李三家的，都沒有注意他的舉動。

風荷長吁一口氣，暗自瞪了沈烟一眼。妳倒是嘴快！

沈烟只笑不語。

李三家的不管太妃如何盤問，她一概推個乾淨，真是不見棺材不掉淚。一時間，太妃都沒了法子，總不能再打吧，那樣即使認了罪，下人們只會以為是屈打成招的，王府裡絕不能傳出那樣的閒話。

太妃正要吩咐把人拖下去改日再審，不料杭天曜已經回來了，身後跟著李三。

「祖母，李三已經招供了，庫房之火就是他們家做下的。」柔姨娘是杭天曜的妾室，李三家的時常會去探望柔姨娘，他自然對李三家的脾性還是有幾分瞭解的，那最是個牙尖嘴利掐尖要強的，而且也有些心機。而她當家的打理生意還行，但要玩起心眼來，一百個他都不是杭天曜的對手。杭天曜連矇帶騙的，幾句就逼得他招供了。

李三家的一聽，雙眼一翻，當即暈了過去。李三撲到妻子身邊，連連求饒認罪。他們就是為了給少夫人使絆子才耍的計謀，只他們沒有料到的是古油威力那麼大，本來只是想小小的放把火，乘機卸了少夫人的權，沒想到鑄成大錯。

太妃又問了些細節問題，都能對得上。不過，以李三一家是沒有膽子做那樣事情的，他們身後必定還有人，杭天曜能想到這點，太妃當然也想到了。但太妃沒有追問下去，到此就作罷了，太妃不問自有用意，杭天曜與風荷對視一眼，都沒有步步相逼，現在還不是時候呢。

餘下，就是怎麼處置的問題了。

第四十六章　殺雞儆猴

李三一家俱是府裡的家生子，那是生死都由主子一句話的，不需報官，何況此事無論如何都是家醜，傳出去對王府的聲譽也不好。

太妃的目光掃過所有人，終於停留在王妃身上。「媳婦，此事妳以為應該怎生處置呢？」

當太妃的目光掃過袁氏的時候，袁氏沒來由的輕輕一顫，涼意漫上全身。她暗啐自己：又不是自己指使李三一家的，怕什麼，再說自己也沒本事指使得動王妃手底下的人呢。會不會是那個老巫婆幹的，不然她為何對此事那麼在意，要真是她那倒好了，自己也算拿住她一個把柄，看她還敢整日對自己呼來喝去的不？

王妃看了暈迷的李三家的一眼，斟酌了半晌，方道：「一個奴才就敢對王府的財產下手，還要陷害主子，這樣的人咱們府裡絕難容她。依媳婦看來，需得杖斃了她，方能叫下人們心裡有個成算，看日後誰還敢為著一丁點小利不顧王府大局。」

說話之時，王妃的聲音不大卻異常緩慢，每一個字都如一把重錘擊打在李三的胸口，悶得他喘不過氣來，他也不是不知道自己一家罪孽深重。他也清楚王妃這樣做就是要給身邊人點顏色看看，他們是王妃的人，背著主子做出火燒庫房一事，那就是背主啊，王妃是不會放過他們的。

太妃沈吟不語，她在等。

「但這件事到底牽涉到老四媳婦，媳婦看來不如問問老四媳婦的意思？」王妃之前的陰鬱之氣一掃而空，竟是帶了笑顏。

「妳說得也是。老四媳婦，妳看該怎麼辦？」王府之事，一向是太妃、王妃拿主意，何時容得旁人議論了。風荷只是個剛過門的小輩媳婦，可太妃、王妃似乎不顧忌，竟真的問她的想法。

這是試探，風荷心知肚明。如果她認定要重罰李三一家，那麼他們要恨也是恨她，柔姨娘一定會把所有的恨意都撒到她身上，人家可沒那個膽子與王妃作對，自己是最好的替死鬼。如果她為李三一家求情，下人們要怎麼看，王爺他們要怎麼看，她就是個軟弱好欺負的，衝著這一點她也就失去了執掌王府的機會。

她不是要權勢，而是她不能不為杭天曜著想，有個懦弱的主母，離世子之位就更遙遠了，她不能因著自己而連累他。而且，她也不是心軟之人，以德報怨，那以何報德？她沒有那樣崇高的思想境界。人敬她一尺她敬人一丈，人欺她一尺她雙倍奉還。

太妃的用意好猜很多，就是要看看她的心夠不夠狠，不夠狠心的人是無法在這個狼窩裡生存下去的。

杭天曜一直望著她，他也想看看真正的她，有沒有資格與他並肩而立。

風荷亭亭玉立，回長輩的話當然不敢坐著，她淡淡笑著，溫柔而又清雅，只是說出來的話似刀子一般，叫人懷疑是不是她說的。

「祖母、母妃，咱們王府自有王府的規矩，媳婦不應僭越。但既然祖母和母妃相詢，那媳婦也就逾越了。僅火燒庫房一事，李三一家就難逃杖斃的結果。不過，此事多半是李三家的所為，李三只是從犯且認罪態度較好，咱們府裡一向以仁孝服人，大節之前，不該殺戮過多。

「所以，媳婦以為，李三家的杖斃不冤了她。李三杖責一百，李家其餘人杖十，同賣到漠北一帶為苦力奴。財物沒收，充入王府庫房。

「雖然李三一家所為是為了柔姨娘，但念在柔姨娘不知情又懷有王府子嗣的情況下，媳婦懇求祖母、母妃就饒她一命吧，不如將她禁足幾月。這也是為了她好，以免她傷心過度做出什麼事來，那時反倒背了祖母、母妃一片好心。」

眾人越聽越心驚，這個四少夫人真不好糊弄呢，別看她說得輕輕巧巧，卻是話中有話，還堵住了為李三一家求情的嘴。王妃之前只說杖斃李三家的，卻沒說李家其他人怎麼責罰，而四少夫人鑽了這個空子，將杖斃李三一家說成了王妃的意思。而聽她的意思好似在為李家求情，實際上反而把李家的責罰加重了，連柔姨娘都沒有放過。偏她每每說得，彷彿都是顧慮著柔姨娘，柔姨娘是不是還得感激她不殺之恩？

太妃靜靜聽著，臉上不斷露出笑容，顯然很滿意。不但明白還是個果斷的，絲毫沒有婦人之仁，但也沒有太過狠辣，甚至比照著王府的規矩輕了一點點。當然，輕不輕的根本無所謂了，都到這分上了，少打幾杖或是賣得近一些還有什麼意思嘛。

賀氏有些不可置信的看著風荷，弟妹這麼柔柔弱弱的女子，下手竟是這麼狠，一條生路都沒有給人留。她動了動唇，站出來細聲細氣的勸道：「祖母、母妃，會不會太重了些？」

大家都知道賀氏是個敦厚老實心軟的，她出來求情早在大家意料之中，也沒覺得有什麼不對勁。

太妃搖頭嘆道：「老三媳婦，妳心地善良那是好的。只是這樣的奴才今日容了他，府裡就別想再有安寧了，明兒燒的就不是庫房而是我的院子了。妳不用再勸，一切按妳弟妹的意思料理，這已是厚待他們了。」

賀氏臉白了白，終究不敢多說，退到了杭天瑾身後，只是臉上仍有不忍之態，眾人也不理論。

「母妃，柔姨娘有了老四的孩子，若她一傷之下有個好歹可怎麼辦？不如還是緩緩比較好。」大姑奶奶一向是個狠辣的主，今兒倒是難得，不顧太妃的反對為柔姨娘求起情來，稀罕呢。

「不過一個姨娘而已，庶出的孩子有什麼打緊？咱們老四娶了媳婦，還愁沒有嫡子嫡孫？這次要不敲打敲打她們，人人都仗著懷了我們杭家的骨肉無法無天起來，王府還有寧日嗎？何況，老四媳婦也是為了她好，讓她安心將養身子，免得被人攛掇著弄出什麼么蛾子，那才是自尋死路呢。」太妃根本不給情面，一個妾室一個庶出的孩子也想拿捏她，真是想得太簡單了。

如此一來，再無人敢相勸，不然反顯得矯情了。

太妃當場杖斃了李三家的，李三家的屍體被拖了下去，柔姨娘才趕到，哭得撕心裂肺，要為她父親及兄弟姊妹求情。

她並不向太妃、王妃求情，只是哭著撲到風荷腳下，她的手還沒有搆到風荷的衣角，沈烟已經使眼色讓幾個小丫頭攔住了她，不能讓她碰到小姐。

柔姨娘先是一愣，繼而大哭起來。「少夫人，賤妾知道錯了，賤妾不該惹得少夫人生氣，求少夫人饒了賤妾家人吧，賤妾以後再也不敢了。」她的話裡有歧義，叫人聽著好像是風荷嫉妒她是以才會重罰李三一家的。

「請柔姨娘回房好生伺候著。」風荷輕輕拋出一句，根本不接她前頭的話。

賤妾？真是笑話，平時怎麼不聽妳這麼自稱，這回瞅著大家都在的空檔，就把自己弄得無比可憐，我還真就不吃妳這套了。

「少爺，賤妾求求您了，求您勸勸少夫人吧。」柔姨娘見風荷那裡討不到便宜，只得轉而去求杭天曜，不管怎麼樣至少也得離間了兩人。

「夠了，少夫人的話妳們沒聽懂嗎？」太妃最見不得女子狐媚禍主了，尤其是當著自己的面，眼裡根本沒有自己，這樣以下犯上的奴才，不是看在她肚子裡那塊肉的分上早一塊兒處置了。

幾個跟著來的丫頭婆子嚇得戰戰兢兢，連拖帶勸的把柔姨娘弄了下去。院子裡還不停傳來柔姨娘的哭求聲，杭天曜站著一動不動，面無表情。

杭天瑾不由多看了他幾眼，不是人都說四弟極寵愛這位柔姨娘嗎？

這一鬧，已近晚飯時辰，眾人伺候著太妃回了房，一起用了晚飯，才分頭散去。大姑奶奶和表小姐沒有回府，留宿在了王府裡。

對李三一家的處置，倒是讓王府裡安靜了不少，下人們行事比起之前更覺小心了些，幾個暗地裡有心思的人都緩了下來。

第四十七章　假作真時

寂靜的夜裡，一燈如豆，飄渺虛無。

「這個李三家的，真是死有餘辜，連這麼點小事都辦砸了，還賠上了性命。」婦人尖厲的聲音聽得人毛骨悚然，似乎有三、四十的年紀。

背影打扮看著年輕些的女子拔下頭上的簪子，挑了挑燈燭，輕聲笑道：「姊姊勿惱，這樣的人留著也沒多大用處，死了乾淨。也不算全無用處，好歹試出了老四家的底子，看來咱們當日看輕了她，不得不防。」

「好在我當時小心，只是挑撥了幾句，沒有留下什麼把柄在李三家的手裡，不然有一場饑荒要打。妳說的是，嬌嬌怯怯的一個丫頭，下起手來半點不心軟。可惜到底年幼，慮事不周全，太過莽撞。」一低低笑著的語調，乾巴巴的，叫人心生驚懼。

「可不是這麼說的，只知道強出頭，唉，到底年輕。」說話的年輕女子自己也並不是多老，只是顯得很成熟。

「咱們接下來要如何呢？這個吟蓉倒有不小的用處啊。」

年輕女子心領神會，笑著點了點頭，嘴裡說道：「其實咱們不必急，就二夫人那個急性子難道耐得住，她與老四家的算得上有夙怨了。」

「正是此話。老二家的不讓她出來蹦躂幾下，那個老不死的還要懷疑呢。哈哈哈！」刺耳的笑聲劃破夜空，分外淒清。

風荷將手中的一頁紙扔進火盆裡，明亮的火光映著她的笑顏，絢麗奪人。

「少夫人，夫人那裡傳來了什麼好消息不成，少夫人這麼高興？」雲碧理疊著薰籠上烘烤過的衣服，忍不住問道。

「說對了，還真是好消息，有人去給我那個妹妹提親了。」風荷拍了拍手，端起茶碗小啜一口，很是愉悅。

「啊？還有人給二小姐提親，什麼人家啊？可憐了。」雲碧先是想笑，隨即又是嘆息，好像很是為對方惋惜的樣子。

風荷被她的神態弄得好笑不已，上前擰了擰她的嘴，笑罵道：「胡扯什麼呢？二小姐哪裡比不上人了？」

雲碧嘴裡求饒，話中卻不肯饒人。「就是因為二小姐什麼都比人強啊。難道奴婢說得不對？」

「對，妳說得很對。不過啊，這次求親的人也不差呢，是個四品都尉，家裡雖沒有世襲，倒也是京城的中等人家了。」風荷略略一想，就明白了大概，這怕是表哥要為自己報仇呢。

「四品啊？這麼厲害，他才幾歲就得了這樣高的官職？」雲碧又驚又氣，怎麼能把這樣的好事留給二小姐呢，不公太不公了。

風荷歪了頭打量雲碧，笑道：「莫非咱們雲碧動了心？也是，好姊姊，妳要是看上了哪個只管與我說，我給妳作主。」

雲碧不知是羞還是惱，通紅了一張臉子，甩手就要出去。風荷看她害羞，也就不再逗她，稍正了正神色說道：「那人今年三十多了，要娶一個填房，不知怎麼求到了董家。」

「果真？哎呀，天理昭彰啊。」雲碧登時歡喜起來，就差沒跪下唸佛了，當日在董家，二小姐、杜姨娘可沒有少拿她們做筏子。甚至二小姐攛掇著杜姨娘要將自己許給鄉下一個老頭地主做姨娘，要不是小姐想法子攔住了，自己眼下不知在地獄哪個角落呢？

「相信，最近會有不少人家都去給鳳嬌提親的，有她們母女忙上一段時間了，看她們哪裡還有空閒去找夫人晦氣。」燭光搖曳，風荷坐到梳妝檯前，自己放下了頭髮，也不叫雲碧動手。隨即又問道：「對了，大夫怎麼說的？柔姨娘的心情有沒有平復下來？」

「她呀，好得很呢，都有精力把少爺留在那裡，還能有什麼事？哼。」雲碧是直爽的性子，平生最看不慣女子搶著爬上主子的床，何況是柔姨娘這樣說話都要喘三喘的嬌媚樣子。

風荷愣了愣，這個時候還有心情留下杭天曜？她母親可是今兒才被杖斃的，她，可真行！不由擺手道：「罷了，讓院子裡上了門，大家睡了吧，這幾日都累壞了。」

「怎麼？要把爺關在外頭不成？」自然是杭天曜了。

晚飯回來之後，還沒進房，茜紗閣那邊就來回說柔姨娘肚子痛，杭天曜忙趕著去看了。他還穿著之前的衣物，眉宇間有些疲倦。

風荷念著他的情義，不好把他趕出去，只得迎上前笑問：「妾身還以為爺要陪著柔妹妹幾天呢，爺可是回來換衣服的？」

「妳恨不得我換了衣服就走是不是？白眼狼。」杭天曜捏了捏風荷白皙的臉頰，勾著她的肩膀一起往裡走，倒不像生氣的樣子。

「看爺說的，妾身只是怕爺心裡念著柔妹妹嘛。」風荷看他要脫衣，上趕著伺候他，吃人嘴軟拿人手短啊。

杭天曜張著雙手，氣定神閒地由風荷伺候，雲碧已經帶著人下去準備沐浴的熱水了。

「走，咱們一起洗個鴛鴦浴。」杭天曜附在她耳邊，嘻嘻笑著，嘴裡的熱氣都呵到了風荷脖子裡。

風荷惱不得罵不得，假作去取衣服脫出了他的懷抱，嘴裡只管嚷著。「沈烟呢，不是有事要回嗎？過年賞給咱們院子裡下人的衣裳、進銀錁子不知道有沒有備好？」

杭天曜幾步走到她身後，攬了她在懷，重重親了親她的面頰，笑道：「我去沐浴，等我啊。」話裡的曖昧不言自明。

風荷望著他遠去的背影，心裡流了滿心的淚，雖說救命之恩當湧泉相報，可是這還夠不上救命之恩吧，豈能以清白相報呢，還有什麼法子嗎？要不，裝病，好好的裝什麼病比較合適？

杭天曜洗得非常快，不等風荷想出個所以然來，他就披了一件白色的外衫走了進來，露出大半個健碩的胸膛，頭髮鬆鬆披在耳後，顯得俊逸而又妖冶。目似晨星，逼視得風荷無處躲閃。

風荷猛地從床上跳了起來，不料用力過猛扭了腳，立時哎喲起來。

杭天曜半信半疑，到底快步跑到她身邊，扶著她仰靠著，脫了她的鞋子，腳踝處有一點點紅，還好沒有腫。一面輕輕給她按揉，一面放柔了語氣問她：「還疼不疼？怎麼不小心些。」

風荷聽他溫柔的問候，細緻的按摩，心下忽地一酸，難受起來，她不願意騙他。過了好久，杭天曜與她說話她一直不理，詫異地抬頭看她，對上風荷淡淡猶疑的目光，便是一陣緊張。

「杭天曜，有些事我要告訴你。你不要打斷我，我、我不能與人分享我的夫君，你要嘛完全屬於我一個人，要嘛我們只做名義上的夫妻。你放心，後院的事情我都會替你打理好的，日後你有需要我的地方我也絕不會推託，但我，不能，不能與你，與你在一起。我做不到，也受不了，你能理解嗎？」

時而悠緩，時而急促，時而慌亂的語調，讓人感到了裡邊的真誠與拒絕，她不想欺騙他，也不想委屈自己，更不能輕易的迷失。有些東西，她是永遠做不到與人分享的。這或許犯了七出之條，但作為女子，她寧願被休棄也不願背棄自己的原則，無論愛與不愛，她都要絕對的忠誠。就因為那一絲一毫的不忠，才造成了她母親一生的淒涼痛苦，她只能自私了。

略微仰起的絕色容顏，因了她懇切的目光而黯然失色，她只是定定的望著他，似要看進他的心裡去，慢慢剖解他。

他輕輕地鬆開她的手，她是不是嫌棄自己，覺得自己骯髒呢？那樣純澈的眼神，看得他無所遁形，看得他無從拒絕，那個「不」字他說不出口，他從來不會強迫女人，更不會強迫她。

千頭萬緒一齊湧上心頭，只是他一個字都沒有，有些話、有些事他不能說。他怔了整整一盞茶工夫，才從她的目光裡清醒過來，直起身子，整了整衣衫，留下一句：「我明白了。」然後，大步離去。

他是她在杭家唯一的依靠，也因為此，她才不能就這樣繳械投降，那樣她會敗得很慘。沒來由的，風荷相信杭天曜，但她依然要在他面前耍心機，真真假假，假假真真，摻和了假的真才是眼下她最應該讓杭天曜看到的自己。

琢磨不透，很多時候像是女子面上的輕紗，引誘人想要去一探究竟，倘若輕紗背後的是絕色容顏，可以想像那個時候男子心中的幸福喜悅有多深。

風荷輕輕笑了。

第四十八章　刁奴欺主

莊郡王府再一次的傳出了四少爺和少夫人的流言——

為了柔姨娘家被處置一事，四少爺很生四少夫人的氣，已經很多天沒有踏進凝霜院的大門了，看來四少夫人進門不到一個月就失寵了。不對，四少夫人從來沒有受寵過，只是這次是徹底失寵了。

府裡的下人們，有幾個不是看人下菜碟的，只是眼下因著太妃寵愛四少夫人而沒有什麼人敢明著挑戰而已。本來王府之人，便是個小丫頭眼界都比一般人高，風荷家中又不是世襲的官兒，他們就沒有多放在眼裡。現在，四少爺擺明了不喜少夫人，他們不乘機作踐那就不是王府的刁奴了。

每日的分例菜顯然及不上開頭幾天的，衣裳布料之類的送到她手上的都不及府裡體面的妾室姨娘了，見了她遠沒有起先恭敬。如今，也只有自己院子裡的人好些。從董家帶來的除了落霞，其餘人都是一如既往的，灑掃漿洗上的婆子丫鬟是太妃親自挑的人，倒也不錯，伺候得兢兢業業。

幾個貼身丫鬟早是氣怒不已了，要不是風荷攔著怕是早就發作了。當然，風荷並不是想忍氣吞聲，她只是在等一個時機，等有那不長眼的撞到她的刀口上去，那才能好好發作一番。

積雪化去，天氣比下雪之時還要冷上幾分，寒意瀰漫。天邊烏青青的，這有多久沒有放晴了呢？園子裡草木稀疏，多半都是光禿禿的，沈悶而又壓抑。枝頭的紅梅開得卻是更豔了，是不是經了冰雪才能激發出她骨子裡真正的暗香呢，沁涼的芬芳。

風荷扶了沈烟的手，對著紅梅出神。

「少夫人，表少爺來看您了。」回話的是含秋，鵝黃色的棉衣，沒有穿禦寒之物。

風荷回頭，把手爐塞給她，嗔道：「什麼著急的事，好歹穿得嚴實點再出來。表哥已經到了？」

「不是急著找少夫人嘛，到了。」含秋抱著手爐暖了暖手，遞給了小丫頭，與沈烟一左一右攙扶著風荷。

雲暮在門外不停往外邊張望，看到她們回來，趕忙打起氈簾。「少夫人可是回來了。」

風荷進屋，先是對曲彥微笑，等丫鬟與她脫了斗篷，才上前說話。「表哥一個人過來的嗎？為何不提前通知我一聲，表嫂呢？」只她一陣氣悶，眉尖一簇而過一絲皺眉，很快掩了下去。

「來得急不及知會妳，是來給岳母大人、太妃娘娘報喜的，妳表嫂她有喜了。」即便平日沈靜，這時候曲彥臉上的笑意還是禁不住浮了上來，眼角眉梢間全是擋也擋不住的歡喜。

「果真？阿彌陀佛，太好了。恭喜表哥恭喜表嫂。外祖母一定高興壞了吧？」風荷亦是沒有想到，杭芸嫁過去堪堪一年就有了喜，曲家有後了。當年曲家只剩下襁褓中的表哥一個子嗣，曲家老太太那是無日無夜不在祈禱著曲家能夠有後啊，終於達成了心願。

曲彥與風荷對坐，語氣明快。「天兒冷，又只有一個多月，祖母不放心，怕是幾個月內芸兒她都不能出門了，妳閒了就去看看她。前日我曾去了一趟董家，姑媽一切安好，叫妳不要掛心，最近杜姨娘她們正忙活著呢，來不及去找姑媽的麻煩。」

風荷抿嘴而笑，雙眉彎成了新月。「表哥可別告訴我此事與你無關？」

「那是自然，與我什麼關係。」曲彥眨眨眼，兩人相視大笑。笑過之後，曲彥正色問道：「杭四少待妳不好？」

「怎麼會，還不錯吧。」好歹沒有對自己多壞，當然有些事不方便說與表哥。

「外邊都在傳說杭四少冷淡新婚妻子，都不回房歇息，妳與我實說，是不是真的？」曲彥神情嚴肅，他雖沒有幾把刷子，也不能容忍風荷在夫家受屈辱。

「其實也沒什麼事，私底下他對我還行。」風荷不好直說，只得這樣暗示。

曲彥也是個明白人，一聽就知裡邊有隱情，風荷不願說他也就不再追問了，轉而提起另一件事情。「我已經把妳陪嫁的護院裡邊一個老太太的人換下了，換了譚清，日後妳有什麼事只管使人去二門外傳他，他會每日在那兒待命的。雖說王府守衛安全，可是小心無大錯。」

「這怎麼使得，譚侍衛是表哥身邊得力的人，將來更有大前途，如何能因我而虛度了光陰？便是有人想加害於我，也不會明著來，頂多是些暗中的小手段，表哥還是將譚侍衛帶回去吧。」風荷當然深知有幾個心腹之人在外院好辦事，卻不能耽誤了譚清的前程，那樣一個武藝高強之人，就應該立一番大事業。

「妳不用推辭，這是譚清自願的。而且人都換了，再換回來反而引人懷疑，妳若心中不安，日後有機會多提拔他吧。」曲彥自然不肯，沒個自己人在王府，他是絕難放下心的，怕只怕風荷報喜不報憂。

風荷想想亦只能作罷，唯有平日待譚清好些。

兩人又說了幾句閒話，曲彥就急急回去了。風荷知他不放心杭芸，也不留他，送了他出門。

待到曲彥走遠，風荷才放下臉色，沈聲問道：「怎麼回事？」別看問得沒頭沒腦，幾個身邊人自然能聽懂。

不等他人說話，雲碧已經搶著說了，而且怒氣不小。「小姐，他們太欺負人了。咱們幾日前就讓炭房送炭過來，可他們一直推託，今兒我催急了，竟然送了些普通柴炭過來，說什麼都送去了太妃、王妃等的院裡，讓咱們暫時先能著用。這分明是假的，我才奉小姐之命去柔姨娘那裡問候，柔姨娘那裡用的就是上好的銀霜炭。我問到他們頭上，他們反說少爺怕冷著柔姨娘，命他們少了哪裡也不能少了柔姨娘的。

「小姐，您說，這些人不給他們點顏色看看怎麼行，人人都當小姐好欺負了。不過一個姨娘也敢爬到小姐頭上來，看我不砸了炭房。」

「炭房的管事是誰？」風荷紋絲不動，面上看不出喜怒，不過熟悉她的人都清楚，這是要發怒的前兆了。

「是廖娘子，她家那口子一向管二老爺出門等事，有個小子在馬房，娶的媳婦曾經是二夫人跟前伺候的人。」沈烟平靜的回著，雖然沒有花名冊，但對府裡的下人體面些的她都在心裡有了底。

「含秋，去請廖娘子過來，說我有事請教。她到了之後再去請富安娘子。」說完，風荷起身回了裡間，她累了，要歪歪。丫鬟們心領神會。

廖娘子正在與人吃酒，見是四少夫人相請，渾沒當回事，卻熬不過含秋幾句話擠兌，垂頭喪氣的跟著來了。不過一個沒背景無權無勢不受寵的小夫人，有什麼了不起，還想用銀霜炭，有柴炭已經很不錯了。便是叫了自己去又能怎麼樣，自己好歹是二夫人的人，她還能越過二夫人處置了自己不成？打狗還要看主人呢！

第四十九章　分寸之間

凝霜院裡安靜得不像話，不聞一點人聲。門前的婆子看到廖娘子，暗暗搖了搖頭，唉，怎麼說奴才欺主都是天大的罪名，這個廖娘子這回太糊塗了些。

廖娘子無知無覺的，一頭就要往廳裡走，門簾掀起，露出雲碧美麗生氣的臉。

「廖娘子也是在府裡辦老了事的下人，難道還不知道王府的規矩，主子還沒召見呢妳就往裡闖，眼裡有沒有少夫人了？」雲碧故意把「下人」兩個字咬得特別重。

雖然心裡確實不把風荷當回事，可嘴上到底不敢說出來，只得訕訕的住了腳，問道：「姑娘進去為我通報一聲？」

「少夫人歇了，廖娘子還是等等吧。」雲碧正眼也不瞧廖娘子，輕蔑之意頓顯。

「既這樣，奴婢過會兒再來。」廖娘子轉身就想走，酒還沒喝呢，暖和的屋裡不待，跑院子裡來吹風，當她傻子呢。

「少夫人什麼時候允許妳走了？」含秋在她身後冷冷的一句，比雲碧喝斥起來還要叫廖娘子心驚，這幾個丫頭，為什麼讓自己身上冒汗呢，難道是酒吃多了。

廖娘子想要硬闖，又在含秋、雲碧的逼視下沒了膽子，留下又覺得不甘不願，這就怕了不成？她的腿上越來越軟，軟得她有些抬不動腳步，看看院子裡的人，都是與她不熟的，無法託人去報信。隨即想起自己是二夫人的人，怕什麼，四少夫人是大房的又怎樣，還能責罰長輩的人不成？一下子勇氣鼓了起來。

足足等了半個時辰，屋子裡才有動靜，接著兩個小丫鬟搬了個黃花梨的玫瑰椅出來，放在院子中間，淺草抱了大大的虎皮褥子墊在椅子上，青鈿在腳踏上安置了一個小火爐，裡邊燒的是不多的銀霜炭。芰香打起簾子，隨後才是沈烟、雲暮攙扶著風荷，慢悠悠出來，臉上掛著淺笑。

「妳們倆進去歇歇。」這話自是對雲碧、含秋說的，她們穿得多，到底外頭待久了有些冷。雲碧、含秋笑著去了，留下廖娘子沒頭沒腦的發慌。

風荷既不說話，又不看廖娘子，廖娘子心中突突地跳，陪著笑臉問道：「少夫人怎麼坐在外邊？大冷的天。」

風荷始把目光停留在廖娘子身上，唇邊掛著慵懶的笑意。「屋子裡煙燻火燎的，哪裡擱得住久待。」

雖然廖娘子心下很不以為然，卻不敢明說，無論到了哪裡這都是她的錯，不過她始終相信風荷不敢把她怎樣，輕蔑地笑著說：「少夫人有所不知，太妃娘娘、王妃娘娘院子大，人又多，年下還有許多賀客前來拜訪，是以炭房的銀霜炭多半送去了那裡，一時間抽調不及，委屈了少夫人，下回莊子上送來之後一定先緊著少夫人使用。」

下回？看是明年吧。風荷攏了攏白狐毛滾邊的貂皮暖手，愜意的歪著，上下掃視了廖娘子一眼，輕顰淺笑。「哦，原來如此？不知廖娘子房裡的銀霜炭是從何處得來的，若是外頭買的也說與我知道，府裡這麼緊湊，大不了我把了錢與丫鬟們出去買一些回來。」

「這個，奴婢房裡的是一些殘渣碎末，上不得檯面的，不敢進獻給主子們。」薄薄的汗從廖娘子額間冒了出來，冷風一吹，涼意侵進肌膚，凍得她一個哆嗦，回話都不如先前流利。

「嗯？看來我這個主子還沒有一個奴才福分大呢。富安娘子呢，為何還不見她？」悠閒的語調瞬時轉厲，微腮帶怒，薄面含嗔。

廖娘子彷彿聽到自己胸口撲撲打鼓，這個主子，一會兒說笑一會兒嚴肅，全沒有半點章法呢，叫富安娘子來作甚？難道，難道是要處置自己？

其實，富安娘子早到了，只因風荷沒有喚她，便不敢進來，守在院門外呢。要說富安娘子也真是個謹慎的人，若是旁人做到這個分上，哪裡會在乎一個沒有實權的主子呢，可她安分守己，清楚自己的身分永遠只是個下人。這樣的人，也才有機會幫著打理一府內院吧。

富安娘子聽到風荷問她，整了整衣飾，恭敬地行了進來，先與風荷行了個禮。「奴婢富安家的，給四少夫人請安。」

「妳倒是個乖覺的。」風荷撫額，輕搖螓首。「可惜手底下的人沒有規矩，鬧到太妃娘娘眼前，大家幾輩子的老臉怕是都沒了。我倒是沒什麼，頂多被太妃娘娘說一句年輕氣盛，一點子委屈都藏不住，妳們又要如何呢？」

富安娘子已經在外頭將事情看在肚裡，對廖娘子是埋怨不已，看在二夫人的分上，自己對廖娘子一向不甚嚴，不想她倒是長了膽子，連主子都敢欺了。此事不用說鬧到太妃跟前，就是王妃也不會輕饒了，不然奴才欺主這樣的話傳出去，王府的臉面還要不要了。

「四少夫人息怒。這是奴婢沒有管好下人們，原不該讓少夫人操心，奴婢回去會秉公處理的。」富安娘子嘴上這麼說，心裡還是有幾分猶豫的，欺主的刁奴，無論是哪個府裡都容不下，可二夫人那裡要怎生交代呢？二夫人向來都是個厲害的，動了她的人，自己怕是也沒多少好日子過了。

而始作俑者廖娘子，依然沒有意識到自己闖了多大的禍，她甚至以為富安娘子這是在為她開脫呢，高揚了下巴似在挑釁風荷。

今日自己若不立威，日後王府裡還有哪個人把自己當主子看，體面些的奴才都敢欺到她頭上去了，風荷是絕不會善了此事的。她不由輕笑出聲。「富安娘子打算怎般處置呢？」

富安娘子暗暗搖頭，知道今天的事情是別想混過去了，少夫人是要拿人做筏子呢，偏這個廖娘子糊塗，自己撞到刀口上去。看來自己不說清楚，少夫人是不會輕易放過了。

富安娘子千迴百轉，彎彎繞繞想了仔細，才道：「以下犯上，照府裡的規矩是要鞭刑五十，逐出王府永不錄用的。只廖娘子在府裡伺候了這些年，兢兢業業功不可沒，不如將功折罪，鞭刑五十，罰半年月銀吧。少夫人以為如何？」

「能在王府裡留到今日當上管事娘子的，有哪個不是有功的？倘若因此而不顧王府規矩，一味徇情，明兒、後兒，不是誰都學著廖娘子的手腕了嗎？反正也不用怕，不過打幾板子，罰幾個錢，完後繼續逍遙自在，反正欺了主子也是白欺的。

「如今我人微言輕，大家不把我放在眼裡我也無話可說。只是此風不清，誰知道有沒有人會仗著自己是府裡的老人，為府裡立過功，爬到王爺王妃頭上去作威作福呢？我平兒看著母妃是個厲害的，原來對妳們這麼寬和，以至於妳們一個個都不把王府的規矩放在眼裡，我卻要問上一問了。」

說完，也不等富安娘子說話，風荷已經扶了沈烟的手起身，抬腳欲往外走。

第五十章　拿妳立威

富安娘子大急，她清楚此事若鬧到王妃那邊，不但廖娘子有罪，連她自己都討不到好去，這個管家的位置怕是要換人了。尤其這裡邊還傷了王妃的臉面呢，不是明擺著指王妃不會管家理事嘛。

一急之下，富安娘子撲通跪下，口中承罪。「少夫人，奴婢錯了，少夫人開恩啊。王妃娘娘日理萬機的，區區小事還是不要煩勞王妃了。

「奴婢賞罰不公，自領鞭刑二十，罰三月月銀。廖娘子鞭刑五十，逐出王府，永不得錄用。少夫人，奴婢馬上命炭房送上等銀霜炭過來，教少夫人受委屈了。」

在富安娘子跪下之時，廖娘子已經慌亂得一頭栽倒在地上，之前富安娘子的處罰已經夠重了，沒想到少夫人依然不滿，執意要將自己趕出王府。二夫人，二夫人一定可以救自己的，可是，可是自己非但沒有完成任務，還把事情鬧得不可收拾，二夫人還會救自己嗎？

風荷止了步子，重新在椅子上坐端正，富安娘子明白她這是同意了。只是，只是二夫人那裡，定不會放了自己的，哎，真是兩邊不得好啊。早知如此，一開始就該順了四少夫人的心意，好歹也算靠上了四少夫人，四少夫人無權，可保不準人家哪日掌了府中大權呢。嫡子嫡媳，那可是做不得假的。

「該怎麼處置底下的人是富安娘子妳的職責，與我什麼關係，妳心裡明白就是了。今日看在富安娘子妳的面上，我不願太過追究，只是往後就沒有這樣的好事了，富安娘子妳還是把手底下的人理一理的好。行了，下去吧。」清清伶伶的聲音在冷清的冬日裡能碎冰破雪，柔弱得風一吹就能倒的身子，教人不是親眼看見絕想不到這樣冷酷的時候。

她逐了人，最後來一句「與我什麼關係」，就推得一乾二淨。本來也是這麼回事，下人犯事有上一級的管事娘子料理，與她一個不管家不當權的新媳婦有何相關？

廖娘子從嘲笑到驚訝到震驚到恐懼，半個時辰之內，她算是嘗遍了各種滋味，而且都不是很好受。眼下，二夫人那裡怕是等不及了，廖娘子終於有了點自覺，決定向風荷求饒——

「少夫人、少夫人，奴婢是糊塗脂油蒙了心，才會不知死活冒犯少夫人的。求少夫人再給奴婢一次機會吧，奴婢一定不敢了。奴婢還有一家子老小，不能失去活計啊。」

「妳早先怎麼沒有想到妳那一家子老小，妳若安分守己，眼下還是府裡體體面面的管家娘子，偏是妳自尋死路，難道要怪我沒有拉妳一把嗎？我也不是沒有給妳留機會，可惜啊，是妳自己撒手不要的。」她淡漠得有如空谷中的幽蘭，開放隨心，不介意有沒有人去賞玩。

廖娘子更是哭天搶地起來，富安娘子見了，越發驚怒，還嫌得罪得少夫人不夠啊，真是自己找死。她忙喚了幾個粗使的婆子上來要把廖娘子拉下去，再鬧下去才是糟了。

大家正是鬧哄哄的時候，端惠領了兩個小丫頭過來，手裡都是提著一個紅漆大盒子，登時放下臉來，喝斥道：「這是做什麼？少夫人的院子也是妳們能撒潑的地方，還不給我拉下去。」

廖娘子見是端惠，又驚又急，不敢作聲。

端惠陪著笑臉，與風荷見了禮。「少夫人，讓您受驚了。這是太妃娘娘的分例，與我給您送來，您先將就一下，回頭炭房就會給您送來。太妃娘娘說了，奴才有錯，要打要罵要賣隨您看著辦，只別氣壞了身子才好。外邊這麼冷，奴婢扶您進去歇歇？」

富安娘子聽得心驚肉跳的，要不是她剛才乖覺，沒有很得罪少夫人，不然這回子打罵的就是她了，好險。她更不敢再大意，使了個眼色，幾個婆子揪住了廖娘子，扯下汗巾子就堵住了她的嘴，半拉半拽的弄出了凝霜院。

廖娘子哭又哭不出來，喊也喊不出來，嘴裡一股難聞的味道，她最後的希望一點點消失了。太妃的話，二夫人只有聽著的分，豈會為了她一個奴才得罪了太妃，她真是自作孽不可活啊。

要說太妃那邊是怎生知道的，當然離不開曲彥了。

曲彥從風荷這邊告辭之後，又去辭了太妃。太妃對這個孫女婿還是極滿意的，英俊瀟灑不說了，少年成名，進士及第，日後更有不可小看的前途。尤其懂得疼人，至今房裡還沒個通房妾室的，這樣的好女婿從哪裡找？

是以，太妃非常看重曲家，衝著這一點她也不會苛待了風荷，那不是把藉口送給人讓他們拿自己孫女兒作報復嗎？經過了李三一家的事，太妃滿以為府裡的主子下人都暫時收了心，不會與風荷作對，可惜她錯誤估計了下邊人的膽子。那些，分明就是沒腦子的。

曲彥與太妃拉了幾句家常，忽然說道：「今年雪多天冷，路上可能不太好走，府裡莊子上還沒有送年貨過來吧。恰好我們莊子上的都送來了，我們家人口少，用不了太多，回頭就命人送些過來。今年得了五百斤上等的銀霜炭，一冬綽綽有餘，先送二百斤來，祖母能著使，餘下不夠咱們再想辦法。」

這片子沒頭沒腦的話說來，聽得太妃雲裡霧裡，可太妃清楚曲彥絕不會無緣無故說這些話，一定是聽到了什麼風聲才如此。除了自己這裡，曲彥只去了三媳婦和老四媳婦那邊，難不成是老四媳婦那邊出了事，被人克扣了分例？

太妃按下心中的疑慮，先送了曲彥離去，才喚了周嬤嬤過來，讓她速速去凝霜院探探情形。周嬤嬤過去之時，正撞見廖娘子焦急地等在院子裡，周嬤嬤向小丫鬟招了招手，去了院外細細問明白。小丫鬟知道的不多，但炭房送炭來的時候她是看到了的，自然一五一十全說了。

周嬤嬤急得跺腳，快步回去回稟給太妃娘娘，太妃氣得咬牙切齒。這樣的事情還鬧到了外人眼裡，讓曲家怎麼看自己，還以為是自己令下人苛待風荷的呢，真真太可惡了。

太妃本欲命周嬤嬤去傳自己的令，後來聽說風荷喚了富安娘子，就止了心思。自己原還擔心老四媳婦年輕受屈，會做出什麼出格之事來，既然傳了富安娘子，就表明老四媳婦還是心知肚明的。老四媳婦畢竟不是管家的媳婦，雖能發作下人，到底嫌名不正言不順，若是富安娘子就不用擔心了。

「娘娘，要不要去看看四少夫人？」周嬤嬤見自家主子只顧發呆不說話，就疑惑起來。

「不用了，老四媳婦能幹著呢，咱們等著看好戲就成。也讓有些人瞧瞧，免得沒上沒下衝撞了。」太妃老臉帶笑，徐徐搖頭，那個下指的自然是二夫人了。

若說二老爺的出身，庶出裡都是差的，四老爺的生母是側妃，家裡亦是當官的；五老爺的生母出身豪富之家；只有二老爺的生母是王府家生子通房丫頭，後來生了二老爺抬了姨娘，可到底比不上別人。太妃對幾位庶出的兒子一向一視同仁，既不虧待也不太過親熱，如今又以二老爺的夫人最不得太妃喜歡。

偏二夫人沈氏是個心高氣傲的，不肯服軟，總要擺出一副高高在上的姿態，手段凌厲，貪財小心眼，不得下人之心。等閒小事，太妃也由著她去鬧，倒慣得她以為自己是王妃之下的人物了。

要立威當然不能拿個奴才就成了，只是廖娘子是二房夫人的人，府裡怕是沒有幾個人不清楚的，打了廖娘子就是在打二夫人的臉。那樣，其餘等著看好戲的人就會收斂許多。

倘若由太妃出面料理了廖娘子，那些人心裡怕的還是太妃，而不是風荷。所以，太妃決定不出面，一切全由風荷自己處置。當然，太妃也不會坐視不理，她還是需要出面的，不然風荷的行為容易授人以柄，傳成是風荷眼裡沒有王妃，太妃需要做的就是在最後堵住這些人的嘴而已。

太妃遣了身邊人去凝霜院外看著，等到四少夫人發落廖娘子之時再去回報給她，然後就有了端惠前來這一齣戲。

第五十一章 無事生非

茜紗閣是個園林式的小院子，坐北朝南，三間小小的正房，當作杭天曜的起居之處，兩邊廂房環繞，前邊一溜倒座，加起來一共有二十多間屋子。

從園子裡湖泊引了一帶活水過來，從西北角穿過院子在東南角流出，東南角上挖了一個小小池塘，點綴了幾株桃杏之樹。院子中央一座玉石欄杆的小橋，西南角上有一座小巧的假山，累的太湖石，許多不知名的香草一到夏秋季節就蔓延開來，滿院生香。

端姨娘、雪姨娘、純姨娘占了東邊的幾間廂房，西邊就是柔姨娘和媚姨娘了。一向也是端姨娘與純姨娘交好，柔姨娘與媚姨娘交好，雪姨娘清冷孤傲，從不與眾人往來，每日去風荷那邊請安都是獨來獨往的。

自從李三一家出事後，柔姨娘的身子骨就不大好，時不時有些不妥，王妃請了太醫院專看婦科的太醫每日來給柔姨娘請平安脈。這日午睡醒來之後，柔姨娘就坐在窗前發愣，涼風掠進，吹得柔姨娘原本蒼白的膚色更多了一層青白，無限可憐。

「姊姊今兒起得好早？」嬌滴滴軟糯糯的嫵媚聲音從門口傳來，柔姨娘回頭去看，一身嬌豔粉色衣裙的媚姨娘搖搖走了進來。

媚姨娘身姿窈窕，纖腰如握，而且她還不怕冷，他人這時候穿得裡三層外三層的，她卻只得一件淺黃色滾邊的中衣，和衣袖繡滿小朵迎春花的粉紅緞子襖兒。烏黑的髮髻鬆鬆綰在一邊，鬢角簪了一枝新鮮的玉蘭花，越發襯得粉面芙蓉，香腮帶赤。王府後園有個小小的暖房，種著女眷們日常插戴的新鮮花卉。

柔姨娘懶懶的站了起來，強笑著道：「又勞妹妹來看我，自我禁了足，也就妹妹每日想著我。我這身子骨啊，左右就是這副樣子了。」

「姊姊胡說什麼？姊姊如今懷了少爺的孩子，將來的福氣大著呢。姊姊別想太多，只管好生將養，若說是外頭，自把那些人參燕窩看得金貴無比，王府裡，姊姊一句話還不就馬上有了。咱們這樣人，什麼都比不過有個兒子傍身來得好，姊姊莫要想差了。」媚姨娘緊走幾步，按著柔姨娘坐回去。

柔姨娘的丫鬟寶簾抬了一個紅木鼓腿圓凳過來，放在一邊，請媚姨娘坐。

「爺今兒不是使人送了幾碟子香糕坊的糕點過來，熱熱的拿上來，再沏一壺好茶。」柔姨娘雖然精神不濟，可她知道妾室們都不是她能得罪的，不然還不知什麼時候被人暗地裡使了絆子呢。

媚姨娘掩了嘴笑，秋波粼粼，聲音如出谷的黃鶯一般悅耳動聽。「到底是姊姊，咱們誰有這樣福分，讓爺日日記掛在心頭，一時半刻不肯忘的。少夫人出身好，生得又好，可惜不得爺的心，那有什麼法子。說起來，也是少夫人心性太大，竟然半點不看姊姊的臉面，沒想到反而得罪了爺。」

「唉，都是我爹娘命苦，千不該萬不該做出這樣糊塗事來，少夫人也是按著規矩辦事。」也不知柔姨娘怎生想的，聽她的語氣似乎並不怪風荷。

「姊姊何必妄自菲薄，如今滿府裡誰不知道姊姊是爺心尖子上的人，按說少夫人作為正室照料姊姊的身子是應該的，唉，瞧我，都說什麼呢。」媚姨娘說了一半忽然打住話頭，自顧自笑了起來。

寶簾與幾個小丫頭將一張海棠花式小几抬了過來，幾個細白瓷碟子裡裝了幾樣糕點，還散發著熱氣，又斟了兩杯香茶。

她略顯得意的笑著。「少爺命人送回來之後囑咐了這個糕點要熱熱的才好吃，姨娘之前吃不下，我就命人放在小爐子上熱著。恰好媚姨娘來了，就陪我們姨娘多用些。」

「好丫頭，妳倒是心疼妳們主子。」媚姨娘讚了一句。

「姨娘心裡愁苦，不把自己身子當一回事，咱們當丫頭的還能不多想著些。」寶簾也有五、六分顏色，尤其是發育得好，胸脯鼓鼓的，倒有幾分她主子的風韻。她原只是後園灑掃的小丫頭，吟蓉立為姨娘之後人手不夠，提拔了她上來，她是府中家生子，奈何父母都只是個二等的管事，沒多少臉面。

寶簾亦是個有打算的，她是親眼見著吟蓉從一個普通的丫鬟一躍而成得寵姨娘的，心裡豈能沒有幾分念想，只是礙著自家主子不敢行事太過，暗地裡時常與杭天曜秋波頻傳。

媚姨娘聞言，多看了寶簾一眼，拈起一塊三色的豆糕細細吃著，吃了半塊又喝了一口茶，才笑道：「不愧是京城聞名的糕點坊了，甜而不膩，糯而不黏，姊姊多吃些。妳如今有了身子，就算不為自己想還能不為了肚子裡這位想想的，何況爺當心肝肉般看待的，大好前程跑不了他的。」媚姨娘話鋒一轉。「對了，姊姊有沒有聽說，昨兒個少夫人動怒了，把炭房的廖娘子逐出了王府？」

柔姨娘先不過是應付著媚姨娘，聽到這兒倒是驚訝起來，詫異地問道：「我竟不知。這又是為何？那廖娘子哪裡得罪了少夫人嗎？」

「說起來，那廖娘子也是活該，她自己用著上好的銀霜炭，卻把那普通的柴炭送去了少夫人院子裡，妳叫少夫人如何不惱。這原也算不得大事，一個下人奴才而已，不過我聽著好像牽扯到了姊姊，就命人去細細打探了一番。」

柔姨娘聽說牽扯到了自己，不覺驚慌，急著問道：「與我何干？我並不知啊。」

媚姨娘握了柔姨娘的手，嘆了口氣。「這實在不干姊姊的事，奈何姊姊眼下受寵呢。唉，事情是這樣的，那廖娘子不敬少夫人也罷了，偏偏還掰扯上了姊姊。聽人說呀，她辯解把銀霜炭都送到了姊姊房裡，以至於少夫人那裡才會不夠的。

「姊姊，妳說，她這不是明擺著陷害姊姊嗎？咱們各有各的分例，依著咱們這樣的身分，哪裡敢動用少夫人的東西。她這分明是急紅了眼瞎攀扯人，卻不知說者無心聽者有意啊，少夫人聽了要如何想，還不把姊姊當成那等輕狂人，姊姊這不是天降奇冤嗎？

「眼下少夫人看在姊姊身子的面上不會輕易下了姊姊的面子，可是他日呢，少夫人記在心裡，難保不會討厭著姊姊。姊姊偏半點不知情，哪時候無緣無故惹怒了少夫人還發懵呢。我是不忍心姊姊被人蒙蔽了，好意提醒姊姊，這種事也沒什麼可辯解的，姊姊放在心上就好，防人之心不可無啊。」

說起來覺得好笑，媚姨娘出身青樓，以歌聲聞名，誰想還是這麼個賢慧良善之輩呢，話裡話外無一不是為著柔姨娘謀算，倒真真是好姊妹一場了。

柔姨娘越聽，小臉越是慘白，鬈翹的睫毛一顫一顫的，一雙美目裡盈著兩汪清淚，抓緊了媚姨娘的手，低聲嗚咽著。「妹妹，妳說我的命怎麼這麼苦？母親離世，我這做女兒的連最後一面也未見著，父兄遠賣，我這一生怕是都無緣相見了。姊姊的身分姊姊心裡清楚，不過一個妾室而已，要打要罵都由著少爺和少夫人，姊姊從來不敢做非分之想。

「可這些人，為何還要陷害我呢？我對這事根本毫不知情，他們卻把髒水往我身上潑，叫少夫人怎麼想我？即便少夫人信我，滿心疼惜我，可是聽到了這樣的話還能不寒心嗎。少夫人是大家千金出身，自然不會聽信了幾個婆子的話就疑我，可耐不住眾口鑠金呢？」

「姊姊，妳千萬別哭，有身子的人不能掉淚，妳這樣肚子裡的孩子怎麼好得了。妳看看，不過短短幾日，妳就瘦了多少，小臉尖尖的，連妹妹看了都心疼不已。少夫人心裡有數著呢，豈會被個婆子蒙蔽，今兒早上少夫人不是還使了身邊的含秋姊姊來看望姊姊嗎？」柔姨娘抓得太緊，使得媚姨娘手上一陣發疼，但她強忍著沒說，依然好言相勸。

「姨娘，媚姨娘說得對，保養身子要緊啊。」寶簾拿了帕子與柔姨娘拭淚，嘴裡輕輕勸慰。

柔姨娘的淚恰似斷了線的珍珠一般，沒個盡頭，哭到後來氣息不穩，胸口悶得慌，「哇」的一聲吐了起來。臉上又是淚來又是汗水，好不可憐。

嚇得寶簾一下子慌了手腳，要去稟報給王妃。

「妳給我回來，妳難道還嫌我不夠遭人嫉嗎？打了水來，我梳洗一番就好。」柔姨娘趕忙出聲，阻止寶簾去報信。

寶簾立在原地不知所措，不去吧，柔姨娘出了什麼事她也遭殃；去吧，違了柔姨娘的心意。媚姨娘對她暗暗搖頭，她心下明白，先揚聲吩咐小丫頭打了水來，然後服侍柔姨娘漱口梳洗。

鬧了這一場，柔姨娘很有些倦了，媚姨娘也就不擾她，回了自己屋子，柔姨娘歪在床上睡了。

第五十二章　美人宮心

柔姨娘睡醒之時，外邊天半黑，屋子裡點了燈燭。柔姨娘懶懶地坐起身，撩起帳幔，看見杭天曜坐在床前的方凳上，似在想事情。

「爺什麼時候回來的，怎麼不叫醒妾身？寶簾呢？也不知伺候著爺。」柔姨娘亮晶晶的眸子裡無不是纏綿的情意，驚喜之情教人一見便知。

杭天曜靠在床沿上，細細看她的氣色，飛揚的俊眉蹙起，沈聲問道：「怎麼氣色這麼差，這些奴才，不好就賣了。我知道妳心裡放不下妳父兄，只那是太妃娘娘發下的話，等過段時間太妃氣消了，我再去求情，一定把妳父兄買回來。」

「爺，妾身不敢。妾身的家人有罪，妾身不能叫爺為難。妾身只是身上懶懶的，並沒什麼，爺別擔心。」柔姨娘輕輕低了頭，偏著身子，不欲與杭天曜正對。

「爺最近外頭的事情忙，沒有工夫照顧到妳們。少夫人對妳如何？她要不好，妳與我說。」杭天曜並沒有順著柔姨娘的心意去扳過她的肩膀來，只是自顧自說話。

柔姨娘無法，只能自己重新轉過身子，柔柔地偎到杭天曜胸前，低聲細語。「少夫人對妾身很好，每日都遣身邊的姊姊來看妾身，昨兒還賞下了一件大毛的衣服。少夫人對妾身這麼好，妾身越發無顏見她，妾身父母做了那樣對不起少夫人的事，少夫人通情達理非但沒有怪罪妾身，還為妾身說情。

「爺，少夫人賢良淑德，爺不可聽信了外人的話與少夫人生分。如果那樣，妾身就是萬死也難辭其咎了，更不敢再見爺。爺有沒有去看過少夫人呢？聽說這兩日少夫人很受了些委屈。」柔姨娘說話之時神情溫婉，面容真摯，讓人沒來由地越發憐惜她。

杭天曜拍撫著柔姨娘的背，扶著她坐穩，面上露出笑容。「妳能這樣想極好。誰敢給少夫人委屈受呢？」

柔姨娘就把媚姨娘所說之事細細說了一遍，並沒有隱下其中關涉到自己的言語，最後又勸著杭天曜。「爺，妾身是什麼人，少夫人是什麼人，萬不敢行那僭越之事。那些奴才可惡，眼見爺最近忙於外務無暇去少夫人房裡，他們就敢欺到少夫人頭上，趕走了他們都是輕的呢。爺，時候還早，爺快回去看看少夫人吧，陪少夫人一起用晚飯不是？」

杭天曜不悅地搖頭。「爺特地來看妳，妳倒好，非但不留著爺，還將爺趕走。」

柔姨娘雙眸裡早盈滿了淚，又是委屈又是傷心。「爺這樣說，吟蓉就是死了也不能瞑目。吟蓉待爺的一片情意，難道爺還不知道嗎？吟蓉別無他想，只望著爺能好好的，就算爺叫吟蓉去死吟蓉也無半句怨言。

「可吟蓉終究只是一個妾室，如何敢得罪了少夫人。爺一日兩日不回去看少夫人沒關係，可時日一長，少夫人賢慧不會怪罪吟蓉，保不準下邊的人作踐吟蓉啊。那時候，吟蓉才是百口難辯，只求爺疼惜吟蓉，回去看看少夫人吧。一夜夫妻百日恩呢，爺不念著其他，也為安太妃娘娘的心啊。」

杭天曜無法，只得與她拭淚，等到柔姨娘安靜下來之後，終於嘆了口氣，下定決心一般說道：「妳說的也有理。只是我放不下妳，妳乖乖待著，我很快就回來看妳。嗯？」

「爺去吧，妾身好著呢，改明兒再來看妾身還不是一樣的。」柔姨娘小臉上還存有淚跡，勉強笑著，催杭天曜快快動身，杭天曜才戀戀不捨的放開了她。

出了院子，外邊已經大黑了，杭天曜站在樹影之下，靜靜地回望了茜紗閣一眼，才轉身去凝霜院。

大半時候，風荷都是去太妃房中與太妃一同用飯的，今日也不例外，是以她根本還沒有回來。主子不在，院子裡自然寂靜許多，丫鬟們或是用飯或是結伴低語，只有門房的婆子上去迎接了杭天曜。

「四少爺回來了，少夫人去太妃娘娘院子裡了。」這是溫婆子，幾年前一家老小都賣身到了王府裡，有個女兒針線不錯，在繡房裡倒是挺受器重，她自己與老伴年紀都大了，只能做些守門的小事。好在分到凝霜院裡之後，活計清閒，風荷又是個大方的，昨兒才給每人發了一件平常灰鼠皮子的小襖兒，按著等級散了年下的賞錢。像溫婆子這樣的自然是感激不盡。

杭天曜一逕往裡邊走，隨口應著：「爺知道。」太妃喜歡熱鬧，風荷常去陪老人家說笑，便是不一同用飯每日晚間也會過去請安，他當然清楚風荷此時並不在院子裡。

穿過廳堂，到了二進小院裡。月色朦朧，房裡的燭光映射，勉強能看見地上斑斑駁駁的樹杈影，清清冷冷的，有些孤寂。迎面有淡淡的梅花香氣，深深淺淺的浮動著，幾欲使人醉去。

「缺月掛疏桐，漏斷人初靜。誰見幽人獨往來，縹緲孤鴻影。驚起卻回頭，有恨無人省。揀盡寒枝不肯栖，寂寞沙洲冷。」似怨似嘆，似悲似愁，低徊纏綿。朱紅欄杆下倚靠著一個柔弱的身影，背對著身，淺碧色的衣裙，越發襯得人影楚楚可憐。

杭天曜不由止住腳步，轉身向女子所在之地邁去，口中問道：「妳是何人？」

女子恍若受了驚嚇，身子歪了歪，堪堪扶住欄杆，怯怯地回身對上杭天曜探究的目光，又迅疾地低了頭，蹲身行禮。「奴婢落霞，衝撞了少爺，請少爺責罰。」

「落霞？真是好名字，妳是少夫人娘家帶來的，為何從沒有見過妳？」杭天曜就勢扶起落霞，又在她手心輕輕一捏。

落霞登時羞得滿面通紅，在淡淡的月色下別有一番柔美的風味，語音清婉。「奴婢只是個上不得檯面的小丫頭，比不上沈烟姊姊幾人能幹，哪裡能在前邊服侍主子。」

「哦？妳識字，誰教妳的？」杭天曜托著下巴，饒有興趣的樣子。

「奴婢在董家時曾跟著二小姐讀書，是以略略識得幾個字。」她依舊低著頭，只是轉過身去，杭天曜恰好能看到她露出來的一段雪白脖頸，細膩柔滑。

「妳原來並不是少夫人的丫鬟，那為何跟著少夫人陪嫁到我們府上？」美人在前，杭天曜自是禁不住誘惑，抬手握了落霞的一縷青絲放在鼻間微嗅。

落霞好似全然沒有發現，兀自回著主子的問話。「少夫人身邊的姊姊個個都很是得力，可惜不識字，老太太怕少夫人偶爾要記個帳什麼的不方便，就把我與了少夫人。」

杭天曜深信不疑，笑讚她。「原來如此，清秀標致、腹有詩書的佳人真是極難得的。」

院子外邊響起一串紛雜的腳步聲及人語聲，杭天曜一面說著，一面丟開了髮絲，手指探到了她的後頸上。

落霞又羞又急，慌得忙退後半步，不意竟然踩到了自己的裙子，身子猛地向後倒去，隨之而來的是她的嬌呼聲。

杭天曜站在她的側面，眼中閃過笑意，手隨意一撈，就將她攬在了懷裡，乘機在她胸前捏了一把。

彼時，風荷帶著丫鬟們進來，自是聽到了落霞的驚呼，也看到了杭天曜抱著落霞。

五、六個丫鬟驚愕不解，目光逼視著二人，看向落霞的眼神裡明顯有不齒……

——未完・待續，請看文創風043《嫡女策》2

勾心之最高段，鬥角絕不服輸

重量級好書名家／西蘭

嫡女策

謀劃精巧・膽大機敏・爾虞我詐之中猶有夫妻鶼鰈情深

宅門不簡單啊！

人不犯我，我不出手！作為人妻的最高段數——
於上，她要鬥王妃，鬥王爺，鬥各房叔叔嬸嬸；
於中，她要鬥夫君，鬥妯娌，鬥圍繞她夫君的鶯鶯燕燕；
於下，她要鬥姨娘，鬥丫鬟，鬥各路管事。
想成為當之無愧的新主母，她可是一步也錯不得！！

文創風 043 **2**

嫁了一個風流浪蕩的夫君，
他有心似無心，無情又似有情，
在將他的心摸個透澈之前，
她絕不輕易交心……

自從風荷嫁入他們莊郡王杭家，
這從上到下、大大小小的，沒少給她添麻煩、使絆子，
但他的小妻子在如此暗潮洶湧的杭家竟能存活得這麼好，
不由地教他刮目相看起來……
原本還擔心她處事會心軟，沒想到她竟也是個狠得下心的主子，
瞧她那賞罰分明、謀算精微、下手明俐落明斷的勁道，
他不由地輕輕抖了一抖，以後得罪了誰，也別得罪杭家四少夫人啊！
她的心計，她的手腕，她的勇敢，她的羞怯，
都像為他挖了一個坑，一步一步引誘他往下跳。
試圖勾引他的女子很多，但沒有人能像她一樣輕易地探到了他的心，
她似乎用一根無形的絲線在他心上繞了一圈又一圈，讓他痛卻舒服。
任憑他城府再深、心眼再多，
依舊只能順服心中的渴望，控制不住地去靠近她……
他害怕了，因為他不知被征服的是她還是他？

文創風 044 **3**

說與不說，皆有其難處；
問與不問，卻都是關切有情……

風荷知道自己嫁的杭家四少，絕非等閒之輩，
更不是風流成性的紈袴子弟，他懷著莫大的秘密……
身為妻子的她不多問，配合著他作戲，
裝著跟他夫妻不睦，看著裝扮成他的假夫君在杭家出沒，
甚至看著「他」與妾室們調情、留宿其中。
她安分地打理王府事務，連府裡小姑的婚事也費心插手，
偏偏「有心人」不放過她，毫不留情地下狠招，
他的姨娘肚子裡的孩子留不住，連五少爺夫人肚裡的也出事了，
這一個個矛頭全指向她，
連一向寵她疼她的太妃都將她禁足、看管，等著聽候發落，
終於盼到他回來了，面對如此的百口莫辯、「證據確鑿」的險境，
她不怕，也不為自己多說一句，
她等著看，他是信她不信，對她有情或無情……

重量級好書名家／

墨舞碧歌

文創風 032　8之1〈逆天〉

即便秦歌不愛她，但在王墓考古遇見盜墓者時，他捨命救了她是事實，
於是，當那個神秘的女子說他的前世是千年前榮瑞皇帝以後繼位的東陵王，
說若當時不修陵寢，秦歌就能重生時，她毫不遲疑地同意回去逆天篡改歷史，
當見到東陵太子時，那與秦歌一般的容貌讓她確定了他便是下任東陵王，
他承諾娶她，不料後來成為太子妃的卻是她的異母姊姊——傾城美人翹眉！
為了當面問他一問，也為了讓東陵派兵援救她母親陷入爭戰中的部族，
即便被下毒毀去絕世容顏，她仍攜二婢逃出，前去參加皇八子睿王的選妃大典，
八爺上官驚鴻，一個左足微瘸、鐵具覆面的男人，她無論如何都得成為他的妃……

文創風 033　8之2〈醜顏記〉

翹楚在太子府等待出嫁前，她的夫婿睿王卻親眼目睹太子吻了她，
而在隨後發生的行刺太子事件中，她為救太子，讓刺客誤以為他才是太子，
結果他因此受了傷，也一併褪去人前溫和不爭的假面，露出陰騺狠戾的模樣，
她這才驚覺，他以前所有的溫情以待都是在作戲，娶她也不過是別有目的，
不過無妨的，此生只要完成來東陵及救母的任務，其他的都不重要，她不需愛情，
誰知她意外發現書房的秘密，進入一處地穴，看見一個俊美無儔的男人，
那分明是太子的臉，但他身邊不離身的鐵面卻昭示他是她的爺、她的丈夫！
老天，秦歌的前世究竟是太子上官驚灝，還是遭她背叛過的睿王上官驚鴻？

文創風 036　8之3〈佛也動情〉

他是萬佛之祖飛天，本該心如明鏡、無慾無求的，
不料在親手接生了翹家二女若藍後，命運之輪便啟動了，
明知不可，他卻悄悄對貼心善良的她動了情，
他很明白這是不被允許的，因此他一直掩飾得很好。
對誰都好、看似有情卻無情，是他向來給眾神佛的印象，
直至他的佛殿祝融肆虐，她為救寶貴典籍而喪命，
至此，他再做不來喜怒不形於色，
為免她魂飛魄散，當下他使計讓兩大古佛施展捕魂咒救她，
事後，他及天界一干動了愛恨嗔癡念的眾神佛皆得下凡歷劫，
他成了睿王上官驚鴻，而若藍則化為翹楚，
倘若再愛上她以致歷劫失敗，那她將灰飛煙滅，於是，他只能對她狠了……

非我傾城

那一世，他轉山轉水轉佛塔，不為修來生，只為途中與妳相見；
那一瞬，他墜凡成魔，不為劫滿再生，只為佑妳平安……

《非我傾城》隨書附贈東陵王朝人物關係表

文創風 037　8之4〈爺兒吃飛醋〉

大婚前先是與他的太子二哥曖昧不清，大婚後又和九弟夏王眉來眼去？
想不到翹楚這姿色平平的女人，還真有活活氣死他的本事！
她那破敗身子毒病一堆，沒幾年命好活了，竟還有閒功夫到處勾搭他的兄弟？
民間姑娘、勾欄場所的花魁，幾時看九弟真心對待過一名女子了，
而今不僅一直戴著她給的荷包，還贈她千年白狐做成的名貴狐裘，這算什麼？
怎　著，難不成九弟這次竟看上了自己的嫂嫂、看上他用過的女人嗎？
只是，他這個好弟弟似乎忘了一件事——翹楚是他的女人！
即便他上官驚鴻不愛，他上官驚驄也休想染指她一分一毫，
不論是死是活，這輩子她翹楚都只能是他八爺的妃！

文創風 040　8之5〈衝冠一怒〉

翹楚失蹤了！
上官驚鴻知道，必定是太子將她縛走了，
為了立即救出她，他不顧五哥勸阻，點兵夜闖太子府，
他很清楚，此行若搜不出翹楚，父皇必定大怒，
而這些年來他辛苦建立的一切也將毀於一旦，但他管不了這許多，
毀了便毀了吧，他無法慢慢查探，他絕不讓她再受一點苦！
為著能早點救出她，甚至連九弟他都找來幫忙了，
只因他曉得夏九素來喜愛翹楚，定能完成所託，
然則，他終究是慢了一步，她被灌了滑胎藥，大量出血！
他早已立下誓言，必登九五之位，遇神殺神，遇佛弒佛，
自降生起，他從沒畏懼過什　，如今，他卻怕極了失去她……

文創風 042　8之6〈赴黃泉〉

翹楚曉得，現如今的上官驚鴻是愛她的，很愛很愛，連命都能為她捨，
為了專寵她、得她信任，他甚至允諾不碰其他女人，他們要永遠在一起，
然則，她總會先他離開這世界的，哪能陪他到永遠呢？
她的身子幾經毒病，早便是懸在崖上的，若她死了，他怎麼辦？
或許他們不該在一起，不該要求他唯一的愛，畢竟她根本陪不了他多久……
宮裡傳來的消息，說翹楚昨夜在宮裡沒了，守護著她的老僕瘋了般見人便砍?!
一派胡言！她腹中還懷著他的孩兒，好端端的怎可能就沒了？
……是父皇！父皇不喜翹楚，定是他下的殺手！
母妃和妹妹都教父皇害死了，為何連他心愛的女人都不肯放過？
誰殺了翹楚，他就殺誰，便是當今聖上、他的父皇亦然！

藝界人生大揭密！
古代明星不能說的情與愛……
青妤記
一半是天使㊢
她的前世如此卑微孤寂，能夠再活一次，
來到這個陌生的時代，不但成為紅遍京城的傾世名伶；
還有幸遇到廝守終生的好男人，她，絕不再放手……
這一世她一定要活得足夠精彩，
才不辜負上天的眷顧！

看一個孤弱女子置身禮教束縛的古代，
如何抓住機會努力向上，
終於苦盡甘來，
在愛情、事業上春風兩得意！

1 〈有鳳初啼〉
2 〈春心初動〉
3 〈梨園驚夢〉
4 〈戲如人生〉
5 〈絕代名伶〉
6 〈伴花歸去〉

全套6冊已出版，越看越驚喜，

看過的人一致推薦——竟然出乎意料之外的好看！

文創風 041

嫡女策 1

國家圖書館出版品預行編目資料

嫡女策 / 西蘭著. --
初版. -- 臺北市 : 狗屋, 民101.10
面 ; 公分. --（文創風）
ISBN 978-986-240-909-1（第1冊 : 平裝）

857.7　　101018267

著作者　西蘭
編輯　王佳薇
校對　黃薇霓　邱淑梅
發行所　狗屋出版社有限公司
地址　台北市104中山區龍江路71巷15號1樓
電話　02-2776-5889～0
發行字號　局版台業字845號
法律顧問　蕭雄淋律師
總經銷　知遠文化事業有限公司
電話　02-2664-8800
初版　101年10月
國際書碼　ISBN-13　978-986-240-909-1

原著書名：《嫡女策》，由瀟湘書院科技有限公司〈www.xxsy.net〉授權出版。

定價240元　推廣價189元
狗屋劃撥帳號：19001626
網址：love.doghouse.com.tw　E-mail：love@doghouse.com.tw